入蜀记

[宋]陆游 著

钱锡生 笺注

陕西师范大学出版总社　西安

目　录

陆游入蜀路线示意图

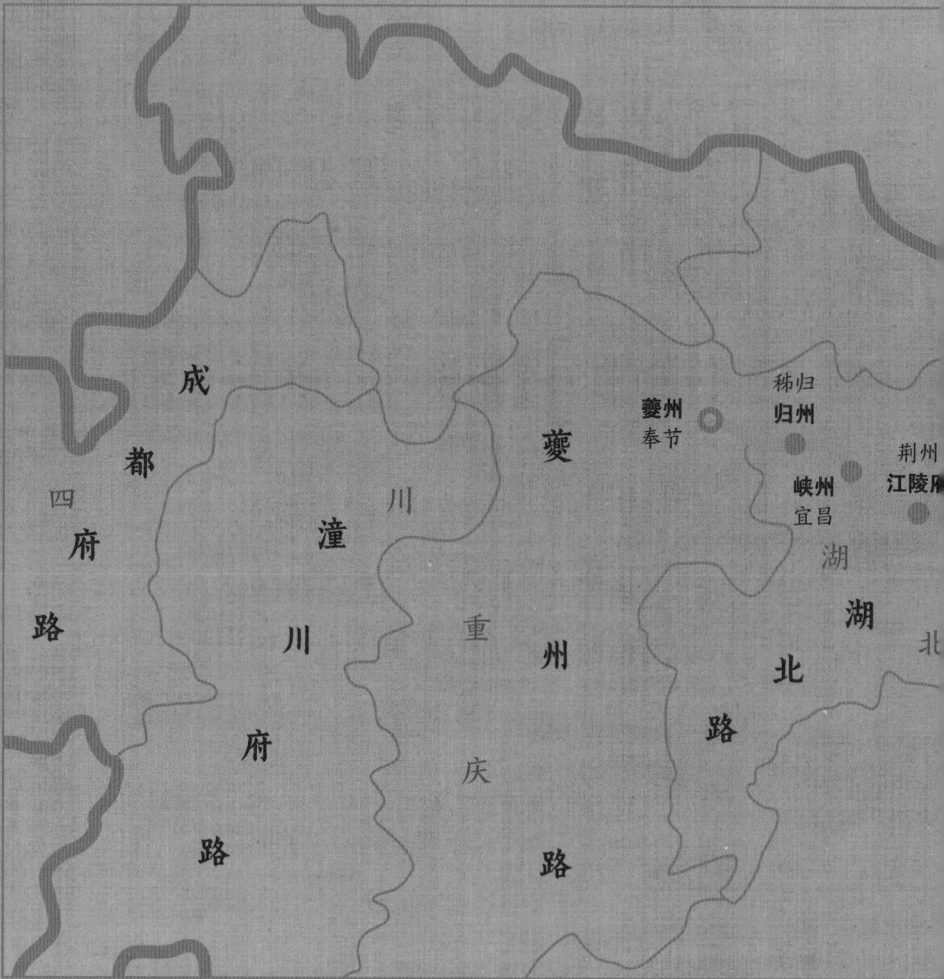

成都

四府路

潼川府路

夔州路

川

重庆

夔州
奉节

秭归
归州

峡州
宜昌

荆州
江陵府

湖北

湖北路

淮南西路

安

南京
建康府

当涂

太平州
芜湖

真州
仪征

江

南

东

路

徽

瓜州 瓜州

镇江府 镇江

常州 常州

平江府 苏州

秀州 嘉兴

两

江

浙

路

东

池州 贵池

鄂州 武汉

黄州
黄冈

江州
九江

江南
西路

江

西

临安府
杭州

越州
绍兴

浙

江

路

浙

海

前　言

　　陆游（1125—1210），字务观，号放翁，越州山阴人，南宋最杰出的爱国诗人。他生逢北宋灭亡之际，少年时在战乱中度过。宋高宗绍兴二十三年，他赴临安应试，因名列秦桧之孙秦埙之前而被秦桧排斥。绍兴二十八年，始以恩荫入仕，初任福州宁德县主簿。宋孝宗即位后，任枢密院编修官兼编类圣政所检讨官，并赐进士出身，先后通判镇江府、隆兴府。乾道二年，被罢官还乡，罪名是"言者论游交结台谏，鼓唱是非，力说张浚用兵，免归"（《宋史·本传》）。乾道六年通判夔州，乾道七年，应四川宣抚使王炎之邀，任职于南郑幕府。后赴成都任安抚使参议官，与四川制置使范成大颇为相得。宋光宗继位后，升为礼部郎中兼实录院检讨官，不久即因"嘲咏风月"罢官。嘉泰二年，宋宁宗诏陆游入京，主持编修孝宗、光宗两朝实录和三朝史，官至宝章阁待制。

　　陆游一生笔耕不辍，诗词文诸体兼工，具有很高成就。有《剑南诗稿》八十五卷、《渭南文集》五十卷。此外，还撰有《老学庵笔记》十卷及《南唐书》十八卷等。

一

乾道二年的罢官,使陆游的人生遭受重大挫折。《剑南诗稿》卷五《晓叹》云:"少年论兵实狂妄,谏官劾奏当窜殛。不为孤囚死岭海,君恩如天岂终极。"这与其说是他的后悔懊恨,不如说是他的自嘲反讽。此年他还写有《大圣乐》词:"电转雷鸣,自叹浮生,四十二年。试思量往事,虚无似梦。悲欣万状,合散如烟。……寿夭穷通,是非荣辱,此事由来都在天。从今去,任东西南北,作个飞仙。"对自己的人生做了一番总结和反思,希望看破荣辱是非,逍遥人生。此后他返乡卜居镜湖之三山,足迹不至城市者数年。但是,做神仙哪有那么容易?陆游有一大家子人,当时已有五个儿子、一个女儿,有的子女已成年,家里穷得揭不开锅。他在《通判夔州谢政府启》中云:"贫不自支,食粥已逾于数月。……儿子忽其满前,藜藿至于并日。"因此他必须继续为家庭谋生,终于在闲居了四年之后,得到了消息:"乾道五年十二月六日,得报,以左奉议郎差通判夔州军州事。"《剑南诗稿》卷二有《将赴官夔府书怀》:"一从南昌免,五岁嗟不调。朝庭每哀矜,幕府误辟召。终然敛孤迹,万里游绝徼。"虽然宦途失意,转了一大圈,他还是原地踏步,继续担任通判,且远在几千里之外,是个偏僻的蛮荒之地。但他没有办法,只能赴任。"俸钱虽薄胜躬耕"(《雪晴》),杯水车薪的俸禄,依然是全家的经济来源。他当时身体并不好,不宜远行,而且踌躇路费,只能拖到来年,"以久病未堪远役,谋以明年夏初起行"。他在该年写的《投梁参政》诗中云:"游也本无奇,腰折百僚底。流离鬓成丝,悲咤泪如洗。残年走巴峡，辛苦为斗米。"去的时候连路费也是自筹的，其《上虞丞相书》写道："其行也，故时交友醵缗钱以遗之。"赴任后在《秭归醉中怀都下诸公示坐客》诗中云："此身长是沧浪客，何日能为饱暖家？"这些诗文都充满了自怨自叹之情。

《入蜀记》就是他乾道六年由家乡山阴赴夔州通判任上沿途所作的日记。诗人携家带口，同行的有其夫人和六个子女，自本年闰五月十八日，至同年十月二十七日，历时一百六十日，约五个半月，由春夏至秋冬、由江浙至西蜀，船行出运河、历长江、入三峡，途经临安、嘉兴、平江、常州、镇江、瓜州、建康、当涂、芜湖、江州、黄州、鄂州、荆州、峡州、归州等十五州府，一路上换了五次船，行程五千余里，才抵达目的地，可谓历尽困苦和艰难。正如他在《沧滩》一诗中所云："少年亦慕宦游乐，投老方知行路难。"然而正是这次行程促成了这部长篇行记的问世。他详细记载了一路上的所见所闻，融入了自己的人生见解，运河、长江沿岸的名胜古迹、历史掌故、风俗民情，在他的笔下一一呈现。全书采用纪实的手法、全景式的视角、诗性的文字，叙述平实而富于情趣，笔触生动而繁简得当，既有史料价值，又有文学价值。途中他还创作了不少纪行之诗，与之相得益彰。

二

陆游博闻强记，凡当地诗文、地理形胜、历史遗迹，他均能一一道来。

首先，他对运河、长江沿岸的诗歌进行了系统的挖掘和梳理。

运河与长江，就如两条诗文长廊。陆游是个诗人，每到一地，都对当地诗文特别关注，往往如数家珍、熟稔于胸、脱口而出。这些诗文就像注解一样，让他将书本知识和实地勘察结合起来，也将当地人文景观和自然景观挂钩。

陆游嗜书如命，而路途不能携带很多书籍，他在《剑南诗稿》卷二《旅食》诗中云："惟恨虚捐日，无书得纵观。"长路漫漫，无书可读，让他引以为憾。但以前大量的阅读记忆却被一一唤醒，正如他在《杨梦锡集句杜诗序》中写的那样："文章要法，在得古作者之意。意既深远，非用力精到，则不能造也。前辈于《左氏传》、太史公书、韩文、杜诗，皆熟读暗诵，虽支枕据鞍间，与对卷无异。久之，乃能超然自得。"说的虽然是前辈，何尝不是他自己。这些他平日里熟读暗诵的诗文，一到这些诗文的创作发源地，便从他的脑海里跳了出来。

六月十六日过新丰，他写道：

　　李太白诗云："南国新丰酒，东山小妓歌。"又唐人诗云："再入新丰市，犹闻旧酒香。"皆谓此，非长安之新丰也。

七月十八日过天门山，他写道：

　　两小山夹江，即东梁西梁，一名天门山。李太白诗云："两岸青山相对出，孤帆一片日边来。"王文公诗云："崔嵬天门山，江水绕其下。"梅圣俞云："东梁如仰蚕，西梁如浮鱼。"徐师川云："南人北人朝暮船，东梁西梁今古山。"皆得句于此也。

二十四日过池州，他写道：

李太白往来江东，此州所赋尤多，如《秋浦歌》十七首及《九华山》《青溪》《白笴陂》《玉镜潭》诸诗是也。《秋浦歌》云："秋浦长似秋，萧条使人愁。"又曰："两鬓入秋浦，一朝飒已衰。猿声催白鬓，长短尽成丝。"则池州之风物可见矣。

二十六日过长风沙，他写道：

李太白《江上赠窦长史》诗云："万里南迁夜郎国，三年归及长风沙。"梅圣俞《送方进士游庐山》云："长风沙浪屋许大，罗刹石齿水下排。历此二险过湓浦，始见瀑布悬苍崖。"即此地也。又太白《长干行》云："早晚下三巴，预将书报家。相迎不道远，直到长风沙。"盖自金陵至此七百里，而室家来迎其夫，甚言其远也。

八月二十八日过鄂州，他写道：

太白诗云："谁道此水广，狭如一匹练。江夏黄鹤楼，青山汉阳县。大语犹可闻，故人难可见。"形容最妙。黄鲁直"宵征江夏县，睡起汉阳城"，亦此意。老杜有《公安送李晋肃入蜀余下沔鄂》及《登舟将适汉阳》诗。……黄鹤楼，旧传费祎飞升于此，后忽乘黄鹤来归，故以名楼，号为天下绝景。崔颢诗最传，而太白奇句，得于此者尤多。

九月十四日过公安，他写道：

老杜《晓发公安》诗注云："数月憩息此县。"按公《移居公安》诗云："水烟通径草，秋露接园葵。"而《留别公安太易沙门》诗云："沙村白雪仍含冻，江县红梅已放春。"则是以秋至此县，暮冬始去。其曰数月憩息，盖为此也。

他对这些诗文记得最多、最熟的有李白、杜甫、白居易、欧阳修、王安石、苏轼、黄庭坚、张耒、韩驹等人，文中引用这些前人诗文达一百八十多次，可以编一部小型诗选。每到一地，他总要去寻访这些诗人生活过的踪影。到南京，拜谒王安石半山故居，瞻仰其神采如生的画像；到当涂，凭吊李白墓，写下《吊李翰林墓》一诗："饮似长鲸快吸川，思如渴骥勇奔泉。"在黄州，怅望东坡雪堂，写下《黄州》一诗："江声不尽英雄恨，天意无私草木秋。"到庐山，参访白公草堂，想见其高风逸韵。在江陵，怀念屈原，写下《哀郢》："离骚未尽灵均恨，志士千秋泪满裳。"在夷陵，探访欧阳修祠堂，寻找他在这生活和创作的踪影。到巴东，写下《秋风亭拜寇莱公遗像》："江上秋风宋玉悲，长官手自葺茅茨。"到夔州，写下《夜登白帝城楼怀少陵先生》："拾遗白发有谁怜，零落歌诗遍两川。"

对这些前人的诗歌，以前只是泛泛地阅读，现在却身历其境，进一步体会其诗意、领会其意境，加深了对这些诗歌的理解和感悟。

（七月）十六日。……是夜，月白如昼，影入溪中，摇荡如玉塔，始知东坡"玉塔卧微澜"之句为妙也。

二十三日。……惟王文公诗云"盘根虽巨壮，其末乃修纤"，最极形容之妙。大抵此山之奇，在修纤耳。然无含蓄敦大气象，与庐阜、天台异矣。

二十七日。……北望正见皖山。太白《江上望皖公山》诗云："巉绝称人意。""巉绝"二字，不刊之妙也。

八月一日。……是日风静，舟行颇迟，又秋深潦缩，故得尽见杜老所谓"幸有舟楫迟，得尽所历妙"也。

二日。……泛彭蠡口，四望无际，乃知太白"开帆入天镜"之句为妙。

二十八日……太白诗云："谁道此水广，狭如一匹练。江夏黄鹤楼，青山汉阳县。大语犹可闻，故人难可见。"形容最妙。……《送孟浩然》诗云："孤帆远影碧山尽，惟见长江天际流。"盖帆樯映远山，尤可观，非江行久，不能知也。

（十月）三日。……与儿辈登堤观蜀江，乃知李太白《荆门望蜀江》诗"江色绿且明"为善状物也。

他经常用"妙"字来概括这些诗文，感佩前人用字之妙、状物之妙、形容之妙。前人诗歌对生活的观察和经验，基于现实又超越现实的贴切表达，让他有了更真切的体会和直觉的认识。正像周紫芝在《竹坡诗话》中所说的那样："此诗平日诵之，不见甚工，唯当所见处，乃始知其为妙。"

一路上，陆游还创作了不少诗歌，《剑南诗稿》卷二的大部分诗写于入蜀路途，有近六十首诗。一方面，旅途的艰难让他感慨不已："身游万死一生地，路入千峰百嶂中。"（《晚泊》）"西游处处堪流涕，抚枕悲歌兴未穷。"（《武昌感事》）"此行何处不艰难，寸寸强弓且旋弯。"（《晚泊松滋渡口》）另一方面，壮丽的山川开拓了他的眼界，扩展了他的心胸："风月未须轻感慨，巴山此去尚千重。"（《宿枫桥》）"道路半年行不到，江山万里看无穷。"（《水亭有怀》）而前人的这些诗歌则成为激发他创作的原动力和催化剂："西行万里亦为何？欲就骚人乞弃遗。"（《巴东遇小雨》）"何当出清诗，千古续遗唱。"（《将离江陵》）《剑南诗稿》八十五卷，只有卷一作于入蜀前，之后他的创作出现井喷的状态。这就不是一种偶然，入蜀的经历激发了他的创作欲望，提高了他的创作水平，使他的诗歌创作走向成熟。

其次，他对运河、长江沿岸的山川风光进行了全景式的扫描和呈现。

每到一处，陆游寻找古诗文诞生的地点和场景，这体现了他的学识之精。不仅如此，他还以其生花妙笔，对当地山川风光即目直书，以传神的笔触进行叙写，字里行间，充满了他发现自然之美的欣喜，表现了他高超的审美水平。

风平浪静时，运河、长江两岸经常风景如画：

（六月）九日。……晚解舟中流，回望长桥层塔，烟波淼然，真若图画。

二十二日。……东望京山，连亘抱合，势如缭墙，官寺楼观如画，西阚大江，气象极雄伟也。

二十八日。凤兴，观日出，江中天水皆赤，真伟观也。……午间，过瓜洲，江平如镜。舟中望金山，楼观重复，尤为巨丽。

（七月）二日。……登台，望下蜀诸山，平远可爱，徘徊久之。

四日。风便，解缆挂帆，发真州。岸下舟相先后发者甚众，烟帆映山，缥缈如画。

十九日。便风，过大、小禨山矶。奇石巉绝，渔人依石挽罾，宛如画图间所见。

二十二日。过大江，入丁家洲夹，复行大江。自离当涂，风日清美，波平如席，白云青嶂，远相映带，终日如行图画，殊忘道途之劳也。

二十八日。……自雷江口行大江，江南群山，苍翠万叠，如列屏障，凡数十里不绝。自金陵以西，所未有也……过狮子矶，

《天水荆山图》

（选自〔清〕萧云从《太平山水图》）

一名佛指矶，藓壁百尺，青林绿篠，倒生壁间，图画有所不及。犹恨舟行北岸，不得过其下。

（八月）二十日。晓，离黄州。江平无风，挽船正自赤壁矶下过。多奇石，五色错杂，粲然可爱，东坡先生怪石供是也。挽行十四五里，江面始稍狭。隔江冈阜延袤，竹树葱蒨，渔家相映，幽邃可爱。复出大江，过三江口，极望无际。

陆游经常用图画来形容运河、长江及沿岸的风景。每一处的风光都不一样，有的秀美，有的壮丽，他就像是一个高明的画家，用大手笔自如挥洒，寥寥数语，形神兼备地描绘出了一幅幅当地绚丽多姿的画面，让人目不暇接。明代何宇度在《益部谈资》中评论云："宋陆务观、范石湖皆作记妙手。一有《入蜀记》，一有《吴船录》，载三峡风物，不异丹青图画，读之跃然。"信然，陆游以日记的形式第一次完整呈现了宋代运河与长江沿岸的自然之美。

入蜀的水路不只是风平浪静，更多的是风浪大作，旅途充满了艰险，让人惊慌：

（六月）八日。……过平望，遇大雨暴风，舟中尽湿。少顷，霁。止宿八尺，闻行舟有覆溺者。

（七月）二十七日。……是日大风，至暮不止，登岸，行至夹口，观江中惊涛骇浪，虽钱塘八月之潮不过也。有一舟掀簸浪中，欲入夹者再三，不可得，几覆溺矣，号呼求救，久方能入。

二十八日。……是日，便风张帆，舟行甚速，然江面浩淼，白浪如山，所乘二千斛舟，摇兀掀舞，才如一叶。……舟至石壁下，忽昼晦，风势横甚，舟人大恐失色，急下帆，趋小港，竭力牵挽，仅能入港。系缆同泊者四五舟，皆来助牵。……是晚，果折樯破帆，几不能全，亦可怪也。入夜，风愈厉，增十余缆。迨晓，方少定。

（八月）十七日。过回风矶，无大山，盖江滨石碛耳。然水急浪涌，舟过甚艰。

陆游如实地记录了运河与长江的凶险和峥嵘，让我们见识了船行大江的险象环生，人与自然抗争时的孤独恐惧。他在《系舟下牢溪游三游洞二十八韵》中云："旧观三峡图，常谓非人情。意疑天壤间，岂有此峥嵘。画师定戏耳，聊欲穷丹青。西游过沔鄂，莽莽千里平。昨日到峡州，所见始可惊。乃知画非妄，却恨笔未精。"他未到此地时，以为这些以长江为题材的惊险画作并非纪实，而是出自画家的夸张和想象，等他走了这一程之后，才意识到这些画作都源于自然。大自然山水的千姿百态、浩渺神奇，让他惊叹不已，他感慨自己的文字不能传达出自然的神韵。但实际上他也像是一个高明的画家，不仅描绘出了沿途山水的丰富色彩和千奇百怪的形状，也呈现出了其千变万化的姿态和让人惊心动魄的神力。

一路上，各种奇山一一呈现，如金山、钟山、青山、九华山、皖山、大小孤山、庐山、巫山等。有时他下舟实地登临，更多时是在船上远观近眺，在不断变换视角的移动中欣赏。如过烽火矶、澎浪矶、道士矶：

　　八月一日。过烽火矶。……自舟中望山，突兀而已。及抛江过其下，嵌岩窦穴，怪奇万状，色泽莹润，亦与它石迥异。又有一石，不附山，杰然特起，高百余尺，丹藤翠蔓，罗络其上，如宝装屏风。……过澎浪矶、小孤山，二山东西相望。小孤属舒州宿松县，有戍兵。凡江中独山，如金山、焦山、落星之类，皆名天下，然峭拔秀丽，皆不可与小孤比。自数十里外望之，碧峰巉然孤起，上干云霄，已非它山可拟，愈近愈秀。冬夏晴雨，姿态万变，信造化之尤物也。

　　十六日。……晚过道士矶，石壁数百尺，色正青，了无窍穴，而竹树迸根，交络其上，苍翠可爱。自过小孤，临江峰嶂，无出其右。……抛江泊散花洲，洲与西塞相直。前一夕，月犹未极圆，盖望正在是夕。空江万顷，月如紫金盘，自水中涌出，平生无此中秋也。

　　来到三峡一带，都是在高崖绝壁下行进，两岸千嶂万峰、重山掩映，充满了风险和神奇色彩，以至于陆游在《瞿唐行》诗中云："千艘万舸不敢过，篙工舵师心胆破。"且看他的描写："（十月）六日，过荆门十二碚，皆高崖绝壁，崭岩突兀，则峡中之险可知矣。""八日。五鼓尽，解船，过下牢关。夹江千峰万嶂，有竞起者，有独拔者，有崩欲压者，有危欲坠者，有横裂者，有直坼者，有凸者，有窪者，有罅者，奇怪不可尽状。初冬草木皆青苍不凋，西望重山如阙，江出其间，则所谓下牢溪也。""二十三日。……祝史云，每八月十五夜月明时，有丝竹之音，往来峰顶，山猿皆鸣，达旦方渐止。……坛上观十二峰，宛如屏障。是日，天宇晴霁，四顾无纤翳，惟神女峰上有白云数片，如鸾鹤翔舞徘徊，久之不散，亦可异也。""二十六日。发大溪口，入瞿唐峡。两壁对耸，上入霄汉，其平如削成。仰视天，如匹练然。"中秋夜，神女峰顶会传来丝竹之音，宛若天乐；山上的白云，会像鸾鹤般轻舞，久之不散。仰视山如匹练，平视水如油盎。

不仅山奇，水也奇，江水能分清浊，直如引绳；泉水能呼应人声，屡呼屡出："江自湖口分一支为南江，盖江西路也。江水浑浊，每汲用，皆以杏仁澄之，过夕乃可饮。南江则极清澈，合处如引绳，不相乱。""水已落，峡中平如油盎。过圣姥泉，盖石上一罅，人大呼于旁，则泉出，屡呼则屡出，可怪也。"在陆游的笔下，大自然无不透露出其鬼斧神工、秀丽神奇。

再次，他对运河和长江沿岸的民风民俗进行了详细的实录和记载。

陆游在用如椽大笔描写大自然的山川河流时，并不漠视现实人生。他常将风物描写与风土人情、时事见闻糅杂在一起。试看他笔下记录的各种奇人异事：

（六月）八日。……运河水泛溢，高于近村地至数尺。两岸皆车出积水，妇人儿童竭作，亦或用牛。妇人足踏水车，手犹绩

《三峡奔涛》

（选自〔清〕吴楚奇《西江游览图咏》）

麻不置。

（七月）二十日。……过三山矶。矶上新作龙祠。有道人半醉立薛崖峭绝处，下观行舟，望之使人寒心，亦奇士也。

十月一日。过瓜洲坝、仓头、百里洲，泊沱灉。皆聚落，竹树郁然，民居相望。亦有村夫子聚徒教授，群童见船过，皆挟书出观，亦有诵书不辍者。

十三日。……妇人汲水，皆背负一全木盎，长二尺，下有三足，至泉旁，以杓挹水，及八分，即倒坐旁石，束盎背上而去。大抵峡中负物率着背，又多妇人，不独水也。有妇人负酒卖，亦如负水状，呼买之，长跪以献。

这些宋代百姓的形象在陆游笔下重新复活、千载如新，他们身上蕴含着巨大的生命能量，特别是劳动妇女，不管是在东南运河上边踏水车边绩麻的妇人，还是在西部三峡中既负水又负重的女子，她们都吃苦耐劳、勤俭坚韧。文中对这些人物的描写，虽然是三言两语，却勾勒得栩栩如生，像一幅幅速写和剪影。

他也描摹了各种现实世相，反映了人生中的种种纷扰：

（七月）十一日。……是日便风，击鼓挂帆而行。有两大舟东下者，阻风泊浦溆，见之大怒，顿足诟骂不已。舟人不答，但抚掌大笑，鸣鼓愈厉，作得意之状。江行淹速常也，得风者矜，而阻风者怒，可谓两失之矣。世事盖多类此者，记之以寓一笑。

（九月）二十八日。泊方城。有嘉州人王百一者，初应募为船之招头。招头，盖三老之长，顾直差厚，每祭神，得胙肉倍众人。既而船户赵青，改用所善程小八为招头。百一失职怏怏，又不决去，遂发狂赴水。予急遣人拯之，流一里余，三没三踊，仅得出。一招头得丧，能使人至死，况大于此者乎！

（十月）十三日。舟上新滩，由南岸上。及十七八，船底为石所损，急遣人往拯之，仅不至沉。然锐石穿船底，牢不可动，盖舟人载陶器多所致。

十四日。……因山崩石壅，成此滩，害舟不可计……然滩上居民，皆利于败舟，贱卖板木，及滞留买卖，必摇沮此役。不则赂石工，以为石不可去。

他即目直书现实中各色人等的声色情态，在记录这些见闻时，不时发表自己的感慨，表达自己的观点。一场大风，招致江上行舟有顺风逆风之别，顺风者得意，逆风者发怒。一个招头，无非是比一般的船工待遇好一点，但当他失去这个职务时居然要发狂而赴水自杀。峡中滩多礁密，滩上居民为了蝇头小利，竟千方百计阻止地方官府组织疏凿礁石。而船夫为了盈利，则拼命载重，以致石穿船底，发生倾覆。陆游对这些人生百态都表达了自己褒贬不一的意见。

他还描摹了各地的风俗和风貌：

（八月）六日。甲夜，有大灯球数百，自溢浦蔽江而下，至江面广处，分散渐远，赫然如繁星丽天。土人云，此乃一家放五百碗以禳灾祈福。盖江乡旧俗云。

十二日。江中见物，有双角，远望正如小犊，出没水中有声。晚泊橹脐洑，隔江大山中，有火两点若灯，开阖久之。问舟人，皆不能知。或云蛟龙之目，或云灵芝丹药光气，不可得而详也。

十四日。……抛大江，遇一木筏，广十余丈，长五十余丈。上有三四十家，妻子、鸡犬、臼碓皆具，中为阡陌相往来，亦有神祠，素所未睹也。舟人云："此尚其小者耳，大者于筏上铺土作蔬圃，或作酒肆，皆不复能入夹，但行大江而已。"

宋代长江里有着各种丰富景象：几百个大灯球，同时浮在江面，像满天的繁星；江中有双角如小犊和开阖若灯的水生动物；巨大的木筏，上面可以住三四十户人家，简直是个奇异的村庄。陆游用一双好奇的眼睛，为我们记录下了这些奇异的人事现象。

第四，他对运河和长江沿岸的历史、军事、经济等进行了多维度的考察。

《四库全书总目》称《入蜀记》："考订古迹，尤所留意。……足备舆图之考证。"钱曾《读书敏求记》称《入蜀记》："凡途中山川险易、风俗淳漓，及古今名胜、战争之地，无不排日记录。一行役而留心世道如此，后时家祭无忘，盖有素焉。"这说明此书非是仅仅描摹景物、

《牛渚》

（选自〔清〕萧云从《太平山水图》）

记录游踪、表现心情之作，而是记载舆地、考订古迹、关注民生，有很强的现实意义。当时宋金对峙，金主完颜亮率大军攻打南宋，时间才过去了十年不到。当地人还记得："元颜亮入寇时，战鼓之声，震于山中。"（七月十七日周生言）而长江沿岸是江防重地，依然具有紧张气氛："（六月）二十九日。……两日间，阅往来渡者，无虑千人，大抵多军人也。""（八月）二十五日。观大军教习水战。大舰七百艘，皆长二三十丈，上设城壁楼橹，旗帜精明，金鼓鞔鞳，破巨浪往来，捷如飞翔，观者数万人，实天下之壮观也。"陆游每到这些地方，他都带领读者进入历史深处，以丰富的细节来打捞一段段的历史，使之变得鲜活，成为可触摸的历史。更重要的是他还以古鉴今，从历史转向现实，不时发表自己的议论：

（七月）七日。……食已，同登石头，西望宣化渡及历阳诸山，真形胜之地。若异时定都建康，则石头当仍为关要。或以为今都城徙而南，石头虽守无益，盖未之思也。惟城既南徙，秦淮乃横贯城中，六朝立栅断航之类，缓急不可复施。然大江天险，都城临之，金汤之势，比六朝为胜，岂必依淮为固邪？

十一日。……采石一名牛渚，与和州对岸，江面比瓜洲为狭，故隋韩擒虎平陈及本朝曹彬下南唐，皆自此渡。

二十四日。……初，王师平南唐，命曹彬分兵自荆州顺流东下，以樊若冰为乡导，首克池州，然后能取芜湖、当涂，驻军采石，而浮桥成。则池州今实要地，不可不备也。

他具有军事眼光，主张建都建康，加强要塞防守。《渭南文集》卷三有《上二府论都邑札子》："然某闻江左自吴以来，未有舍建康他都者……天造地设，山川形势，有不可易者也。"所以他对这里的远事近事都寄慨遥深。

同时，他也关注民生，对各地的经济状况和物价税收都进行了记录：

（八月）十五日。……晴后，得便风，次蕲口镇，居民繁错，蜀舟泊岸下甚众。监税秉义郎高世栋来，旧在京口识之，言此镇岁课十五万缗，雁翅岁课二十六万缗。

二十一日。……晚泊杨罗洑，大堤高柳，居民稠众，鱼贱如土，百钱可饱二十口，又皆巨鱼。

二十三日。……食时至鄂州，泊税务亭，贾船客舫，不可胜计，衔尾不绝者数里。自京口以西，皆不及。李太白《赠江夏韦太守》诗云："万舸此中来，连帆过扬州。"盖此郡自唐为冲要之地。

（九月）二日。……晴时，次下郡，始有二十余家，皆业渔钓，芦藩茅屋，宛有幽致。鱼尤不论钱。

十四日。次公安，……井邑亦颇繁富，米斗六七十钱。

长江中下游相对比较富庶，这里物价便宜，鱼贱如土，倒也节省了陆游路途的不少开支。而长江上游一带因交通不便，经济民生还是十分凋敝：

（九月）十七日。郡集于望洋堂玩芳亭，亦皆沙石荦确之地。贾守云：州仓岁收秋夏二料，麦、粟、粳米，共五千余石，仅比吴中一下户耳。

二十一日。……晚泊巴东县。江山雄丽，大胜秭归。但井邑极于萧条，邑中才百余户，自令廨而下，皆茅茨，了无片瓦。

可以说《入蜀记》是一部内容异常丰富的书，远不只是一般的行记，它以独特的眼光对沿途的山河风物进行了精彩的描绘，对当时的政治、经济、军事、文化等进行了全面的扫描，对日常生活中的人事现象、世俗民情进行了精准的捕捉，这都让我们回望那个年代，似乎一脚走进了宋代。

三

陆游为什么要写这部《入蜀记》？一则他有丰富的学养，学富五车、博古通今；二则这也是他仕途不顺的发愤之作。他因主张抗金而被罢官，在南宋以偏安为主的政治军事格局中，很难成就他的"立功"愿望。但仕途的失意却成全了陆游，使他有意而为，要在"立言"方面上有一番作为。

陆游很早就有对巴蜀之行的期待，他在自编诗集《东楼集序》中云：

余少读地志，至蜀、汉、巴、僰，辄怅然有游历山川、揽观风俗之志。私窃自怪，以为异时或至其地以偿素心，未可知也。岁庚寅，始溯峡、至巴中，闻竹枝之歌。……然后知昔者之感，盖非适然也。（《渭南文集》卷十四）

乾道元年，陆游由镇江通判改任隆兴通判，就船行走过长江。《剑南诗稿》卷二《夜闻松声有感》诗注："余丙戌七月，自京口移官豫章，冒风涛自星子解舟，不半日至吴城小龙庙。"韩元吉当时收到陆游来信，在《送陆务观序》中云："务观舟败几溺，而书来诧曰：'平生未江行也。葭苇之苍茫，凫雁之出没，风月之清绝，山水之夷旷，畴昔皆寓于诗而未尽其仿佛者，今幸遭之。必毋为我戚戚也。'盖其志尚不凡如此。"（见《陆游资料汇编》）这一次的长江行程已让陆游初有体验和感受，对他的诗歌创作起到了促进作用。

乾道五年，他在获悉以奉议郎差通判夔州军州事时，有《通判夔州谢政府启》：

念昔并游于英俊，颇尝抒思于文辞，既嗟气力之甚卑，复恨见闻之不广。今将穷江湖万里之险，历吴楚旧都之雄。山巅水涯，极诡异之观；废宫故墟，吊兴亡之迹。动心忍性，庶几或进于豪分；娱忧纾悲，亦尝勉见于言语。傥粗传于后世，犹少答于深知。（《渭南文集》卷八）

文中表现了他对这一行程的期待，认为自己以前的诗文为什么写得不够好，缘于见闻不广，力有所不逮。而"文以气为主，出处无愧，气乃不挠"（《傅给事外制集序》）。这次的赴任将穷江湖万里之险，可以饱览山川、造访名胜、拜谒先贤、观察世情，一定会对他的人生和创作有很大的提升和推动。他已暗下决心，要用文字来好好记录这一非常之旅。

陆游一直认为，诗文创作要有江山之助，在《感兴》诗中，他这样写道："吾尝考在昔，颇见造物情。离堆太史公，青莲老先生。悲鸣伏枥骥，蹭蹬失水鲸。饱以五车读，劳以万里行。险艰外备尝，愤郁中不平。山川与风俗，杂错而交并。"认为只有像司马迁和李白那样，走遍天下，备尝艰辛，才能对人生有深刻的感受，写出个性鲜明的作品。同样意思的话他在给朋友的信中也说过："大抵此业在道途则愈工，……绝尘迈往之作，必得之此时为多。"（《嘉庆广西通志》卷二二四《金石》十载陆游与杜思恭札）因为只有在这样的时候，诗人摆脱了平常生活的束缚，个性得以较自由地展露，对自然山水景物有更新鲜的感觉，也有更充分的体验和感受，才能激发文思诗兴，发挥自己的独创性。这也就是他反复强调的："挥毫当得江山助，不到潇湘岂有诗。"（《予使江西时，以诗投政府，丐湖湘一麾，会召还不果，偶读旧稿有感》）"君诗妙处吾能识，正在山程水驿中。"（《题庐陵萧彦毓秀才诗卷后》）

四

《入蜀记》最初编于《渭南文集》第四十三卷至第四十八卷，凡六卷。《渭南文集》始刻于南宋嘉定十三年，由陆游幼子陆子遹知溧阳县时刊于溧阳郡斋。子遹在跋文中称："惟遗文自先太史未病时，故已编辑，凡命以《渭南》矣，第学者多未之见。今别为五十卷，凡命名及次第之旨，皆出遗意，今不敢紊。"又述陆游之言曰："'《剑南》乃诗家事，不可施于文。'故别名《渭南》。如《入蜀记》、《牡丹谱》、乐府词本当别行，而异时或至散失，宜用庐陵所刊欧阳公集例，附于集后。"（嘉定本《渭南文集》卷首）因此，本书是陆游晚年亲自命名并编定的文集。

《入蜀记》后世刊行流通的主要是单行本，且有一卷本、四卷本和六卷本之别。如《知不足斋丛书》《笔记小说大观》《丛书集成初编》《四库全书》等六卷本，《宝颜堂秘笈》《诒经堂藏书》等四卷本，《续百川学海》《说郛》等一卷本。

本书校勘以嘉定本《渭南文集》为本（简称嘉定本），这是最早的刊本，后世刊本主要据此本流传。此本今藏国家图书馆，近年收入"中华再造善本丛书"。并参校明末毛晋汲古阁本《渭南文集》（简称汲古阁本），中华书局 1976 年版《陆游集》中之《渭南文集》本（简称中华本），及《知不足斋丛书》本（简称知不足斋本）、文渊阁《四库全书》本（简称《四库》本）等。

本书笺释主要对文中出现的大量地名、人名、官名等，通过查核各类典籍，提供切实的根据；对难懂的词语和典故，进行疏通解释；对引用诗文和有关史迹，注明出处，提供书证。笺释力求精确、翔实、可靠。

本书附录，一是《宋史·陆游传》，二是一些评论，三是列出相关参考书目，以供读者参考。

　　本书原收入浙江教育出版社出版的《陆游全集校注》，蒙陕西师
范大学出版总社和北京胡杨文化传播有限公司何崇吉先生不弃，列入
新的出版计划。因此对全书进行了重新修订和补充，力求进一步完善。
但限于学识和能力，校注还有诸多不尽如人意之处，有未能出注者，
有讹误者，期盼识者方家不吝指正。

钱锡生

2024 年 8 月 30 日

卷

一

乾道五年¹十二月六日，得报差通判夔州²。方久病，未堪远役，谋以夏初离乡里。³

【注释】

1. 乾道五年：公元 1169 年，陆游时年四十五岁。据《宋史》本传记载，乾道二年"言者论游交结台谏，鼓唱是非，力说张浚用兵。免归"。《剑南诗稿》卷五《晓叹》："少年论兵实狂妄，谏官劾奏当窜殛。"乾道五年三月，王炎除四川宣抚使，依旧参知政事。召陆游入幕，陆游有谢启，见《渭南文集》卷八《谢王宣抚启》。

2. 得报差通判夔州：报差，指送报的人。报即邸报，定期把皇帝的谕旨、诏书、臣僚奏议等官方文书以及宫廷大事等有关政治情报传送至各地，宋代起发展成一种手抄的类似报纸的出版物。通判，"通判州事"或"知事通判"的省称。宋初，为加强对地方官的监察和控制，防止知州职权过重，专擅作大，宋太祖创设"通判"一职。通判辅佐郡政，可视为知州副职，但有直接向皇帝报告的权力。知州向下属发布的命令必须要通判一起署名方能生效。通判的差选，初由朝廷选京官任职，后改由转运使、制置使及提举司等监司奏辟。其品第多数仅为从八品，与权知军、州事之二、三品相差悬殊，亦为大小相制之意。夔州，唐改信州为夔州，治奉节。宋又有夔州路，治夔州，辖今川鄂黔各一部。《元丰九域志》："夔州路，都督府，夔州云安郡宁江军节度，治奉节县。"

3.“方久病”句:《剑南诗稿》卷二有《将赴官夔府书怀》,“病夫喜山泽,抗志自年少。有时缘龟饥,妄出丐鹤料。亦尝厕朝绅,退懦每自笑。正如怯酒人,虽爱不敢釂。一从南昌免,五岁嗟不调。朝廷每哀矜,幕府误辟召。终然敛孤迹,万里游绝徼。民风杂莫徭,封域近无诏。凄凉黄魔宫,峭绝白帝庙。又尝闻此邦,野陋可嘲诮。通衢舞竹枝,谯门对山烧。浮生一梦耳,何者可庆吊?但愁瘿累累,把镜羞自照”。表现了他对宦途不得意的自怨自叹之情。

【校记】

〔卷一〕汲古阁本《入蜀记》卷一在《渭南文集》卷四三始,“入蜀记”三字下有双下小字:“乾道五年十二月六日起,六年六月三十日止。”

六年闰五月¹十八日,晚行,夜至法云寺²。兄弟³饯别,五鼓⁴始决去。

【注释】

1.闰五月:农历以朔望月的长度(29.5306日)为一个月的平均值,全年12月,同阳历回归年(365.2422日)相差约10日21时,为使农历与阳历在节令上相符,农历用增设“闰月”来“调整余缺”,三年闰一个月,五年闰二个月,十九年闰七个月。农历月份通常包含一个节气和一个中气,若某农历月份只有节气而没有中气，历法便会把该月多加一个月作为闰月。闰五月即在农历五月之后所加之月。

2. 法云寺："法云寺在（山阴）县西北八里，本名王舍城，寺久废，吴越王时有大校巡警见其地有光景，乃复兴葺。开宝七年改名宝城寺。中允陆公仁旺及弟大卿舍园地以盖之。大中祥符中改额法云。"（《嘉泰会稽志》卷七）法云寺为陆游高祖陆轸所创，中有石井圈，旁有一对狻猊，史载其曾汲井中之水辟谷炼丹。陆游时有往返诗作，其《法云寺》诗云："不到法云久，秋高初一来。厨供柮白美，池醮水红开。桥畔逢游衲，云边数过桅。同游恨归早，珍重约寻梅。"

3. 兄弟：据《山阴陆氏族谱》，陆宰有四子，长淞，仲濬，叔游，季浚。

4. 五鼓：天将明时。旧时自黄昏至拂晓一夜间，分为甲、乙、丙、丁、戊五段，谓之五更，又称五鼓、五夜。北齐颜之推《颜氏家训·书证》："或问：'一夜何故五更？更何所训？'答曰：'汉魏以来，谓为甲夜、乙夜、丙夜、丁夜、戊夜；又云鼓，一鼓、二鼓、三鼓、四鼓、五鼓；亦云一更、二更、三更、四更、五更；皆以五为节……更，历也，经也，故曰五更尔。'"

十九日黎明，至柯桥馆[1]，见送客。已时至钱清[2]，食亭中，凉爽如秋。与诸子及送客，步过浮桥。桥坚好非昔比，亭亦华洁，皆史丞相[3]所建也。申后，至萧山县，憩梦笔驿。[4]驿在觉苑寺旁，世传寺乃江文通旧居也。[5] 有大碑，叶道卿[6] 文。寺额及佛殿榜，皆沈睿达[7] 所书，有碑亦睿达书，尤精古。又有毗陵人戚舜臣[8] 所画水，盖佛后座大壁也，卒然见之，觉涛澜汹涌可骇，前辈或谓之死水，过矣。县丞权县事纪旬[9]、尉曾槃[10] 来。曾原伯逢[11] 招饮于其子槃廨中，二鼓归。原伯复来，共坐驿门，月如昼，极凉。四鼓，解舟行，至西兴镇[12]。

【注释】

1. 柯桥馆：柯桥驿。"柯桥驿，在（山阴）县西二十五里。"（《嘉泰会稽志》卷四）驿馆的设置，不仅要交通方便，还需能补充给养，处人口较多、相对繁华之地，宜于安顿官员。

2. 巳时至钱清：巳时又名隅中、日禺等，临近中午的时候（上午九时至十一时）。中国古时把一天划分为十二个时辰，每个时辰相当于现在的两小时。十二时辰制，西周时就已使用。汉代命名为夜半、鸡鸣、平旦、日出、食时、隅中、日中、日昳、晡时、日入、黄昏、人定。又用十二地支来表示，以夜半二十三点至一点为子时，一至三点为丑时，三至五点为寅时，依次递推。钱清，地处杭州湾南岸，东接柯桥，西邻萧山，于宋朝设置建镇。《嘉泰会稽志》卷四："钱清驿，在（山阴）县北五十里。"相传东汉年间，会稽郡太守刘宠因政绩显著而受皇帝褒奖，在奉调离任时，当地父老持钱相赠至西小江边，刘宠执意不收，只示意取一枚投入江中，江水顿时清澈见底，"钱清"始而得名。

3. 史丞相：史浩（1106—1194），字直翁，明州鄞县人。南宋绍兴十四年进士，由温州教授除太学正，升为国子博士。曾向高宗建议立太子，以此受知于朝廷。绍兴三十二年孝宗即位，史浩任参知政事，以中书舍人迁翰林学士知制诰，拜右丞相。后请求辞职，除少傅，终以太保致仕。封魏国公，卒谥文惠。《宋史》卷三九六有传。史浩曾荐陆游，《宋史》本传载"孝宗即位，……史浩、黄祖舜荐游善词章、谙典故。召见。上曰：'游力学有闻，言论剀切。'遂赐进士出身"。

4. "申后"句：申时又名哺时、日铺、夕食等，指下午三时至下午五时，猴子喜欢在这时候啼叫。梦笔驿，《嘉泰会稽志》卷四载"萧山县有梦笔驿，在县东北百三十步"。附近有南朝人江淹旧居，相传江淹在此梦笔后，才华尽失。"江郎才尽"由此而来。宋人曾极有诗《梦笔驿》："晋尚清谈笔力衰，文章高下亦随时。景纯不作文通死，五色毛锥付与谁。"《剑南诗稿》卷十七也有《梦笔驿》诗："朱扉水际亭，白塔道边寺，扁舟几往返，每过辄歔欷。经秋病不死，岁暮复一至。少年自喧哗，此老独憔悴。可怜钓鳌客，终返屠羊肆。吾身行亦无，荣辱安所寄？短灯照孤愁，寒衾推残醉。明当临大江，一洒壮士泪。"

5. "驿在觉苑寺旁"句：觉苑寺，"在县东北一百三十步。齐建元二年江淹子昭玄舍宅建。会昌废，大中二年重建，赐名昭玄寺。大中祥符中避圣祖名，改今额。寺有大悲阁，熙宁元年沈睿达辽为之记，又作八分书，字额四字笔意极简古。阁后壁有毗陵戚舜臣水，戚氏以画水名家。此壁尤为识者所贵，并睿达文及书谓之三绝。或诋戚氏以为似印版水纸，过矣"（《嘉泰会稽志》卷八）。江文通，即江淹（444—505），字文通，济阳考城人，南朝梁文学家，历仕宋、齐、梁三代，梁时官至金紫光禄大夫，封醴陵侯。

6. 叶道卿：叶清臣（1000—1049），字道卿，苏州长洲（一作乌程）人，北宋名臣。天圣二年榜眼。历任光禄寺丞、集贤校理，迁太常丞，进直史馆。论范仲淹、余靖以言事被黜事，为仁宗采纳，仲淹等得近徙。同修起居注，权三司使。知永兴军时，修复三白渠，溉田六千顷，实绩显著，后人称颂。著作今存《述煮茶小品》等。皇祐元年卒，年五十。《宋史》《东都事略》有传。《全宋词》录其词一首。

7. 沈睿达：沈辽（1032—1085），字睿达，钱塘人。沈遘之弟，幼挺拔不群，长而好学尚友，傲睨一世，嗜读《左传》《汉书》，工书法。神宗熙宁初，为审官西院主簿，以太常奉礼郎监杭州军资库。后为言官所劾，削职为民，流放永州。遇赦徙池州，筑室于秋浦齐山，曰"云巢"。工文章，长歌诗，尤善楷、行书，有《云巢编》二十卷。《宋史》卷三三一有传。

8. 戚舜臣（996—1052）：字世佐，宋应天府楚丘人。戚纶子。以荫补将作监主簿，出监雍丘税、衢州酒，迁知舒州太湖县，兼提举茶场，治有惠爱。归监在京盐院，出通判泗、濮州。知抚州，除苛去烦，毁淫祠。徙知南安军，病卒。见《南丰类稿》卷四二墓志铭。此处恐有误。戚舜臣是宋应天府楚丘人，非常州毗陵人。毗陵人善画的另有戚文秀。苏轼《书蒲永升画后》有"近日常州戚氏画水，世或传宝之"句，此戚氏即戚文秀。又据夏文彦《图绘宝鉴》卷三："戚文秀，工画水，笔力调畅。画《清济灌河图》，一笔长五丈，自边际起通贯于波浪之间，与众毫不失次序，超腾回折。"

9. 纪旬：时任萧山县丞。《至顺镇江志》卷十九载"京口人，祖霖，父交。终知房州"。

10. 曾槃：曾逢长子槃，字乐道，时任萧山县尉，后官工部。

11. 曾原伯逢：曾几长子逢，字原伯，官至大理卿。次子逮，字仲躬，官至户部侍郎。与陆游均世谊相契。二人《宋史》无传，附曾几传末云："二子，逢仕至司农卿，逮亦终敷文阁待制。而逢最以学称。"陆游入蜀途中曾致信曾逢，后有《祭曾原伯大卿文》（《渭南文集》卷四一）；周必大有《跋曾氏兄弟帖》（《平园续稿》卷八）；范成大有《送曾原伯运使归会稽，用送徐叔智韵》（《石湖居士诗集》卷二二）。

12. 西兴镇：在钱塘江南岸，浙江水路，从杭州东渡钱塘江，自此至宁、绍、台等地。有很多诗人在此驻足，留下诗篇。《咸淳临安志》卷三九："浙江渡，在候潮门外，对西兴。"

二十日黎明，渡江，江平无波。少休仙林寺[1]，寺僧为开馆设汤饮。遂买小舟出北关[2]，登漕司[3]所假舟于红亭税务[4]

之西，夜无蚊。

【注释】

1. 仙林寺：全名仙林慈恩普济教寺，《咸淳临安志》卷七六称该寺"在盐桥北，绍兴三十二年，僧洪济大师智卿造，赐今额。隆兴元年，赐'隆兴万善大乘戒坛'额"。民间传说仙林寺建于唐朝。相传唐太宗李世民少时多病，拜仙林和尚为师，病魔即除。李世民登基后，在杭州为仙林和尚造大寺一座。

2. 北关："城北，余杭门，俗呼北关门。"（《咸淳临安志》卷十八）

3. 漕司：亦称"漕运司"，管理催征税赋、出纳钱粮、办理上供以及漕运等事的官署或官员。北宋称转运司，南宋称漕司。

4. 红亭税务："红亭税务在崇新门外。"（《乾道临安志》卷二）

二十一日，省三兄[1]。

【注释】

1. 三兄：陆淞，生卒年不详，字子逸，号云溪，山阴人，陆游长兄，在族中行三。以祖恩补通仕郎，历秘阁校理、工部郎中、知辰州，官至朝请大夫。《耆旧续闻》卷二："陆辰州子逸，左丞佃之孙，晚以疾废，卜筑于秀野，越之佳山水也。放傲世间，不复有荣念。对客则终日清谈不倦，尤好语前辈事。"

二十二日至二十四日，皆留兄家。

二十五日晚，叶梦锡侍郎衡[1]招饮，案间设矾山[2]数盆，望之如雪。

【注释】

1.叶梦锡侍郎衡：叶衡（1122—1183），字梦锡，宋婺州金华人。高宗绍兴十八年进士。授福州宁德簿。改知於潜县，有政绩。召对擢知常州。除太府少卿，奏募民耕合肥濒湖圩田，仿营田制，官私各收其半。除枢密院都承旨，措置江淮民兵，时称得治兵之要。累拜参知政事、右丞相兼枢密使。劝帝以《无逸》为鉴，考举磨勘录用人材。为汤邦彦所谮，罢相谪郴州。后复官与祠。《渭南文集》卷四九有《鹧鸪天》一首，自注："送叶梦锡。"侍郎，中书、门下及尚书省所属各部长官之副。

2.矾山：由矾石（即白矾）堆成的山。宋人因其像冰，故士大夫家暑日宴客，席上多置。

二十六日晚，芮国器司业晔[1]招饮，同集仲高兄[2]、詹道子大著亢宗[3]、张叔潜编修渊[4]。坐中，国器云："顷在广东作漕，有提举茶盐石端义[5]者，性残忍，每捕官吏系狱，辄以石盐木[6]枷枷之，盖木之至坚重者，每曰：'木名石盐，天生此为我用也。'

其后，石坐罪，竟荷校⁷云。"

【注释】

1. 芮国器司业晔：芮晔（1114—1172），字国器，一字仲蒙，湖州乌程人。绍兴十八年进士。与弟晖力学起家。初仕为仁和尉，赈济有条理。通判常州。因和沈长卿诗，得罪秦桧，窜化州。绍兴二十五年，桧死，复原官。除国子正。三十一年，除秘书省正字。为广东提刑。宋孝宗乾道五年除国子司业，旋升祭酒。以右文殿修撰致仕。晔有名于时，陆游、周必大、朱熹皆与之交往。晔有家藏集，周必大《周益国文忠公集》之《平园续稿》卷十四有序，《宋史·艺文志》著录七卷，不传。事迹见《南宋馆阁录》卷八、《宋史翼》卷十三。《剑南诗稿》卷一有《过玉山辱芮国器检详留语甚勤，因寄此诗兼呈韩无咎右司》，卷二有《送芮国器司业》诗。司业，国子监官衔名，隋代以后国子监设置司业二人，从四品下，为监内的副长官，协助祭酒主管监务，掌儒学训导之政，总国子、太学、广文、四门、律、书、算凡七学。

2. 仲高兄：陆升之（1115—1174），字仲高，山阴人，与陆游同曾祖，比陆游大十二岁，人称"词翰俱妙"，和陆游感情笃。陆游十六岁时赴临安应试，随之同行。陆游入蜀后，乾道八年在阆中曾收到仲高之信，有诗记其事。在蜀曾作《渔家傲·寄仲高》，述兄弟久别之情。据《山阴陆氏族谱》，仲高死于淳熙元年六月，次年春陆游在成都始得讯，遂作《闻仲高从兄讣》诗。

3. 詹道子大著亢宗：詹亢宗，字道子，绍兴山阴人，年三十二中绍兴十八年进士，历官正字、校书郎、著作佐郎。乾道六年除知处州。事迹见《南宋馆阁录》卷七。范成大《石湖诗集》卷七有《送詹道子教授奉祠养亲》诗。大著，即著作郎，唐代主管著作局，属秘书省。宋元因之，唯宋别有国史院，故著作郎仅参与汇编"日历"（每日时事）等。

4. 张叔潜编修渊：张渊，字叔潜，长乐人，木待问榜进士。治诗赋，尝为左宣教郎、枢密院编修。事迹见《南宋馆阁录》卷七。《剑南诗稿》卷二有《送张叔潜编修造朝》诗四首。编修，官名，宋代凡修前朝国史、实录、会要等，均随时置编修官，枢密院也设有编修官，负责编纂记述。

5. 提举茶盐石端义：据李之亮编《宋代路分长官通考》下册"提举广南东路常平等事"载，"《广东通志》：'石敦义，隆兴元年任提举常平。'《会要·选举》二三之一八：'（隆兴）二年六月五日，广南东路提举常平茶事石敦义言事。'按：《入蜀记》卷一作'石端义'"。《宋史·孝宗二》载"（乾道三年二月）戊戌，直秘阁、前广东提刑石敦义犯脏，刺面配柳州，籍其家"。提举茶盐，差遣名，北宋宣和三年始见置，南宋沿置。职掌茶盐之利，以助国用。

6. 石盐木：格木名，属常绿乔木。木材暗褐色，材质坚硬，分布于我国浙江、福建、台湾、广西、广东等地。格木在各地及不同时代的俗称不一，在宋朝时有"石盐木"之称，苏轼《两桥诗》"并引"："州西丰湖上，有长桥，屡作屡坏。栖禅院僧希固，

《西湖泛春》

（选自〔清〕张宝《续泛槎图》）

筑进两岸，为飞阁九间，尽用石盐木，坚若铁石，榜曰西新桥。"苏轼并在《西新桥》诗中云："千年谁在者？铁柱罗浮西。独有石盐木，白蚁不敢跻。"

7. 荷校：校，枷械。荷校指以肩荷枷，即颈上戴枷。

二十七日。

二十八日，同仲高出暗门[1]，买小舟泛西湖[2]，至长桥寺[3]。予不至临安八年[4]矣，湖上园苑竹树，皆老苍，高柳造天，僧寺益葺，而旧交多已散去，或贵不复相通，为之绝叹。

【注释】

1. 暗门：临安西城门之一。《淳祐临安志》卷五载"清波门，俗呼暗门"。

2. 西湖：位于杭州城西，三面环山。《淳祐临安志》卷十载"西湖，在郡西，旧名钱塘湖，源出于武林泉，周回三十里。澄波浮山，自相映发；清华盛丽，不可模写。朝暮四时，疑若天下景物，于此独聚"。

3. 长桥寺：或即能仁寺。《咸淳临安志》卷七六载"能仁寺，在涌金门里，嘉定元年移请长桥侧废寺为额"。

4. 予不至临安八年：绍兴三十二年六月，孝宗即位。九月，除陆游枢密院编修官兼编类圣政所检讨官，以史浩、黄祖舜荐，召见，赐进士出身，力辞，不许。《宋史·陆游传》："孝宗即位，迁枢密院编修官，兼编类圣政所检讨官。……史浩、黄祖舜荐游善词章、谙典故。召见。上曰：'游力学有闻，言论剀切。'遂赐进士出身。"次年，陆游因力主抗金，即被贬谪。《剑南诗稿》卷一有《闰二月二十日游西湖》诗。

二十九日，沈持要检正枢[1]招饮，邂逅赵德庄少卿彦端[2]，晚出涌金门[3]，并湖绕城，至舟中。

【注释】

1. 沈持要检正枢：沈枢，生卒年不详，字持要，湖州德清人，一说安吉人。高宗绍兴十五年进士。二十八年，由御史台主簿为监察御史，二十九年行尚书比部员外郎。孝宗隆兴初，受诏措置宣州、太平州水利。乾道间，为福建转运副使。官至太子詹事、光禄卿。后以湖南安抚使进宝文阁待制卒，年八十二。谥宪敏。有《通鉴总类》及《宣林集》。生平事迹参见《嘉泰吴兴志》卷十七，《建炎以来系年要录》卷一八〇和一八一。检正，宰属名，隶中书。职掌总理、督察中书门下诸房吏人公事。检正官系士人之高选，以朝官充。

2. 赵德庄少卿彦端：赵彦端（1121—1175），字德庄，号介庵，鄱阳人，魏王廷美七世孙。宋高宗绍兴八年进士。授钱塘县簿，迁建州观察推官，知余干县，为政简易。进吏部员外郎，太常少卿。乾道、淳熙间，以直宝文阁知建宁府，迁浙东提刑，官至朝奉大夫。有《介庵集》。少卿，全称太常寺少卿，宋前期阶官名，无职事，为文臣寄禄官。元丰新制职事官名，本寺副长官，佐正卿领太常寺事，从五品。

3. 涌金门：临安西城门之一，五代天福元年，吴越王钱元瓘引西湖水入城，在此开凿涌金池，筑此门，门濒湖，东侧有水门，传说为西湖中金牛涌现之地，因而得名。

三十日。

六月一日早，移舟出闸，几尽一日，始能出三闸。船舫栉比[1]。热甚，午后小雨，热不解。泊籴场[2]前。

【注释】

1. 栉比：像梳齿那样密密地排列。

2. 籴场：官府为收购粮食而设立的专门场所。籴：买进粮食。

二日，禺中[1]解舟。乡仆来言，乡中闵雨，村落家家车水。[2]比连三年颇稔，今春父老言，占岁[3]可忧，不知终何如也。过赤岸班荆馆[4]，小休前亭。班荆者，北使宿顿及赐燕之地，距临安三十六里。晚，急雨，颇凉。宿临平[5]。临平者，太师蔡京葬其父准于此，以钱塘江为水，会稽山为案，山形如骆驼，葬于驼之耳，而筑塔于驼之峰。[6]盖葬师云："驼负重则行远也。"然东坡先生乐府固已云："谁似临平山上塔，亭亭，迎客西来送客行。"[7]

则临平有塔亦久矣。当是蔡氏葬后增筑，或迁之耳。京《责太子少保制》云"托祝圣而饰临平之山"是也。[8]夜半解舟。

【注释】

1. 禺中：巳时，即午前九时至十一时左右。古人有用"朝、禺、中、甫、夕"五时区分白天。

2. "乡中闵雨"句：闵雨，少雨。车水，用水车排灌。

3. 占岁：古代民间以进入新年正月初几日的天气阴晴来占本年年成。其说始于汉东方朔的《岁占》，谓岁后八日，一日为鸡，二日为犬，三日为猪，四日为羊，五日为牛，六日为马，七日为人，八日为谷。如果当日晴朗，则所主之物繁育，当日阴，所主之物不昌。后代沿其习，认为初一至初十，皆以天气晴朗、无风、无雪为吉。

4. 赤岸班荆馆："班荆馆在赤岸港。"五代和宋时设在京郊用以接待外国使臣的宾馆（《乾道临安志》）。《左传·襄公二十六年》有"班荆相与食"。班荆为布草而坐，以示亲好。

5. 临平："临平镇市，去（仁和）县五十七里。"（《咸淳临安志》卷十九）

6. "太师蔡京葬其父准于此"句：《老学庵笔记》卷十记载蔡京葬父事，"蔡太师父准，葬临平山，山为驼形，术家谓驼负重则行，故作塔于驼峰。而其墓以钱塘江为水，越之秦望山为案，可谓雄矣"。蔡京（1047—1126），字元长，宋兴化军仙游人。熙宁三年进士及第，先为地方官，后任中书舍人，改龙图阁待制、知开封府。崇宁元年，为右仆射兼门下侍郎（右相），后又官至太师。在位时兴花石纲之役，大兴土木；立党人碑，斥责元祐诸臣；改盐法和茶法，铸当十大钱，挥霍国库。后被贬岭南，途中死于潭州。《东都事略》卷一〇一、《宋史》卷四七二有传。

7. "谁似临平山上塔"句：苏轼《南乡子·送述古》词句。

8. "京《责太子少保制》"句：贬谪蔡京为太子少保的制书。大观四年，御史张克公弹劾蔡京"名为祝圣而修塔，以壮临平之山"，蔡京因此被罢职。

三日。黎明，至长河堰[1]，亦小市也，鱼蟹甚富。午后，至秀州崇德县[2]，县令右从政郎吴道夫[3]、丞右承直郎李植[4]、监秀州都税务右从政郎章淢[5]来。旧闻戴子微[6]云："崇德有市人吴隐，忽弃家寓旅邸，终日默坐一室。室中惟一卧榻，客至，共坐榻上。或载酒过之，亦不拒，清谈竟日。隐初不学问，至是间与人言《易》数[7]，皆造精微，亦能先知人吉凶寿夭，见者莫能测也。"因见吴令问之，云皆信然，今徙居村落间矣。是晚行十八里，宿石门[8]，火云如山，明日之热可知也。

【注释】

1. 长河堰：又名长安堰。《大清一统志》卷二一七："长安堰，在海宁州西北长安镇，宋时建。元至正七年，复置新堰于旧堰之西，今名长安坝。"堰、闸原为调节上下塘水利，便利往来船只而设，此后商业亦因之日趋繁荣。

2. 崇德县：位于今浙江省桐乡市崇福镇，五代十国时期吴越置。《太平寰宇记》卷九五："崇德县，置州之时，析嘉兴县之崇德等九乡，于义和市置县，以乡为县名。"

3. 县令右从政郎吴道夫：吴道夫，其人未详。县令，总治一县民政。从政郎，寄禄官名，为选人新阶之第五阶，从八品。宋朝官制有寄禄官与职事官之分，寄禄官只标明俸禄、官品的等级，与职事无关。

4. 丞右承直郎李植：李植，其人未详。丞，县丞，次于知县，在主簿、尉之上，从八品。

5. 监秀州都税务右从政郎章湜：章湜，永康人，服子，学于陈亮，后为著嗣。监秀州都税务，监当官名，掌征收商税。宋代从京府至诸州、府、军、监以及诸县、镇，均有财税人员，专课各种税收。

6. 戴子微：戴几先，字子微，常州无锡人，年二十五中绍兴十八年五甲进士第一名，历官国子司业，出知袁州，入为司农少卿、太常少卿兼左庶子，除直龙图阁，为湖北运副。周必大有《戴子微运使出使湖北，约以恶语送行而未遣也，佳篇见督，次韵奉寄》。

7.《易》数：根据《易》理占卜的方法。数，方术。宋吴曾《能改斋漫录·类对》："时主司问《易》数，元用素留意，遂中第一人。"

8. 石门：《至元嘉禾志》卷十四称"石门在县北一十八里，

越王垒石为门，以为限界之所"。

四日。热甚，午后始稍有风。晚泊本觉寺[1]前。寺故神霄宫也，废于兵火，建炎后再修，今犹甚草创。寺西庑有莲池十余亩，飞桥小亭，颇华洁。池中龟无数，闻人声，皆集，骈首[2]仰视，儿曹惊之不去。亭中有小碑，乃郭功甫[3]元祐中所作《醉翁操》，后自跋云："见子瞻所作未工，故赋之。"亦可异也。

【注释】

1. 本觉寺：位于嘉兴城西陡门村，始建于唐大中十年，紧临京杭大运河。"本觉禅院在县西二十七里。考证旧名报本，宋宣和年改神霄玉清万寿宫。建炎元年复旧额。此正槜李之地。今有槜李亭。东坡与文长老往还，尝游于此，有东坡馆。按东坡集有《秀州报本禅院乡僧文长老方丈》诗曰：'每逢蜀叟谈终日，便觉峨眉翠扫空。'泊再过之，则文长老以老病而退院。复有诗云：'愁闻巴叟卧荒村，来打月下三更门。'三过之则文长老已卒。诗曰：'三过门中老病死，一弹指顷去来今。'故寺有三过堂。"（《至元嘉禾志》卷十一）盖苏轼在首任杭州通判和再任杭州太守时，与该寺寺僧文长老友善，曾三次造访并赋诗。

2. 骈首：头靠着头，并排。

3. 郭功甫：郭祥正（1035—1113），字功父（甫），号谢公山人、醉吟先生、漳南浪士、净空居士，宋太平州当涂人。少有诗名，极为梅尧臣所赏叹。举进士。神宗熙宁中，知武冈县，签书保信军节度判官。王安石用事，祥正奏乞天下大计专听安石处画，神宗异之，安石耻为小人所荐，极口陈其无行。祥正闻安石语，遂以本官致仕去。后复出通判汀州，元丰七年坐事勒停。知端州，又弃去，隐于县之青山，卒。其诗作有一千四百多首传世，梅尧臣言其"真太白后身"。有诗集《青山集》三十卷。

五日。早，抵秀州[1]，见通判权郡事右通直郎朱自求[2]、员外通判右承事郎直秘阁赵师夔[3]、方务德侍郎滋[4]。务德留饭。饭罢，还舟小憩，极热。谒樊自强主管、樊自牧教授[5]，广、抑，皆茂实吏部子。闻人伯卿[6]教授。阜民，茂德删定子。二樊居城外，居第颇壮，茂实晚岁所筑，尚未成也。隔水有小园，竹树修茂，荷池森弥可喜。池上有堂曰读书堂。游宝华尼寺[7]，拜宣公祠堂[8]，有碑，缺坏磨灭之余，时时可读，苏州刺史于頔[9]书。大略言秘书监陆公齐望，始作尼寺于此，其后灞、浐、澧兄弟又新之。后又有贤妹字意者，陆氏尝有女子为尼云。然不言宣公所以有祠者。家谱澧作澧，赖此证误，讳灞者则宣公之父也。老尼妙济、大师法淳[10]及其弟子居白留啜茶，且言方新祠堂也。移舟北门宣化亭，晚复过务德饭。

【注释】

1. 秀州：五代晋天福三年吴越国置，治所在今浙江嘉兴市。

《太平寰宇记》卷九五："秀州，本苏州嘉兴县地，晋天福四年于此置秀州，从两浙钱元瓘之所请也，仍割嘉兴、海盐、华亭三县，并置崇德且以属焉。"

2. 权郡事右通直郎朱自求：朱自求，其人未详。权，临时之意，意谓代理知府。通直郎，寄禄官名，为文臣京朝官寄禄官三十阶之第二十五阶，正八品，有左右之分。

3. 员外通判右承事郎直秘阁赵师夔：赵师夔（1136—1196），字汝一，伯圭长子。以祖恩补官，历判台州、秀州，除直秘阁知徽州，新学舍。进直徽猷阁移知湖州，加直龙图阁，迁浙西提刑，改江东运判，监建康场务。吏夺民利，为害滋甚，师夔罢之。转秘阁修撰知明州，兼沿海制置使。仕至兴宁军节度使，加检校少保开府仪同三司。员外，为定员外增置之意。原指设于正额以外的郎官。唐宋以郎中、员外郎为六部各司正副主官。时号"员外"，实已在编制定员之内。承事郎，寄禄官名，为文臣京朝官寄禄官三十阶之第二十八阶，正九品，有左右之分。

4. 方务德侍郎滋：方滋（1102—1172），字务德，宋严州桐庐人。南渡后，三为监司，五为郡，七领节帅，在两广时任经略，知建康时兼行宫留守，知鄂州时兼领管内安抚使。其知秀州时，转运使檄为他州输御马谷千斛，滋曰："郡输有常经，若为他州偿赋，当倍取于百姓，吾以罪去，不能也。"知镇江时金人犯淮，淮民渡江，亡虑数十万，滋日夜奔走江滨劳集，为开旧港泊舟，使避风涛，饥者皆得食。又曾入朝权刑部侍郎，兼权户部。两次出使金国，吐论平正，应答自如，为金人所推重。后以敷文阁学士提举宫观。《宋史》无传。《南涧甲乙稿》卷二一有《方公墓志铭》。

5. 樊自强主管、樊自牧教授：樊广，字自强。樊抑，字自牧。两人皆为樊光远之子。樊光远（1102—1164），字茂实，钱塘人。少从张九成学，宋绍兴五年省试第一，除秘书省正字。疏论时政，请奖忠说、戒滥进、惜民力、作士气，时方议休兵，忤秦桧，罢为阆州教授。后召为秘书丞，除监察御史。请补外，知兴化军，终知严州。平生事迹见汪应辰《吏部郎樊茂实墓志铭》《宋史翼》卷二一。陆游与之有旧，其《老学庵笔记》卷九载"予少时为福建宁德县主簿，提刑樊茂实以职状举予曰：'有声于时，不求闻达。'后数月再见之，忽问曰：'何不来取奏状？'予笑答之曰：'恐不称举词，故不敢。'茂实亦笑，顾书吏促发奏；然予竟不投也"。教授，学官名，总领州学，并以经书、儒术、行义训导学生徒，掌功课、考试之事，纠正违犯学规者。文中小字，为陆游自注。

6. 闻人伯卿：闻人阜民，生卒年不详，字伯卿，嘉兴人，闻人滋之子。绍兴二十七年举进士，历仕秀州、福州教授，铜陵县令。汪应辰曾荐之，称他"博学而知要，气和而有守"（《文定集》卷二《荐闻人阜民状》）。闻人滋，生卒年不详，字茂德，高宗时官进贤令。绍兴三十一年归里。喜蓄书。尝与陆游同在敕局为删定官，谈论经义，尤邃于小学。《老学庵笔记》卷一："嘉兴人闻人茂德名滋，老儒也。喜留客食，然不过蔬豆而已。郡人求馆客者，多就谋之。又多蓄书，喜借人。自言作门客牙，充书籍行，开豆腐羹店。予少时，与之同在敕局为删定官。谈经义，滚滚不倦，发明极多，尤邃于小学云。"

7. 宝华尼寺：即宝花寺。"宝花尼寺在郡治西南二百步。考证唐陆宣公宅也。大历中因女叔法兴诵《法华经》，感天花乱坠，宝雨四下。外祖秘书监遂舍宅为寺。因名宝花，法兴亦为尼。"（《至元嘉禾志》卷十）

8. 宣公祠堂：宣公，陆贽谥号。陆贽（754—805），字敬舆，嘉兴人。大历八年进士，中博学宏辞、书判拔萃科。德宗即位，召充翰林学士。贞元八年出任宰相，但两年后即因与裴延龄有矛盾，被贬充忠州别驾，永贞元年卒于任所，谥号宣。有《陆宣公翰苑集》二十四卷行世。陆氏后裔繁衍嘉兴、湖州一带者甚众。嘉兴城内旧时有陆宣公祠，多历代石刻，后被毁。

9. 苏州刺史于頔：于頔（？—818），字允元，唐河南洛阳人。以荫入仕，历迁湖、苏二州刺史，罢淫祠，浚沟浍，为政有绩。俄擢陕虢观察使，峻罚苛惩，官吏惴恐。德宗贞元十四年，拜襄州刺史，充山南东道节度使。吴少诚叛，頔率兵取之，遂请升襄州为大都督府，捆然有专汉南意。累加检校左仆射、同中书门下平章事。宪宗立，頔稍惧。旋入朝，进司空。坐事贬恩王傅，以太子宾客致仕。曾封燕国公，卒谥厉，后改谥思。《旧唐书》卷一五六、《新唐书》卷一七二有传。

10. 法淳：宋僧，亦曰慧淳，字圆智。依长芦祖照道和得法。住临安府灵隐寺。见《嘉泰普灯录》卷十二、《五灯会元》卷十六等。

六日。右奉议郎通判荆南吕援[1]来，援字彦能。进士闻人纲[2]来，纲字伯纪，方务德馆客[3]，自言识毛德昭[4]。德昭名文，衢州江山县人，居于秀，予儿时从之甚久。德昭极苦学，中年不幸病盲而卒，无子。纲言其盲后，犹终日危坐，默诵《六经》，至数千言不已。可哀也！赴郡集于倅廨[5]中。坐花月亭[6]，有小碑，乃张先子野"云破月来花弄影"乐章，云得句于此亭也。晚赴方夷吾导[7]之集于陈大光县丞家，二樊、吕倅皆在。大光字子充，莹中谏议[8]孙，居第洁雅，末利花[9]盛开。

【注释】

1. 右奉议郎通判荆南吕援：吕援，生卒年不详，字彦能。《剑南诗稿》卷一有《送吕彦升参谋》。钱仲联《剑南诗稿校注》认为，能字草书形近升，二处或有一误刊。宋洪迈《夷坚志》支景卷第三《瓦上冰花》："济南吕援彦能，居秀州西门之内。淳熙初除知和州，未上。其厅侧元置瓦数百，为雪所压。迨雪消冰渐，皆结成楼观、栏槛、车马、人物，并蒂芙蓉、重台牡丹、长春萱草及万岁藤之类，妙华精巧，终日不融。彦能令其子述卿施墨拓印十余本，以为传玩。"奉议郎，寄禄官名，为文臣寄禄官三十阶之第二十四阶，正八品，有左右之分。

2. 闻人纲：生卒年不详，字伯纪。崇祯《嘉兴县志》卷十二载"嘉兴人。宋官员。淳熙八年进士"。《四库全书总目》卷六八《至元嘉禾志》载"秀州自宋初未有图经。淳熙中，知州事张元成始延闻人伯纪创为之"。

3. 馆客：门客、幕宾。

4. 毛德昭：毛文，生卒年不详，字德昭，衢州江山人。陆游旧友。"毛德昭名文，江山人。苦学，至忘寝食，经史多成诵。喜大骂剧谈。绍兴初，挏徕，直谏无所忌讳。德昭对客议时事，率不逊语，人莫敢酬对，而德昭愈自若。晚来临安赴省试，时秦会之（桧）当国，数以言罪人，势焰可畏。有唐锡永夫者，遇德昭于朝天门茶肆中，素恶其狂，乃与坐，附耳语曰：'君素号敢言，不知秦太师如何？'德昭大骇，亟起掩耳，曰：'放气！放气！'遂疾走而去，追之不及。"（《老学庵笔记》卷一）

5. 郡集于倅廨：郡集犹谓群集。《尔雅·释名》："郡，群也，人所群聚也。"群集官厅饮宴是当时官场的一种普遍现象。倅廨，州郡副职官员的官衙。倅，副职。此指通判吕援。

6. 花月亭：位于嘉兴府前街的子城，张先于宋庆历元年曾任秀州通判，时五十二岁。其《天仙子》词就作于子城花月亭中，词前小序云："时为嘉禾小倅，以病眠，不赴府会。"《至元嘉禾志》卷九："来月亭在郡治内旧府判东厅。考证：旧名'花月'，宋倅张子野创此亭，取'云破月来花弄影'之句。"

7. 方夷吾导：方导（1133—1201），字夷吾，号觉斋居士，方滋子。以数十年家藏名方分门编类，于庆元三年编成《方氏集要方》二卷。

8. 莹中谏议：陈瓘（1057—1122），字莹中，号了斋，永安贡川人，宋代名臣，以忠言直谏闻名，宋徽宗时任右正言、左司谏，不畏权势，对奸相蔡京之劣行敢于直言议论，后遭贬谪，去世后南宋赐谥曰"忠肃"。谏议，全称右谏议大夫，元丰新制职事官名，谏正朝政失误、任人不当、三省以至百司违失，从四品。

9. 末利花：即茉莉花。

七日。早，遍辞诸人，赴方务德素饭。晚，移舟出城，泊禾兴馆[1]前。馆亦颇闳壮，终日大雨不止，招姜医视家人及绚[2]。

【注释】

1. 禾兴馆："禾兴馆，在府城北望云门外，旧名安远。宋知州曾纾改曰'将归'，陆经为记，后易今名。"（《明一统志》卷三九）

2. 家人及绚：家人指陆游夫人王氏，绚是陆游次子子龙，绚为小名。

八日。雨霁，极凉如深秋。遇顺风，舟人始张帆。过合路[1]，居人繁伙，卖鲊者尤众。道旁多军中牧马。运河水泛溢，高于近

《灵岩望湖》（局部）

（选自〔清〕张宝《续泛槎图》）

村地至数尺。两岸皆车出积水，妇人儿童竭作，亦或用牛。妇人足踏水车，手犹绩麻不置。过平望[2]，遇大雨暴风，舟中尽湿。少顷，霁。止宿八尺[3]，闻行舟有覆溺者。小舟叩舷卖鱼，颇贱。蚊如蜂虿[4]可畏。

【注释】

1. 合路：吴江村落名。

2. 平望：镇名，位于吴江中部，为水陆交通枢纽。汉时以乡称，唐时设平望驿，宋熙宁年间在此置军垒，按宋制有将官镇守之区为镇，平望始称为镇。建炎年间宋室南渡后，平望为三辅要冲，更诏以重臣镇守，设平望巡检司。唐张祜有《平望驿》诗："一派吴兴水，西来此驿分。路遥经几日，身去是孤云。雨气朝忙蚁，雷声夜聚蚊。何堪秋草色，到处重离群。"

3. 八尺：镇名，又名八斥、八圻，在吴江县东南。

4. 蜂虿：蜂是马蜂，虿是蝎子一类的毒虫，均为物虽小却能为害于人。

【校记】

〔八尺〕知不足斋本作"八测"。

九日。晴而风，舟人惩昨夕狼狈，不敢解舟，日高方行。自至崇德，行大泽中，至此，始望见震泽[1]远山。午间，至吴江县[2]。

渡松江[3]，风极静。瓁庵[4]竹树益茂，而主人死矣。知县右承议郎管铣[5]、尉右迪功郎周郾[6]来。县治有石刻曾文清公《渔具图诗》[7]，前知县事柳楹[8]所刻也。《渔具》比《松陵倡和集》[9]所载，又增十事云。托周尉招医郑端诚，为统[10]、绚诊脉，皆病暑也。市中卖鱼鲊颇珍。晚解舟中流，回望长桥层塔[11]，烟波森然，真若图画。宿尹桥[12]，登桥观月。

【注释】

1. 震泽：太湖的别称。

2. 吴江县：隶平江府。《太平寰宇记》卷九一："吴江县，梁开平三年，两浙奏析吴县于松江置。"

3. 松江：即吴淞江。唐陆广微《吴地记》载"松江，一名松陵，又名笠泽。《左传》曰：'越伐吴，御之笠泽。'其江之源，连接太湖。一江东南流五十里，入小湖。一江东北流二百六十里，入于海。一江西南流，入震泽。此三江之口也。咸仲云：'松，容也。容裔之貌。'《尚书》云'三江既入，震泽底定'，是也"。

4. 瓁庵：宋人王份建的宅园。范成大《吴郡志》卷十四："瓁庵，在松江之滨。邑人王份有超俗趣，营此以居。围江湖以入圃，故多柳塘花屿，景物秀野，名闻四方。一时名胜喜游之，皆为题诗圃中。有与闲、平远、种德及山堂四堂。烟雨观、横秋阁、凌风台、郁峨城、钓雪滩、琉璃沼、瓁翁涧、竹厅、龟巢、云关、缬林、枫林等处，而浮天阁为第一。总谓之瓁庵。份字文孺，以特恩补

《虎丘》

（选自〔明〕钱谷　张复《水程图册》）

山塘橋

閶門

虹橋

官，尝为大冶令，归休老焉。"宋吴芾有《过吴江题曛庵》诗："壮岁经行今白头，未容归老复来游。人如化鹤云间去，桥似垂虹天际浮。风月一川无限兴，烟波万顷不胜愁。三贤高躅何难继，犹抗尘容只自羞。"

5.知县右承议郎管铣：管铣，其人未详。钱大昕《竹汀先生日记钞》一："读《颜氏家训》，淳熙刊本凡七卷……后有淳熙七年二月沈揆跋（云去年春来守天台郡），及考证一卷。后列'朝奉郎权知台州军州事沈揆、朝请郎通判军州事管铣、承议郎添差通判军州事楼钥、迪功郎州学教授史昌祖同校'。"承议郎，寄禄官名，为文臣京朝官三十阶之二十三阶，从七品。有左右之分。

6.尉右迪功郎周郇：周郇，生卒年不详，字知和。周辉撰《清波杂志》卷八有"知和叔"条："从叔知和，随侍官九江……知和尝尉吴江，作《垂虹诗话》……惜年未及中，病废而卒。"刘永翔《清波杂志校注》其注曰："周郇，字知和，为高之子。见吕本中《东莱先生诗集》卷二十《周承务郇求诸己斋诗》及《永乐大典》卷三一四八'陈尧臣'条所引《挥麈后录》《武陵新志》。"《全宋诗》收其《丁酉经由三高亭再和》《三高亭怀范石湖》二首。迪功郎，寄禄官名，从九品。

7.曾文清公《渔具图诗》：曾几（1084—1166），字吉甫，自号茶山居士，谥文清，赣州人，徙居河南洛阳。曾开弟。初入太学有声，授将仕郎，赐上舍出身。累除校书郎。高宗初历江西、浙西提刑。因兄力斥和议，触怒秦桧，同被罢官。居上饶茶山寺七年。桧死，复官，累擢权礼部侍郎。以通奉大夫致仕。卒谥文清。为文纯正雅健，尤工诗。陆游曾从曾几学诗。《剑南诗稿》卷五一《赠曾温伯邢德允》诗云："发似秋芜不受耘，茶山曾许与斯文。回思岁月一甲子（自注：游获从文清公时，距今六十年），尚记门墙三沐熏。"并替他作《墓志铭》，称他"治经学道之余，发于文章，雅正纯粹，而诗尤工"。《渔具图诗》，曾几为各种渔具所作之诗。

8. 前知县事柳楹：柳楹，生卒年不详，字安叟，江苏东海人。乾道元年任吴江知县。《古今图书集成·明伦汇编氏族典·柳姓部》："按《万姓统谱》：楹字安叟，东海人。乾道二年宰吴江，作《松陵鱼具篇》，待制曾几序之刻石。"明王鏊撰《姑苏志》卷四一宦迹五："柳楹，字安叟，东海人，乾道元年宰吴江，作《松陵渔具图》。待制曾几序之，刻石今存县堂西垣。"

9.《松陵倡和集》：晚唐陆龟蒙、皮日休唱和之诗集。其中有陆龟蒙五言律诗《渔具诗》十五首，皮日休和之；皮氏又作《添渔具诗》五首，陆氏亦和之。

10. 统：陆游长子子虚小名。

11. 长桥层塔：长桥，即垂虹桥。范成大《吴郡志》卷十七载："利往桥即吴江长桥也，庆历八年，县尉王廷坚所建，有亭曰垂虹，而世并以名桥。《续图经》云：东西千余尺，前临太湖、洞庭三山，横跨松江。行者晃漾天光水色中，海内绝境，唯游

《枫桥》

（选自〔明〕钱谷　张复《水程图册》）

者自知之，不可以笔舌形容也。"垂虹桥始建时为木结构，"环如半月，长若垂虹"，历代文人雅士为其吟诗作词，名闻一时。层塔，即桥边的华严塔，建于宋元祐四年，四面七级，俗称方塔。

12. 尹桥：即尹山桥，位于苏州城外宝带桥东南，尹山湖西。

十日，至平江¹，以疾不入。沿城过盘门²，望武丘³楼塔，正如吾乡宝林⁴，为之慨然。宿枫桥寺⁵前，唐人所谓"夜半钟声到客船"⁶者。

【注释】

1. 平江：即苏州。谈迁《北游录》云："苏州旧名平江，谓地下与江水平也。宋庆历二年筑堤便运，截江流五十里，致太湖水，溢而不泄。"

2. 盘门："盘门，《吴地记》云：'吴尝名蟠门，刻木作蟠龙，以镇此。'又云：'水陆萦回，徘徊屈曲，故谓之盘。'门有楼，宝庆三年秋，大风雨楼门俱坏。绍定二年冬，郡守李寿朋新作之，规制视旧有加。"（范成大《吴郡志》卷三）

3. 武丘：唐陆广微《吴地记》载"虎丘山，避唐太祖讳，改为武丘山，又名海涌山。在吴县西北九里二百步。阖闾葬此山中。发五郡之人作冢，铜椁三重，水银灌体，金银为坑。《史记》云：'阖闾冢在吴县阊门外，以十万人治冢，取土临湖。葬经三日，白虎踞其上，故名虎丘山。'《吴越春秋》云：'阖闾葬

《无锡》

（选自〔明〕钱谷　张复《水程图册》）

虎丘，十万人治。葬经三日，金精化为白虎，蹲其上，因号虎丘。'秦始皇东巡至虎丘，求吴王宝剑。其虎当坟而踞，始皇以剑击之不及，误中于石。其虎西走二十五里，忽失，于今虎疁，唐讳虎，钱氏讳疁，改为浒墅。剑无复获，乃陷成池，故号'剑池'。池傍有石，可坐千人，号千人石。其山本晋司徒王珣与弟司空王珉之别墅。咸和二年舍山为东西二寺，立祠于山。寺侧有贞娘墓，吴国之佳丽也。行客才子，多题诗墓上。有举子镡铢作诗一绝，其后人稍稍息笔"。

4. 宝林：即龟山，在绍兴城区南门内，山上原有宝林寺，宋绍兴中，专奉徽宗皇帝香火。《嘉泰会稽志》卷九："龟山在府东南二里二百七十二步，隶山阴，一名飞来，一名宝林，一名怪山。旧经云：'山远望似龟形，故名。'"

5. 枫桥寺：即寒山寺。范成大《吴郡志》卷十七载"枫桥，在阊门外九里道傍，自古有名。南北客经由，未有不憩此桥而题咏者"。卷三三载"普明禅院，即枫桥寺也，在吴县西十里，旧传枫桥妙利普明塔院也"。《剑南诗稿》卷二有《宿枫桥》诗"七年不到枫桥寺，客枕依然半夜钟。风月未须轻感慨，巴山此去尚千重"。

6. 夜半钟声到客船：唐张继《枫桥夜泊》诗"姑苏城外寒山寺，夜半钟声到客船"。

十一日。五更，发枫桥，晓过许市[1]，居人极多。至望亭[2]小憩，自是夹河皆长冈高垄，多陆种菽粟，或灌木丛篠，气象窘隘，非枫桥以东比也。近无锡县[3]，始稍平旷。夜泊县驿。近邑有锡山[4]，出锡。汉末谶记云："有锡天下兵，无锡天下清。有锡天下争，无锡天下宁。"[5]至今锡见辄掩之，莫敢取者。

【注释】

1. 许市：今苏州西北浒墅关。明王鏊《姑苏志》卷三三载："浒墅在郡西二十五里。《图经》云：'秦始皇求吴王剑，白虎蹲于丘上，遂西走二十五里而失剑不能得，地裂为池，因名其地曰虎疁。至吴越时讳镠，因改云浒墅。'"

2. 望亭："望亭，在吴县西境，吴先主所御亭。隋开皇九年置为驿递，唐常州刺史李袭誉改今名。"（明王鏊《姑苏志》卷三三）

3. 无锡县："周泰伯封地，汉置无锡县。有山产锡，至汉锡尽，故名。"（《江苏通志》）

4. 锡山：清顾祖禹《读史方舆纪要》卷二五有"锡山，亦在县西五里，与慧山连麓，而别为一峰，相传县之主山也"。

5. "汉末谶记"句：谶记，预言未来的文字图录。锡是古代冶炼青铜兵器的重要元素。此句意有锡天下就会发生战争，无锡天下就会清平安宁。

十二日。早，谒喻子材郎中樗[1]。子材来谢，以两夫荷轿，不持胡床，手自授谒云。[2]知县右奉议郎吴澧[3]来。晚行，夜四鼓，至常州⁴城外。

【注释】

1. 喻子材郎中樗：喻樗（？—1180），字子才，一作子材，号湍石，又号玉泉，严州人，祖籍南昌。少慕伊、洛之学，受业于扬时，曾言："六经数十万言，只有十字能尽，其义便足。要之，不出乎君臣、父子、夫妇、长幼、朋友而已。"建炎二年进士，性直好议论，谓赵鼎曰："公之事上，当使启沃多而施行少。启沃之际，当使诚意多而语言少。"赵鼎奇之，引为宾客。任玉山县尉，有状元门生汪应辰，后成其女婿，另有门人程迥、尤袤。历任秘书省正字，兼史官校勘。不主张和议，为秦桧所忌，出知舒州怀宁县，通判衡州致仕。秦桧死，起为大宗正丞，提举浙东常平。淳熙七年，卒。著有《中庸大学论语解》《玉泉语录》。传记见《宋史》列传第一九二。郎中，尚书省六部所属二十四司郎中总称，宋代依唐制，每司置郎中、员外郎，郎中为一司之长。

2. "以两夫荷轿"句：胡床，一种可以折叠的轻便坐具，北方人称之为"马扎儿"。东汉后期从北方地区传入中原，故称"胡床"。陶谷《清异录》"陈设门"中云："胡床，施转关以交足，穿便绦以容坐，转缩须臾，重不数斤。"隋代改称"交床"，唐代称为"绳床"或"逍遥座"。其特点是随处可以携带、安放，魏晋以后被广泛使用，文人名士尤喜好之。授谒，递交名片。喻子材"以两夫荷轿，不持胡床，手自授谒"，当是对陆游极表

《奔牛》

（选自〔明〕钱谷　张复《水程图册》）

尊重之礼。

3. 吴澧：生卒年不详，《咸淳毗陵志》卷十无锡"知县题名"载："吴澧，乾道四年四月右通直郎。"

4. 常州："禹贡扬州之地，春秋时属吴延陵季子之采邑，汉改曰毗陵。晋东海王越谪于毗陵，元帝以避讳，改为晋陵郡，宋齐因之。隋开皇九年平陈，废郡于常熟县置常州，因县为名，后割常熟县入苏州，移常州理于晋陵县。隋乱陷于寇境，武德七年平，仍旧置常州。"（《元和郡县志》卷二六）

十三日。早，入常州，泊荆溪馆[1]。夜月如昼，与家人步月驿外。绚始小愈。

【注释】

1. 荆溪馆：馆驿名。《咸淳毗陵志》卷五："荆溪馆旧名毗陵驿，在天禧桥东，枕漕渠以通荆溪，故名。……绍兴末高宗皇帝亲征逆亮，车驾幸金陵及还行都，皆尝次荆溪馆。"

十四日。早，见知州右朝奉大夫李安国[1]、通判右朝奉郎蒋谊[2]、员外倅左朝散郎张坚[3]。坚，文定公纲之子。教授左文林郎陈伯达、员外教授左从政郎沈瀛[4]、司户右从政郎许伯虎[5]来。伯达字兼善，瀛字子寿，皆未识。子寿仍出近文一卷。伯虎字子威，余儿时笔砚之旧也。至东岳庙[6]观古桧，数百年物也。又小憩崇胜寺[7]纳凉，遂解舟。甲夜，过奔牛闸。[8]宋明帝遣沈怀明击孔觊[9]，至奔牛筑垒，即此也。闸水湍激，有声甚壮。遂抵吕城闸[10]。自祖宗以来，天下置堰军[11]止四处，而吕城及京口二闸在焉。

【注释】

1. 知州右朝奉大夫李安国：李安国，生卒年不详，宋隆兴府南昌人，少颖悟能诗。历官知建昌军，剖决精明。迁知常州，进司农卿，蠲无名逋赋十八万，省楮币百万，在任三年，积缗钱斛米千百万。孝宗淳熙初，官至户部侍郎。其知常州，见《咸淳毗陵志》卷八郡守题名："李安国，乾道四年八月右朝请郎在任，转朝奉大夫，六年八月赴召，除户部郎中。"朝奉大夫，寄禄官名，为文臣京朝官寄禄官阶三十阶之第十九阶，从六品，有左右之分。

2. 右朝奉郎蒋谊：蒋谊，生卒年不详。《咸淳毗陵志》卷九通判题名："蒋谊，乾道四年十二月右承议郎在任，转朝奉郎，七年正月满。"朝奉郎，寄禄官名，为文臣京朝官寄禄官阶三十阶之第二十二阶，正七品，有左右之分。

3. 左朝散郎张坚：张坚，生卒年不详，字仲固，金坛人。纲子。登绍兴二十四年进士，监临安府新城税，屡官国子监簿。父为参政，极请罢任予祠。父解政，除太常寺簿，寻通判建康府，累迁直宝文阁知泉州，移江南路转运判官，终户部郎中四川总领。朝散郎，寄禄官名，为文臣京朝官寄禄官阶三十阶之第二十一阶，正七品，有左右之分。

《吕城》

（选自〔明〕钱谷　张复《水程图册》）

4. 教授左文林郎陈伯达、员外教授左从政郎沈瀛：《咸淳毗陵志》卷九教授题名，内有陈伯达、沈瀛。

5. 司户右从政郎许伯虎：许伯虎，生卒年不详，字子威，陆游儿时同学。《剑南诗稿》卷四五有《绍兴辛酉予年十七矣，距今已六十年，追感旧事作绝句》诗云："尝忆初年十七时，朝朝乌帽出从师（自注：与许子威辈同从鲍季和先生，晨兴，必具帽带而出）。忽逢寒食停供课，正写矾书作赝碑。"《渭南文集》卷二九有《跋洪庆善帖》云："某儿童时，以先少师之命，获给扫洒丹阳先生之门。退与子威讲学，则兄弟如也。每见子威言洪成季、庆善学行，然皆不及识。今获观庆善遗墨，亦足少慰。衰病废学，负师友之训，如愧何！"司户，掌户籍赋税、仓库受纳等。

6. 东岳庙："东岳行宫在市东，前俯运河。有天齐仁圣帝殿、圣母殿、帝后德生殿、五岳会圣楼，两庑皆有象设。楼东有岳司堂，西有广惠行殿。郡官辞谒祈求雨旸咸诣焉。"（《咸淳毗陵志》卷十四）

7. 崇胜寺："崇胜禅寺在州东南二里。武烈帝西第。庙有轸氏舍宅疏。初名杜业，更曰福业，太平兴国中改赐今额。有观音阁，今为祝圣道场。"（《咸淳毗陵志》卷二五）

8. 甲夜，过奔牛闸：甲夜，初更时分。奔牛闸，运河上的闸口，在今武进县奔牛镇。隋朝开凿大运河，此地北有孟渎通长江，南有鹤溪联洮（湖）鬲（湖），为水运枢纽，人烟渐密，宋代成镇。《渭南文集》卷二十有《常州奔牛闸记》，将此闸与瓜洲、京口、吕城并称为"江南四闸"，"岷山导江，行数千里，至广陵、丹阳之间，是为南北之冲，皆疏河以通饟饷。北为瓜州闸，入淮汴以至河洛。南为京口闸，历吴中以达浙江。而京口之东，有吕城闸，犹在丹阳境中。又东有奔牛闸，则隶常州武进县。……此闸尤为国用所仰，迟速丰耗，天下休戚在焉"。

9. 宋明帝遣沈怀明击孔觊：宋明帝刘彧（439—472），字休炳，小字荣期。庙号太宗。南朝宋文帝第十一子。初封淮阳王，改封湘东王。前废帝时为南豫州刺史，入朝遣人刺杀前废帝，自立为帝。南朝宋泰始二年，宋明帝刘彧与晋安王刘子勋为争夺刘宋帝位，展开决战，以刘子勋失败告终。宋明帝遣沈怀明击孔觊事见《南史》卷二七："明帝遣建威将军沈怀明东讨，尚书张永系进。巴陵王休若董统东讨诸军。时觊所遣孙昙瓘等军顿晋陵九里，部阵甚盛。怀明至奔牛，所领寡弱，张永至曲阿，未知怀明安否，退还延陵就休若。诸将帅咸劝退破冈，休若宣令敢有言退者斩，众小定。军主刘亮又继至，兵力转集，人情乃安。"

10. 吕城闸：运河上的闸口，在今丹阳县吕城镇。

11. 堰军：负责修堰浚河的乡军。

十五日。早，过吕城闸，始见独辕小车。过陵口[1]，见大石兽，偃仆道傍，已残缺，盖南朝陵墓。齐明帝[2]时，王敬则反，至陵口，恸哭而过[3]，是也。余顷尝至宋文帝陵[4]，道路犹极广，石柱承

《丹阳》

（选自〔明〕钱谷　张复《水程图册》）

露盘及麒麟、辟邪[5]之类皆在，柱上刻"太祖文皇帝之神道"八字。又至梁文帝陵[6]。文帝，武帝父也，亦有二辟邪尚存。其一为藤蔓所缠，若絷缚者。然陵已不可识矣。其旁有皇业寺[7]，盖史所谓皇基寺也，疑避唐讳[8]所改。二陵[9]皆在丹阳，距县三十余里。郡士蒋元龙[10]子云谓予曰："毛达可[11]作守时，有卖黄金石榴来禽者，疑其盗，捕得之，果发梁陵所得。"夜抵丹阳[12]，古所谓曲阿，或曰云阳。谢康乐诗云："朝日发云阳，落日到朱方。"[13]盖谓此也。

【注释】

1. 陵口：齐梁陵墓入口处。《江南通志》卷三二："陵口，在丹阳县东三十一里。齐梁诸陵多在金牛山旁。"

2. 齐明帝：萧鸾（452—498），父萧道生，母江氏。废萧昭文，自立，时年四十三岁，在位五年。病死，葬兴安陵，年号建武、永泰。

3. 王敬则反，至陵口，恸哭而过：王敬则（435—498），南朝齐晋陵南沙人，一作临淮射阳人。以屠狗为业，母为女巫。宋前废帝嘉其跳刀术，入宫为细铠将。景和元年，与寿寂之共杀前废帝。宋明帝即位，为直阁将军，封重安县子。明帝死，后废帝即位。以萧道成有威名竭诚奉之。杀后废帝，胁众拥萧道成。齐高帝建元元年，出为都督，南衮州刺史。齐明帝嗣位，疑忌旧臣，多杀害，敬则忧惧，遂起兵反，败死。"王敬则反，至陵口，恸哭而过"，见《南齐书》卷二六："（王敬则）以旧将举事，百姓担篙荷锸随逐之十余万众，至晋陵。南沙人范修化杀县令公上延孙以应之。敬则至武进陵口，恸哭，乘肩舆而前。"

4. 宋文帝陵：刘义隆（407—453），小字车儿，南朝宋武帝刘裕第三子，公元四二四年即位，在位三十年，年号"元嘉"，谥号"文皇帝"。他在位时亲执朝政，集权中央，又整顿吏治，重视学术，社会安定，经济复苏，史称"元嘉之治"。宋文帝陵，在江宁县东北蒋山。

5. 承露盘及麒麟、辟邪：承露盘，用以承接甘露的容器。自古以来，甘露被附会为瑞祥之物，认为服用它可以祛病延寿。麒麟，古代传说中之神兽。形状像鹿，头上有角，全身有鳞甲，尾像牛尾。古人以为仁兽、瑞兽，拿它象征祥瑞。辟邪，古代传说中之神兽，似狮而带翼。《急就篇》："射魃辟邪除群凶。"唐颜师古注："射魃、辟邪、皆神兽名。……辟邪，言能辟御妖邪也。"南朝陵墓前常有辟邪石雕。

6. 梁文帝陵：萧顺之建陵。公元五〇二年，萧衍为帝，追尊其父为文皇帝。陵曰"建陵"。陵前设置天禄、麒麟一对。

7. 皇业寺：又名戒珠院，位于丹阳市埤城镇。南朝梁天监中，刺史王僧辨建。唐改名皇基，宋改今名。

8. 避唐讳：避唐玄宗李隆基讳。

9. 二陵：二陵指梁文帝的建陵和梁武帝的修陵。

10. 蒋元龙：字子云，丹徒人。以特科入官，终县令。

《新丰》

（选自〔明〕钱谷　张复《水程图册》）

11. 毛达可：毛友，初名友龙，字达可，衢州西安人，大观元年进士。政和末，为给事中。守镇江时，方腊残睦歙，监司不以实闻，友奏言之，朱勔怒其张皇，遂与宫观。靖康元年，以朝请大夫、延康殿学士知杭州。著有《烂柯集》。

12. 丹阳：县名。"本汉曲阿县地，旧名云阳，属会稽郡。《史记》云：'秦始皇改云阳曰曲阿。'按《舆地志》：'曲阿县云阳地属朱方，南徐之境。秦有史官奏东南有王气在云阳，故凿北冈，截其道以压其气。'又《吴录》云：'截其道使曲，故曰曲阿。'"（《太平寰宇记》卷八九）

13. "谢康乐诗云"句：谢灵运（385—433），南朝宋诗人。陈郡阳夏人。出生于会稽始宁。因从小寄养在钱塘杜家，故乳名为客儿，世称谢客。又因他是谢玄之孙，晋时袭封康乐公，故又称谢康乐。"朝日发云阳"句，谢灵运《庐陵王墓下作诗》作："晓月发云阳，落日次朱方。"

十六日。早，发丹阳，汲玉乳井水[1]。井在道旁观音寺，名列《水品》[2]，色类牛乳，甘冷熨齿。井额陈文忠[3]公所作，堆玉八分[4]也。寺前又有练光亭，下阚练湖[5]，亦佳境，距官道甚近，然过客罕至。是日，见夜合花[6]方开。故山开过已月余，气候不齐如此。过夹冈，有二石人，植立冈上，俗谓之石翁石媪，其实亦古陵墓前物。自京口抵钱塘，梁陈以前不通漕，至隋炀帝始凿渠八百里，皆阔十丈。夹冈如连山，盖当时所积之土。朝廷所以能驻跸钱塘，以有此渠耳。汴与此渠，皆假手隋氏，而为吾宋之利，岂亦有数邪？过新丰[7]，小憩。李太白诗云："南国新丰酒，东山小妓歌。"[8]又唐人诗云："再入新丰市，犹闻旧酒香。"[9]皆谓此，非长安之新丰也。然长安之新丰，亦有名酒，见王摩诘诗[10]。至今居民市肆颇盛。夜抵镇江城外。是日立秋。

【注释】

1. 玉乳井水：位于丹阳城北郊，山上原建有广福寺。广福寺旧名观音院，俗称观音寺，东晋太元中建，寺旁有玉乳井（泉），山上有练光亭。《太平寰宇记》卷八九："玉乳泉，天下第四泉。"

2. 《水品》：指唐张又新《煎茶水记》，该书前列刘伯刍所品七水，次列陆羽所品二十水，丹阳观音寺水均名列其中。

3. 陈文忠：陈尧叟（961—1017），字唐夫，阆州阆中人。太宗端拱二年进士。累官广南西路转运使，刻《集验方》于石，为交州国信使，却赠遗，免扰民。真宗咸平四年，拜右谏议大夫、同知枢密院事。后以疾拜右仆射，知河阳。卒谥文忠。

4. 堆玉八分：隶书书体的一种。宋王辟之《渑水燕谈录》卷八："陈文惠公善八分书，变古之法，自成一家，虽点画肥重，而笔力劲健，能为方丈字，谓之堆墨，目为八分。凡天下名山胜处，碑刻题榜，多公亲迹。"陈文惠是陈尧佐，陈文忠之弟。

陈尧佐（963—1044），字希元，号知余子，世称颍川先生。太宗端拱二年进士。历开封府推官、两浙转运副使，均有惠政。入为三使户部副使，知河南、开封府，累官至参知政事、枢密副使，拜同平章事。卒谥文惠。善古隶八分，点画肥重，世号堆墨书。

5. 练湖："后湖，亦名练湖。在（丹阳）县北一百二十步。《南徐州记》云：'晋时陈敏所立。'《语林》云：'晋太傅褚裒游于湖，狂风忽起，船欲倾，褚公已醉，乃云此舫人皆无可以招天谴者，惟有孙兴公多尘埃，正当以厌天灾尔。'《舆地志》云：'曲阿出名酒，皆云后湖水所酿，故醇冽也。今按湖水上承丹徒高骊、覆船山、马林溪水，水色白味甘。'《舆地志》云：'练塘，陈敏所立，遏高陵水，以溪为后湖。'"（《太平寰宇记》卷八九）

6. 夜合花：又名夜香木兰，原产我国南部。树姿小巧玲珑，夏季开出绿白色球状小花，昼开夜闭，幽香清雅。

7. 新丰：镇名，此地出名酒。除李白诗外，汪莘有《过丹阳界中新丰市》诗"道过新丰沽酒楼，不须濯足故相酬"；杨万里有《暮经新丰市望远山》诗"处处遮船住，家家有酒酤"。

8. "南国新丰酒"句："南国新丰酒，东山小妓歌。对君君不乐，花月奈愁何。"（李白《出妓金陵子呈卢六四首》）

9. "再入新丰市"句：陈存《丹阳作》"暂入新丰市，犹闻旧酒香。抱琴沽一醉，尽日卧垂杨"。

10. "长安之新丰"句：王维（701—761），字摩诘，太原人，其《少年行四首》（其一）提到长安新丰酒云："新丰美酒斗十千，咸阳游侠多少年。相逢意气为君饮，系马高楼垂柳边。"

【校记】

〔丹阳〕知不足斋本"丹阳"作"云阳"。

十七日。平旦，入镇江，泊船西驿。见知府右朝散郎直秘阁蔡洸[1]子平、都统庆远军节度使成闵[2]、通判右朝奉大夫章汝[3]、右朝奉郎陶之真[4]、府学教授左文林郎熊克[5]、总领司干小公事右承奉郎史弥正[6]端叔。

【注释】

1. 右朝散郎直秘阁蔡洸：蔡洸，字子平，兴化仙游人。蔡襄曾孙，蔡伸子。以荫补将仕郎，历五理评事，出知吉州，召为刑部郎，又以户部郎总领淮东军马钱粮，除知镇江府，颇有惠政。后进户部尚书。会西溪卒移屯建康，舳舻相衔，时久旱，郡民筑陂储水灌溉，漕司檄郡决之，父老泣诉，洸曰："吾不忍获罪百姓也。"却之。已而大雨，漕运通，岁亦大熟，后迁户部尚书，未几奉祠归，囊无余资。《嘉定镇江志》卷十五："蔡洸，……乾道庚寅三月以户部郎官总饷淮东。才数日，会复置大漕，总司之在京口者，省之，就命为守，寻加直秘阁。"传见《宋史》列传第一四九。

2. 都统庆远军节度使成闵：成闵（1094—1174），字居仁，邢州人。靖康初，刘韐为真定帅，募勇士捍金兵，闵在麾下。高宗即位，闵领数百骑至扬州。会上南渡，韩世忠追苗傅及袭兀术、讨范汝为，闵皆在戎行，又以力战却敌，积功至武功大夫、忠州刺史。绍兴二十四年，拜庆远军节度使。金主完颜亮南下，闵先镇武昌，后除淮东制置使，为镇江都统制，未尝与金兵战。亮死，纵金兵渡淮北去，遂奏已克淮东，超拜太尉。为御史所劾，罢官，责婺州居住。乾道初，复都统镇江诸军。见《宋史》列传第一二九。都统，南宋北部、西部（沿长江和川陕交界）边界诸屯驻大军的最高统兵官，统领本都统司下兵马训练、警备、守御、赏罚等军政。节度使，朝廷委任持节调度一地区军事的使臣。

3. 右朝奉大夫章汶：《嘉定镇江志》卷十六通判北厅壁记有其名。朝奉大夫，寄禄官名，为文臣京朝官寄禄官三十阶之第十九阶，从六品。有左右之分。

4. 右朝奉郎陶之真：《嘉定镇江志》卷十六通判南厅壁记有其名，云"朝散郎，六年到任"。

5. 府学教授左文林郎熊克：字子复，福建建阳人，蕃子。绍兴二十七年进士，知诸暨县，有惠政。以荐直学士院，后出知台州，奉祠卒，年七十三。克博闻强记，淹习当代典故，有《九朝通略》《中兴小历》《诸子精华》等书。其任府学教授事，见《嘉定镇江志》卷十六"学职"壁记。

6. 总领司干办公事右承奉郎史弥正：史弥正，字端叔，生卒

《甘露寺》

（选自〔明〕杨尔曾《新镌海内奇观》）

年不详，鄞县人，史浩次子。官朝奉大夫，浙东提刑，终敷文阁待制。总领司干办公事，总领司为南宋总领财赋、军马钱粮的治所，干办公事为协助办理本司事务。

十八日。右奉议郎签书节度判官厅公事葛郇[1]、观察推官右文林郎徐务滋[2]、司户参军左迪功郎杨冲[3]、焦山长老定圜[4]、甘露长老化昭[5]来。

【注释】

1. 签书节度判官厅公事葛郇：葛郇，其人未详。签书节度判官厅公事，幕职官名，协理郡政。从八品，以京官充，位在诸使判官之上。

2. 观察推官右文林郎徐务滋：徐务滋，其人未详。观察推官，幕职官名，编制一员。与本府幕职官分治案事、佐理府政。由选人充，从八品。

3. 司户参军左迪功郎杨冲：杨冲，生卒年不详，字飞卿，福州人，乾道二年进士，历国子录，终宣教郎宁国府签判。司户参军，幕职官名，州军各一人，掌户籍赋税、仓库受纳。责降官之低等。迪功郎，选人阶官名，为选人新阶第七阶，从九品。

4. 焦山长老定圜：即圜禅师，焦山淡庵圆（通圜）禅师也。《京口三山志·焦山志》卷十："慈受、布袋、圆悟，上三师相继主持焦山。事迹未详。"卷十二，元释思修《焦山禅寺重建圆悟接待庵记》："……隆兴元年，住山淡庵圆禅师，闽人也。……初，庵无恒产，岁守者乏人。塔垒垒，间为荆榛所蔽；至是，则香火荧煌，塔户宽爽，包笠方来，食息得所，实淡庵之力也。"陆游隆兴二年在镇江通判任上曾有焦山题名，由圜禅师刻之于石："陆务观、何德器、张玉仲、韩无咎，隆兴甲申闰月二十九日，踏雪观《瘗鹤铭》，置酒上方。烽火未息，望风樯战舰，在烟霭间，慨然尽醉。薄晚，泛舟自甘露寺以归。明年二月壬午，圜禅师刻之石。务观书。"则陆游与圜禅师为旧交。

5. 甘露长老化昭：甘露，即甘露寺。化昭，其人未详。

十九日。金山长老宝印[1]来，字坦叔，嘉州人。言自峡州[2]以西，滩不可胜计，白傅诗所谓"白狗到黄牛，滩如竹节稠"[3]是也。赴蔡守饭于丹阳楼[4]。热特甚，堆冰满坐，了无凉意。蔡自点茶[5]，颇工，而茶殊下。同坐熊教授[6]，建宁人，云："建茶旧杂以米粉，复更以薯蓣，两年来，又更以楮芽，与茶味颇相入，且多乳，惟过梅则无复气味矣。非精识者，未易察也。"[7]申后，移舟出三闸，至潮闸[8]而止。

【注释】

1. 宝印（1109—1190）：字坦叔，号别峰。嘉州李氏。幼通六经，长穷七史。厌俗，从德山清素得度。具戒后，听《华严》《起信》，穷尽其说。历主金陵保宁、镇江金山、明州雪窦。宋孝宗召对，赐肩舆。御注《圆觉经》成，命其作序。谥曰慈辩，塔曰智光，有《别峰禅师语录》。《渭南文集》卷四十有《别峰禅师塔铭》。

2. 峡州：古称夷陵，又名峡州，在今湖北宜昌。《宋史·地理志》："峡州，中，夷陵郡，军事。建炎中，移治石鼻山；绍兴五年，复旧。端平元年，徙治于江南县。"

3. "白狗到黄牛"句：见白居易诗《发白狗峡，次黄牛峡，登高寺，却望忠州》，诗中以一"稠"字，描绘长江三峡一带河床的滩多、礁石密布的特点。

4. 丹阳楼："丹阳楼在（镇江）府治。"（宋王象之《舆地纪胜》卷七）

5. 点茶：宋时的一种煮茶方法。将茶叶末放在茶碗里，注入少量沸水调成糊状，然后再注入沸水，或者直接向茶碗中注入沸水，同时用茶筅搅动，茶末上浮，形成粥面。点茶后来成为官场待客之礼。

6. 熊教授：即上文府学教授熊克。

7. "建茶旧杂以米粉"句：建茶，以产地为名，泛指产于建州、建安一带的茶。又因建州境内有建溪流经，同时也指产于建溪一带的茶。宋代，建茶成为时尚，常见之于诗文。蔡襄《茶录》称之"建安之品"，赵佶《大观茶论》称之"建溪之贡"。而最早直接称"建茶"的，要数李虚己的《建茶呈使君学士》一诗。薯蓣，多年生缠绕藤本。地下具圆柱形肉质块茎，含淀粉，可供食用，并可入药。也称山药。唐王绩《采药》诗："从容肉作名，薯蓣膏成质。"楮芽，楮树的叶芽，叶似桑叶而粗糙，果圆球形，熟时红色。梅，指黄梅季节。

8.潮闸：建在运河与长江连接处的闸门。

二十日。迁入嘉州王知义船[1]，微雨，极凉。

【注释】

1.嘉州王知义船：嘉州，今四川乐山。《宋史》卷八九"地理五"："嘉定府，上，本嘉州，犍为郡，军事。乾德四年，废绥山、罗目、玉津三县。庆元二年，以宁宗潜邸，升府。开禧元年，升嘉庆军节度。"王知义，当为船主名。

二十一日。

二十二日。郡集卫公堂[1]后圃。比旧[2]唯增染香亭。饮半，登寿丘普照寺[3]终宴。寿丘者，宋高祖宅，有故井尚存。寺本名延庆，隆兴中，复泗州[4]，有普照寺僧奉僧伽[5]像来归，寓焉，因赐名普照寺，侨置僧伽道场。东望京山[6]，连亘抱合，势如缭墙，官寺楼观如画，西阚大江，气象极雄伟也。

【注释】

1.卫公堂："在府署后，唐李德裕为观察使时建，后人因其

封爵名之。"(《大清一统志》卷六二）

2. 比旧：指隆兴二年，时陆游至镇江任通判。《渭南文集》卷二四《镇江谒诸葛文》云："某以隆兴改元夏五月癸巳，自西府掾出佐京口，明年春二月己卯至郡。"

3. 寿丘普照寺："普照寺在寿邱山颠，宋高祖故宅也。至陈立寺名慈和，宋号为延庆。寺之上方，先是泗州有僧伽塔。绍兴中寓建塔院于此，以奉僧伽像，名曰普照。宝庆丙戌始植殿宇，绍定辛卯然后门庑大备，总领岳珂为记。……有大圣殿赵处士堂、正宗阁、楚山阁。"(《至顺镇江志》卷九）

4. 泗州：隶属淮南东路。《宋史》卷八八"地理四"："泗州，上，临淮郡。建隆二年，废徐城县。乾德元年，以楚州之盱眙、濠州之招信来属。建炎四年，复属濠州。绍兴十二年入金，后复。"

5. 僧伽（628—710）：唐西僧，自言何国人，因以何为姓。高宗时至长安，行历吴楚间，手执杨枝，时显神异。于泗州构伽蓝以居，高宗为书普光王寺额，中宗景龙二年，于内道场召问法要。终于荐福寺。世传为观音化身。李白曾作《僧伽歌》。谥证圣大师。见《宋高僧传》卷十八、《景德传灯录》卷二七。

6. 京山："京岘山，在府治东五里。《润州类集》云：'州谓之京，镇京口者因此山。'《寰宇记》：梁武帝望京岘山盘纡似龙，掘其左右，为龙、目二湖。"(《嘉定镇江志》卷六）

二十三日。至甘露寺，饭僧。[1]甘露，盖北固山[2]也。有狼石[3]，世传以为汉昭烈、吴大帝尝据此石共谋曹氏[4]。石亡已久，寺僧辄取一石充数，游客摩挲太息，僧及童子辈往往窃笑也。拜李文饶祠[5]。登多景楼[6]。楼亦非故址，主僧化昭所筑，下临大江，淮南草木可数，登览之胜，实过于旧。邂逅左迪功郎新太平州教授徐容[7]。容字子公，泉州人。此山多峭崖如削，然皆土也，国史以为石壁峭绝，误矣。

【注释】

1．"至甘露寺"句："甘露寺，在北固山。唐宝历中李德裕建，以资穆宗冥福。时甘露降此山，因名。乾符中寺焚，裴璩重建。宋朝祥符庚戌有诏再修，令转运使择长老居之。"（《嘉定镇江志》卷八）"甘露寺，在城东角土山上，下临大江。晴明，轩槛上望见扬州历历。诗人多留题，唯卢肇云：'地从京口断，山到海门回。'张祜云：'日月光先到，江山势尽来。'周朴云：'几连扬子雾，独倚润州城。'孙鲂云：'地拱千寻险，天垂四面青。'"（《太平寰宇记》卷八九）饭僧，向和尚施饭，以修善祈福。

2．北固山：位于镇江北长江边，山壁陡峭，形势险固，由前峰、中峰和后峰三部分组成，主峰即后峰，山巅建有甘露寺。"北固山，在县北一里。《南徐州记》云：'城西北有别岭斜入江，三面临水，号云北固。'刘桢《京口记》云：'回岭入江，悬水峻壁。'旧北顾作'固'字，梁高祖云：'作镇作固，诚有其语，然北望海口，实为壮观，以理而推，宜改为顾望之顾。'《舆地志》云：'天

景清明登之,望见广陵城,如在青霄中,相去鸟道五十余里。'"(《太平寰宇记》卷八九)

3. 狠石：即很石。在北固山甘露寺内,形状如羊。晚唐诗人罗隐有《题润州妙善前石羊》诗云："紫髯桑盖此沉吟,狠石犹存事可寻,汗鼎未安聊把盏,楚醪虽满肯同心？"苏轼《甘露寺》诗序："寺有石如羊,相传谓之狠石。云诸葛孔明坐其上,与孙仲谋论曹公也。"

4. "世传以为汉昭烈"句：汉昭烈,刘备 (161—223),字玄德,为三国蜀汉开国君王,谥号昭烈帝。吴大帝,孙权 (182—252),字仲谋,父孙坚,兄孙策经征战,据有江东六郡,公元二〇〇年孙策死,孙权袭职,在位三十年,死后谥大皇帝,庙号太祖。曹氏,曹操 (155—220),字孟德,小字阿瞒,沛国谯人。三国魏之奠基人。孙刘联盟共谋曹氏事,指建安十三年,曹操南征荆州,其势如破竹；刘备败走当阳,求救于江东。他们结成了"孙刘联盟",在赤壁之战中打败曹操,三国鼎立的局面开始形成。

5. 李文饶祠：李德裕 (787—850),字文饶,真定赞皇人,出身于名门望族,宰相李吉甫之子。少好学,以父荫补校书郎。历任翰林学士、浙西观察使、西川节度使、兵部尚书、左仆射,两度为相。李德裕曾因宰相李逢吉排挤,出为浙西观察使。李德裕祠在甘露寺。

6. 多景楼：创建于唐代,楼名取自李德裕《晚下北固山,喜松径成阴，怅然怀古，偶题临江亭》中"多景悬窗牖"一语。宋代米芾作《多景楼》诗，称该楼为"天下江山第一楼"。《至顺镇江志》卷十二称："多景楼，在甘露寺，天下之殊景也。始因焚荡，再建蠹斋。周孚称，楼非旧址，唯东面可眺，三隅暗甚。"

7. 徐容：字子公，生卒年不详，晋江人，乾道五年进士。徐定、徐实之弟。中书教官。

二十四日。

二十五日。早，以一豨、壶酒，谒英灵助顺王祠，所谓下元水府[1]也。祠属金山寺[2]，寺常以二僧守之，无他祝史。然榜云"赛祭猪头，例归本庙"，观者无不笑。初，绍兴末，元颜亮[3]入寇，枢密叶公审言[4]督视大军守江，祷于水府祠，请事平奏加帝号。既而不果。隆兴中，虏再入，有近臣申言之，议者谓四渎[5]止封王，水府不应在四渎上，乃但加美称而已。庙中遇武人王秀，自言博州[6]人，年五十一，元颜亮寇边时，自河朔[7]从义军，攻下大名[8]，以待王师，既归朝，不见录。且自言孤远无路自通，歔欷不已。是晚，欲出江，舟人辞以潮不应，遂宿江口。

【注释】

1. 下元水府：长江水神庙之一。《至顺镇江志》卷八称："下水元府庙，在还京门外。宋祥符初赐额曰显济，旧在金山。元丰中僧了元移于此。建炎庙焚，大帅刘光世重创，绍兴丁卯都统制王胜重修，延平黄俞为记。其略曰：'上中下三水府，上居江州马当，中居太平州采石，下居润州金山。江南保大中各加王封，至大中祥符二年九月始易去伪号，赐庙额，封王爵。下府额曰显济，爵曰昭信。'"

2. 金山寺："龙游寺，在金山，旧名泽心，不知始于何时。梁武帝尝临寺设水陆会。或云起于唐之裴头陀。宋祥符五年改山名曰龙游；天禧五年复名山曰金，而以龙游名寺；政和四年，改为神霄玉清万寿宫，郡守毛友为记。南渡后仍为寺，而厄于火。淳熙中主僧蕴衷重加修创，翰林学士洪迈为记。"（《至顺镇江志》卷九）金山寺规模宏大，寺门朝西，依山而建，殿宇栉比，亭台相连，遍山布满金碧辉煌的建筑，因而有"金山寺裹山"之说。

3. 元颜亮（1122—1161）：字元功，本名迪古乃，金太祖庶长子完颜宗第二子。"好读书，学弈，家戏，点茶，延接儒生，谈论有成人器。及长，风度端严，外若宽和，而城府深密，人莫测其际。"（《大金国志》卷十三）皇统九年十二月，杀熙宗，自立为帝，改元天德。正隆六年率兵攻宋，十一月在扬州为部下所杀，年四十。大定二年降封海陵郡王，谥炀。二十一年再降为庶人。《金史》卷五有《海陵纪》。

4. 枢密叶公审言：叶义问（1098—1170），字审言，严州寿昌人。建炎初登进士第。历饶州教授、知江宁县、通判江州。以忤秦桧意，罢去。桧死，擢殿中侍御史。时知枢密院事汤鹏举效桧所为，广置党羽，义问累章劾罢之。迁吏部侍郎，拜同知枢密院事。金主完颜亮南侵，奉命督师抵御，因不习军旅，措置多失当，罢提举宫观。复为言者所论，谪饶州。传见《宋史》卷三四八。枢密，宋朝枢密院与中书省号称二府，掌兵符、武官选拔除授、兵防边备及军师屯戍之政令。

5. 四渎：古代对"江、河、淮、济"（长江、黄河、淮河、济水）四条独流入海之大河的称呼，其中淮河、济水古时也独流入海，故得与江、河并列。

6. 博州：隋开皇十六年置，治所在今山东聊城，大业初废。唐武德四年复置，天宝初改为博平郡，乾元初复为博州。

7. 河朔：古代泛指黄河以北地区。

8. 大名：隶河北东路，在今河北大名。《宋史》卷八六"地理二"："大名府，魏郡。庆历二年，建为北京。八年，始置大名府路安抚使，统北京、澶、怀、卫、德、博、滨、棣、通利、保顺军。熙宁以来并因之，六年，分属河北东路。"

二十六日。五鼓发船。是日，舟人始伐鼓。遂游金山[1]，登玉鉴堂、妙高台，皆穷极壮丽，非昔比。玉鉴，盖取苏仪甫诗云："僧于玉鉴光中坐，客踏金鳌背上行。"[2]仪甫果终于翰苑，当时以为诗谶。[3]新作寺门亦甚雄，翟耆年伯寿篆额[4]，然门乃不可泊舟。凡至寺中者，皆由雄跨阁[5]。长老宝印言："旧额，仁宗皇帝御飞白[6]。张之，则风波汹涌，蛟鼍出没，遂藏之寺阁，今不复存矣。"

印住山近十年，兴造皆其力。寺有两塔，本曾子宣丞相用西府俸所建[7]，以荐其先者。政和中，寺为神霄宫，道士乃去塔上相轮而屋之[8]，谓之郁罗霄台。至是五十余年，印始复为塔，且增饰之，工尚未毕，山绝顶有吞海亭，取毛吞巨海[9]之意，登望尤胜。每北使来聘，例延至此亭烹茶。金山与焦山[10]相望，皆名蓝，每争雄长。焦山旧有吸江亭，最为佳处，故此名吞海以胜之，可笑也。夜，风水薄船，鞺鞳有声。

【注释】

1. 金山："金山，在城西北江中，一名浮玉。唐裴头陀于此开山得金，故名。"（《太平寰宇记》卷八九）

2. "苏仪甫诗云"句：苏绅（999—1046），字仪甫。宋泉州晋江人，苏颂之父。真宗天禧三年进士，历宜、复、安三州推官，改大理寺丞。母丧，寓扬州。州将盛度以文学自负，见其文，大惊，自以为不及，由是知名。再迁太常博士，举贤良方正科，擢尚书礼部员外郎、通判洪州（梅尧臣作诗送别），徙扬州。仁宗时上疏言边防偏重西北，疏论南方之弊，又陈便宜八事，于吏治、兵备、财政、民食等多所论述，得仁宗嘉奖。后为翰林学士，以言事不合知河阳，徙知河中，未行而卒，年四十八。"僧于玉鉴光中坐"，苏绅《金山寺》作"僧依玉鉴光中住，人踏金鳌背上行"。

3. "仪甫果终于翰苑"句：翰苑指翰林院。诗谶，谓所作诗无意中预示了后来发生的事。汉代待诏在玉堂殿，翰林院也常被

《焦山 金山》

（选自〔明〕钱谷　张复《水程图册》）

称为玉堂署。苏绅"僧依玉鉴光中住",玉鉴,比喻皎洁的月亮,与玉堂字音相近,苏绅官终于翰苑。故称诗谶。

4. 翟耆年伯寿篆额:翟耆年,字伯寿,号黄鹤山人,南宋润州丹阳人。汝文子。以父荫入仕。少以文才见称于张耒。好古博学,不喜吏事,放浪山水,以著书自娱。善篆、隶、八分。著有《籀史》。篆额,汉代以后的各种碑刻之上端,称碑头或碑额,因碑额上所题字多用篆书,遂称篆额。

5. 雄跨阁:"雄跨堂,乾道初,淮东总领洪适取圣制诗中词揭之。"(《嘉定镇江志》卷六)

6. 仁宗皇帝御飞白:飞白书为书法笔法之一,笔画中夹杂丝丝点点白痕,给人以飞动之感。宋仁宗善飞白书,见欧阳修《归田录》:"仁宗万机之暇,无所玩好,惟亲翰墨,而飞白尤为神妙。"

7. "曾子宣丞相"句:曾布(1036—1107),字子宣,建昌军南丰人,曾巩弟。仁宗嘉祐二年进士,神宗熙宁中,为集贤校理,判司农寺,与吕惠卿共创青苗、助役、保甲、农田水利等法。历知制诰、翰林学士兼三司使。以忤王安石出知饶、潭、广三州。绍圣初召为翰林学士承旨,知枢密院。徽宗立,以右仆射独当国。崇宁元年受蔡京所挤,罢为观文殿大学士,知润州,累贬廉州司户。后徙舒州,提举崇福宫。传见《宋史》卷四七一。西府,枢密院的简称。

8. 去塔上相轮而屋之:相轮,塔刹的主要部分。贯串在刹杆上的圆环，多与塔的层数相应，为塔的表相。屋之，指在塔上建屋。

9. 毛吞巨海：毛，同"牦"。宋释道原《景德传灯录》卷十五："一毛吞海，海性无亏。纤芥投锋，锋利不动。学与无学，唯我知焉。"意本此。

10. 焦山："焦山，在江中，去城九里，旁有海门二山，金焦相望，凡十五里。……《润州类集》旧经言，焦光所隐故名。"（《嘉定镇江志》卷六）

二十七日。留金山，极凉冷。印老言蜀中梁山军鹭鸶[1]，为天下第一。

二十八日。夙兴，观日出[2]，江中天水皆赤，真伟观也。因登雄跨阁，观二岛。左曰鹘山[3]，旧传有栖鹘，今无有。右曰云根岛，皆特起不附山，俗谓之郭璞墓。[4] 奉使金国起居郎范至能至山，[5] 遣人相招食于玉鉴堂。至能名成大，圣政所同官，相别八年，今借资政殿大学士、提举万寿观、侍读，为金国祈请使云。午间，过瓜洲[6]，江平如镜。舟中望金山，楼观重复，尤为巨丽。中流风雷大作，电影腾掣[7]，止在江面，去舟才丈余，急系缆。俄而开霁，遂至瓜洲。自到京口无蚊，是夜蚊多，始复设帱[8]。

【注释】

1. 梁山军鹭鸶：梁山军，隶属夔州路，治梁山县。军，地方行政编制单位。五代设军，寄治于县，而隶于州。至宋方为与州

《扬子江》

（选自〔明〕钱谷　张复《水程图册》）

《郭璞墓》

（选自〔清〕张宝《续泛槎图》）

平级。地势冲要、户口少而不成州者，则设军。北宋宣和间，全国置五十五军，军一级长吏称"军使"或"知军事"。鹭鸶，大、中型涉禽，体形呈纺锤形，胸前有饰羽，头顶有的有冠羽，具有"三长"的特点，即喙长、颈长、腿长。

2. 观日出：《剑南诗稿》卷二有《金山观日出》诗，"系船浮玉山，清晨得奇观。日轮擘水出，始觉江面宽。遥波蹙红鳞，翠霭开金盘。光彩射楼塔，丹碧浮云端。诗人窘笔力，但咏秋月寒。何当罗浮望，涌海夜未阑"。

3. 鹘山："鹘山：在金山后，有孤峰。以鹘栖其上，曰鹘山。"（《舆地纪胜》卷七）

4. "右曰云根岛"句：云根岛，金山之西塔影湖畔，有一组天然错综的奇石，古称石排山。据传岛上葬有郭璞的遗物，俗称郭璞墓。郭璞（276—324），河东闻喜人，字景纯，东晋著名文学家、训诂学家。博学多才，好古文奇字，精天文、历算、卜筮、诗赋。西晋末过江，为宣城太守殷祐参军，为王导所重。晋元帝拜著作佐郎，迁尚书郎。后为王敦记室参军，以卜筮不吉谏阻敦谋反，为敦所杀。后追赠弘农太守。著有《尔雅注》《山海经注》《穆天子传注》《楚辞注》等书。

5. "奉使金国起居郎范至能至山"句：范成大（1126—1193），字至能，号石湖居士，吴郡人。绍兴二十四年进士。出使金国，辞气慷慨，不辱使命。除中书舍人，累官四川制置使、礼部尚书、参知政事。卒封崇国公，谥文穆。成大工诗，擅书法，有《石湖居士诗集》《吴船录》《桂海虞衡志》等书。《宋史》卷三八六有传。陆游与之有旧，曾在公元一一六二年同官圣政所。至乾道六年六月重逢，恰已八年。范成大《石湖居士诗集》卷十八有诗《余与陆务观自圣政所分袂，每别辄五年，离合又常以六月，似有数者。中岩送别，至挥泪失声，留此为赠》。范成大使金事见《宋史》卷三四《孝宗本纪》："（六年闰五月）遣范成大等使金，求陵寝地，且请更定受书礼。"

6. 瓜洲：位于京杭大运河与长江交汇处。《大清一统志》卷六七："瓜洲镇，在江都县南四十里江滨。《元和郡县志》：昔为瓜洲村，盖扬子江中之砂碛也。沙渐涨出，状如瓜字，遥接扬子渡口。自唐开元来渐为南北襟喉之处。……宋乾道四年，始筑城置堡，有石城，东西北三面，长四里。"

7. 电影腾掣：形容像闪电刮风一样迅速。

8. 幮：帐。

【校记】

〔止在江面〕知不足斋本"止"作"正"。

二十九日。泊瓜洲，天气澄爽。南望京口月观[1]、甘露寺、水府庙，皆至近。金山尤近，可辨人眉目也。然江不可横绝，放舟稍西，乃能达，故渡者皆迟回久之。舟人以帆弊，往姑苏买帆，是日方至。樯高五丈六尺，帆二十六幅。两日间，阅往来渡者，

《瓜洲》

（选自〔明〕钱谷　张复《水程图册》）

无虑千人，大抵多军人也。夜，观金山塔灯。

【注释】

1. 月观："月观，在谯楼之西，即古万岁楼，亦王恭所创，至唐犹存，宋呼为月台，后改名月观。"（《至顺镇江志》卷十三）

【校记】

〔观金山塔灯〕知不足斋本此卷最末一条为"三十日"，无记事。

卷

二

七月一日。黎明，离瓜洲，便风挂帆。晚至真州，泊鉴远亭。[1]
州本唐扬州扬子县之白沙镇[2]。杨溥[3]有淮南，徐温[4]自金陵来觐溥
于白沙，因改曰迎銮镇。或谓周世宗征淮[5]时，诸将尝于此迎谒，非也。
国朝乾德中，升为建安军。祥符中，建玉清昭应宫[6]，即军之西北小
山置冶，铸玉皇、圣祖、太祖、太宗四圣像。既成，遣丁谓[7]、李
宗谔[8]为迎奉使、副。至京，车驾出迎，肆赦[9]，建军曰真州，而于
故冶筑仪真观[10]。政和中，修《九域图志》，又名曰仪真郡。旧以水
陆之冲，为发运使治所[11]，今废。

【注释】

1. "晚至真州"句：真州，今江苏仪征。《宋史》卷八八"地
理四"："真州，望，军事。本上州。乾德三年，升为建安军。
至道二年，以扬州之六合来属。大中祥符六年，为真州。大观
元年，升为望。政和七年，赐郡名曰仪真。建炎三年，入于金，
寻复。"鉴远亭，《舆地纪胜》卷三八："鉴远亭，在潮闸西，
米元章书。"

2. 白沙镇："迎銮镇，本唐之白沙也。吴主杨溥至白沙，阅
舟师，徐温自金陵来见，因以白沙为迎銮。"（《资治通鉴》卷
二九四注）

3. 杨溥（901—938）：五代时期南吴君主，杨行密四子，杨
渥、杨隆演之弟，杨隆演称吴国国王时被封丹阳郡公。杨隆演去世，
杨溥为徐温所迎继国王位，乾贞元年称帝。天祚三年，杨溥禅位

于徐知诰，南吴亡。次年被杀于丹阳，或云幽禁死。在位十七年。被追谥为睿皇帝。南吴于杨隆演及杨溥在位时，军政大权皆操之徐温、徐知诰父子之手，之所以即王位、帝位，只是为徐氏父子篡位称帝之准备而已。

4. 徐温（862—927）：字敦美，海州朐山人，南唐建立者徐知诰（李昪）养父。少以贩盐为盗，后从杨行密，遂仕吴，以功迁右牙指挥使，参议密谋。行密卒，子杨渥嗣。温与张颢弑之，立其弟杨隆演。后温又杀张颢，遂独揽大权。徐温个性多疑，沉毅寡言，罕与人交，凛然可畏，然善用将吏。不知书，使人读狱讼之词而决之，皆中情理。卒谥忠武。养子李昪建南唐，尊为义祖。

5. 周世宗征淮：周世宗即柴荣（921—959），一称柴世宗，邢州龙冈人。后周太祖郭威的内侄和养子。善骑射，略通书史黄老。显德元年继郭威为帝，励精图治。内修订礼乐、制度、刑法，外取秦陇，平淮右，复三关，威震华夷。在位六年卒，庙号世宗。征淮，指显德三年，柴荣率大军伐南唐，淮南为后周所有。

6. 玉清昭应宫："宋大中祥符元年，以正月三日天书降辰为天庆节，诏东京建玉清昭应宫，天下置天庆观。"（《江南通志》卷四七）

7. 丁谓（966—1037）：字谓之，后更字公言，长洲人。太宗淳化三年进士，为饶州通判。真宗咸平初除三司户部判官，权三司使。大中祥符初因阿谀真宗封禅，拜三司使。五年，进户部侍郎、参知政事。后出知升州。天禧三年以吏部尚书复参知政事。

四年，为枢密使，迁平章事。乾兴元年封晋国公。机敏有智谋，善揣摩人意，通晓图画、博弈、音律。真宗朝营建宫观，伪造祥异，多发于谓与王钦若。仁宗即位，因其前后欺罔，贬崖州司户参军。明道中以秘书监致仕，卒于光州。有《丁谓集》等书，已佚。《东都事略》卷四九、《宋史》卷二八三有传。

8. 李宗谔（964—1012）：字昌武，深州饶阳人，李昉之子。七岁能属文。耻以父任得官，独由乡举第进士，授校书郎。又献文自荐，迁秘书郎，集贤校理，同修起居注。真宗时，累拜右谏议大夫。初，昉居三馆两制之职，不数年，宗谔并践其地。风流儒雅，藏书万卷。内行淳至，尤好勤接士类，奖拔后进。宗谔工隶书，为西昆体诗人之一。著有文集六十卷，内外制三十卷，预修《太宗实录》等。

9. 肆赦：指缓刑，赦免。《书·舜典》："眚灾肆赦，怙终贼刑。"孔传："眚，过；灾，害；肆，缓；贼，杀也。过而有害，当缓赦之。"

10. 仪真观："仪真观，祥符间司天台言建安军西山有旺气。诏即其地铸圣像，时有青鸾、白鹤、景云盘绕炉冶之处，诏建。"（《方舆胜览》卷四五）

11. 发运使治所：发运使，官名，专职管理漕运机构的官员。真州是宋代江淮两浙荆湖发运使的驻地。

【校记】

〔卷二〕汲古阁本《入蜀记》卷二在《渭南文集》卷四四，"入蜀记"

三字下有双下小字："七月一日起，十六日止。"

二日。见知州右朝奉郎王察[1]。市邑官寺，比数年前颇盛。携统游东园[2]。园在东门外里余，自建炎兵火后，废坏涤地，漕司租与民，岁入钱数千。昔之闳壮巨丽，复为荆棘荒墟之地者四十余年，乃更葺为园。以记考之，惟清燕堂、拂云堂、澄虚阁粗复其旧，与右之清池、北之高台尚存。若所谓流水横其前者，湮塞仅如一带，而百亩之园，废为蔬畦者，尚过半也，可为太息。登台，望下蜀诸山[3]，平远可爱，徘徊久之。过报恩光孝寺，少留。辛巳之变[4]，仪真焚荡无余，而此寺独存。堂中僧百人，长老妙湍[5]，常州人。

【注释】

1. 王察：隆庆《仪真县志》记载其乾道中知真州。

2. 东园：位于真州，达百亩。欧阳修有《真州东园记》："真为州，当东南之水会，故为江淮两浙荆湖发运使之治所。龙图阁直学士施君正臣、侍御史许君子春之为使也，得监察御史里行马君仲涂为其判官，三人者，乐其相得之欢，而因其暇日，得州之监军废营，以作东园，而日往游焉。岁秋八月，子春以其职事走京师，图其所谓东园者，来以示予曰：园之广百亩，而流水横其前，清池浸其右，高台起其北。台，吾望以拂云之亭；池，吾俯以澄虚之阁；水，吾泛以画舫之舟。敞其中以为清宴之堂，辟其后以为射宾之圃。芙渠芰荷之的历，幽兰白芷之芬芳，与夫佳花美木列植而交阴，此前日之苍烟白露而荆棘也；高甍巨桷，水光日景动摇而下上，其宽闲深靓，可以答远响而生清风，此前日之颓垣断堑而荒墟也；嘉时令节，州人士女啸歌而管弦，此前日之晦明风雨、鼪鼯鸟兽之嗥音也。吾于是信有力焉，凡图之所载，盖其一二之略也。若乃升于高以望江山之远近，嬉于水而逐鱼鸟之浮沉，其物象意趣登临之乐，览者各自得焉。凡工之所不能画者，吾亦不能言也。其为我书其大概焉。"吴潜《暗香》词序云："仪真去城三数里东园，梅花之盛甲天下。嘉定庚辰、辛巳之交，余犹及歌酒其下，今荒矣。园乃欧公记、君谟书，古今称二绝。"

3. 下蜀诸山：《方舆胜览》卷四五："蜀冈，在扬子县西北，自胥浦至江都界并谓之蜀冈，以其来远也。"

4. 辛巳之变：绍兴三十一年为辛巳年，陆游时年三十七岁。该年九月，金主完颜亮大举南侵。陆游入对，曾"泪溅龙床"，面请北征。《剑南诗稿》卷二一《史院书事》自注："绍兴辛巳，尝蒙恩赐对。"卷九《感兴》："贼亮负函货，江北烟尘昏。奏记本兵府，大事得具论：'请治故臣罪，深绝衰乱根。'言疏卒见弃，袂有血泪痕。"卷三一《望永思陵》："贾生未解人间事，北阙犹陈痛哭书。"自注："绍兴庚辰辛巳间，游屡贡瞽言，略蒙施用。"同卷《十一月五日夜半偶作》："后生谁记当年事，泪溅龙床请北征？"

5. 妙湍："常州宜兴僧妙湍，掌僧司文籍，与其辈二人，

以岁暮持簿书，赴县审核，宿于庑下空室。三僧同榻，二仆在门外，已灭烛就枕，湍善鼓琴，暗中搏拊不止。"（《夷坚丁志》卷三）

三日。右迪功郎监税务闻人尧民[1]来。尧民，茂德删定之兄子，以恩科[2]入官。北山永庆长老蕴常[3]来。郡集于平易堂，遍游澄澜阁、快哉亭，遂至壮观以归。[4]壮观旧有米元章所作赋石刻，今亡矣。初问王守仪真观去城远近，云在城南里许。方怪与国史异，既归，亟往游，则信城南也。有老道士出迎，年七十余，自言庐州人，能述仪真本末。云旧观实在城西北数里小土山之麓，祥符所铸乃金铜像，并座高三丈，以黄麾全仗道门幢节[5]迎赴京师，皆与国史合。故当时乐章曰："范金肖像申严奉，宫观状翚飞。万灵拱卫瑞烟披，堤柳映黄麾。"[6]道士又言赐号瑞应福地，则史所不载也。今所谓仪真观者，昔黄冠[7]入城休憩道院耳。晚，大风，舟人增缆。

【注释】

1. 闻人尧民：陆游老友闻人滋之侄。

2. 恩科：宋时科举，承五代后晋之制，每三年举行乡、会试，是为正科。遇皇帝亲试时，可别立名册呈奏，特许附试，称为特奏名，一般皆能得中，故称"恩科"。

3. 蕴常：字不轻，号荷屋老人。淳熙间，住天台国清寺。学通内外，诗名于时。

4."郡集于平易堂"句：据《舆地纪胜》卷三八记载，平易堂和澄澜堂在州治，快哉亭在州城上。"壮观亭，在城北五里山之顶。米元章书榜，有赋云：'壮哉江山之观也。'"

5.黄麾全仗道门幢节：道教游行的全部仪仗。

6."范金肖像申严奉"句：宋无名氏《建安军迎奉圣像导引四首》（其二）《圣祖天尊》句。

7.黄冠：黄色的冠帽，多为道士戴用。

【校记】

〔皆与国史合〕原作"吏"，据汲古阁本改。

四日。风便，解缆挂帆，发真州。岸下舟相先后发者甚众，烟帆映山，缥缈如画。有顷，风愈厉，舟行甚疾。过瓜步山[1]，山蜿蜒蟠伏，临江起小峰，颇巉峻。绝顶有元魏太武[2]庙，庙前大木可三百年。一井已窒[3]，传以为太武所凿，不可知也。太武以宋文帝元嘉二十七年南侵至瓜步，建康戒严。太武凿瓜步山为蟠道，于其上设毡庐，大会群臣，疑即此地。王文公诗所谓"丛祠瓜步认前朝"[4]是也。梅圣俞题庙云："魏武败忘归，孤军驻山顶。"[5]按太武初未尝败，圣俞误以佛狸为曹瞒耳。山出玛瑙[6]石，多虎豹害人，往时大将刘宝[7]，每募人捕虎于此。周世宗伐南唐，齐王景达自瓜步渡江，[8]距六合二十里设栅，亦此地也。入夹行数里，沿岸园畴衍沃，庐舍竹树极盛，大抵多长芦寺庄。[9]出夹望长芦，楼塔重复。自江淮兵火，官寺民庐，莫不残坏，独此寺之盛，不减承平，至今日常数百众。江面森弥无际，殊可畏。李太白诗云："维舟至长芦，目送烟云高"[10]是也。晚泊竹筱港[11]，有居民二十余家，距金陵三十里。

【注释】

1. 瓜步山："瓜步山，在（六合）县东南二十里，东临大江。宋元嘉二十七年，元魏太武帝尝率师百万至六合，登瓜步山，隔江望秣陵，才数十里。宋人震恐，将走会稽，遣使求和，献其方物，具百牢之礼，然后乃退。"（《太平寰宇记》卷一二三）

2. 元魏太武：即拓跋焘（408—452），北魏皇帝。一名佛狸。鲜卑族。在位时任用崔浩等汉族地主，依靠鲜卑骑兵，击败柔然，攻灭夏、北燕、北凉，取宋虎牢、滑台等河南地，统一北方。太平真君十一年大举攻宋，军至瓜步，因刘宋军民抵抗猛烈，被迫撤退。在位时严禁佛教，尊崇道教。晚年政趋严酷，为宦官宗爱所杀。在位二十八年，庙号世祖。元魏即北魏，魏孝文帝时推行一系列汉化改革措施，并改姓元氏。

3. 暜：枯竭。

4. "王文公诗"句：王安石（1021—1086），字介甫，宋抚州临川人。仁宗庆历二年进士，授签书淮南判官，历知鄞县、舒州通判，知常州。嘉祐三年，入为三司度支判官，上万言书，主张变法。神宗即位，知江宁府，旋召为翰林学士兼侍讲。熙宁二年，拜参知政事；三年，拜中书门下平章事，陆续颁行新法。七年，罢相，知江宁府。八年，复相。九年，再罢相，出判江宁府。元丰三年，封荆国公，卒谥文公。"丛祠瓜步认前朝"见王安石《送真州吴处厚使君》诗。

5."梅圣俞题庙"句：梅尧臣（1002—1060），字圣俞，宋宣州宣城人。宣城古称宛陵，世称宛陵先生。在北宋诗文革新运动中与欧阳修、苏舜钦齐名。著有《宛陵先生集》六十卷。"魏武数忘归，孤军驻山顶"见其诗集卷二九《重过瓜步山》诗。"圣俞误以佛狸为曹瞒"，曹操，小名阿瞒。此谓梅尧臣将北魏太武帝误当作魏武帝曹操。

6.玛瑙：属石英矿，种类繁多，素有"千样玛瑙万种玉"之说，为佛教七宝之一，自古以来一直被当为辟邪物、护身符使用。这里讲的玛瑙当特指雨花石。

7.刘宝：岳飞部将，尝从平杨幺。及飞被害，遂散其部下，隐居华容山以终。

8."齐王景达自瓜步渡江"句：李景达（924—971），五代时徐州人，字子通，小名雨师。李昇第四子。南唐开国后，封寿阳郡王，进宣城王。李璟时，封鄂王，改燕王，再徙齐王。性刚毅，然不历军事。保大末，以元帅督师淮南，军政皆委监军使陈觉。淮南败，引残军归金陵。复拜浙西节度使，力辞之，改抚州大都督。在镇十余年，日事酣饮，怠于视事。卒谥昭孝。传见《十国春秋》卷

《秦淮留别》

（选自〔清〕张宝《泛槎图》）

十九。"齐王景达自瓜步渡江"，事见《资治通鉴》卷二九三："唐齐王景达将兵二万自瓜步济江，距六合二十余里，设栅不进。诸将欲击之，太祖皇帝曰：'彼设栅自固，惧我也。今吾众不满二千，若往击之，则彼见吾众寡矣；不如俟其来而击之，破之必矣！'居数日，唐出兵趣六合，太祖皇帝奋击，大破之，杀获近五千人，余众尚万余，走渡江，争舟溺死者甚众，于是唐之精卒尽矣。"

9."入夹行数里"句：衍沃，土地平坦肥美。长芦寺，六合地区最大的寺院，始建于南朝梁武帝萧衍普通年间，北宋天圣年间和南宋淳熙时两次重建，和隔江的栖霞寺遥遥相对。寺庄，佛寺的地产田庄。

10."维舟至长芦"句：见李白《送当涂赵少府赴长芦》诗。

11.竹筱港："竹筱港，西至靖安，东至石步，南连直渎，北临大江，属上元县金陵、长宁两乡。由靖安港口至城二十里，由石步港口至城四十里。在唐世已曰竹筱港。"（《景定建康志》卷十九）

五日。大风，将晓，覆夹衾，晨起凄然如暮秋。过龙湾[1]，浪涌如山，望石头山[2]不甚高，然峭立江中，缭绕如垣墙。凡舟皆由此下至建康，故江左有变，必先固守石头，真控扼要地也。自新河入龙光门[3]。城上旧有赏心亭、白鹭亭，在门右，近又创二水亭在门左，诚为壮观。[4]然赏心为二亭所蔽，颇失往日登望之胜。泊秦淮亭。说者以为钟阜艮山，得庚水为宗庙水。秦凿淮，本欲

116

破金陵王气，然庚水反为吉[5]。天下事，信非人力所能胜也。见留守右朝请大夫秘阁修撰唐璞[6]、通判右朝散郎潘恕[7]。建康行宫[8]，在天津桥北，琢青石为之，颇精致，意其南唐之旧也。晚，小雨。右文林郎监大军仓王烜[9]来。王言京口人用七月六日为七夕，盖南唐重七夕，而常以帝子镇京口，六日辄先乞巧，翌旦，驰入建康赴内燕[10]，故至今为俗云。然太宗皇帝时，尝下诏禁以六日为七夕，则是北俗亦如此。此说恐不然。

【注释】

1. 龙湾："龙湾市在上元县金陵乡，去城一十五里。"（《景定建康志》卷十六）

2. 石头山："石头山，在城西二里。案《舆地志》：环七里一百步，缘大江南，抵秦淮口，去台城九里。自六朝以来皆守石头以为固，以王公大臣领戍军为镇，其形胜盖必争之地云。"（《景定建康志》卷十七）

3. 自新河入龙光门：新河，《至大金陵新志》卷五下载"新河在白鹭洲西南，流通大江二十余里，旧名金人河，今呼为新开河"。龙光门，《景定建康志》卷二十："今府城八门，由尊贤坊东出曰东门，由镇淮桥南出曰南门，由武卫桥西出曰西门，由清化市而北曰北门，由武定桥溯秦淮而东曰上水门，由饮虹桥沿秦淮而西出折柳亭前曰下水门，由斗门桥西出曰龙光门，由崇道桥西出曰栅寨门。"

4.“城上旧有赏心亭”句：“赏心亭，在下水门之城上，下临秦淮，尽观览之胜。丁晋公谓建。景定元年亭毁，马公光祖重建。”又：“白鹭亭，接赏心亭之西。下瞰白鹭洲。柱间有东坡留题。景定元年，马公光祖重建。”又：“二水亭，在下西门城上，下临秦淮，西为大江，北与赏心亭相对。岁月浸久，旧址仅存。乾道五年秋留守史公正志因修筑城壁重建，自为记。”(《景定建康志》卷二二)

5.“说者以为钟阜艮山”句：此句谓秦始皇开凿秦淮河，据说就是为了破坏金陵王气，但后世的风水术认为，钟山是“艮山”，得“庚水”反而是大吉。艮，八卦之一，代表山。庚，天干之一，古人将干支与五行相对应，庚为金，金生水，故称庚水。宗庙，是天子或诸侯祭祀祖先的场所。唐杨筠松《天玉经》外篇：“如艮山丁向放丁水，庚向放庚水。是水见水，主富贵。”《紫白诀》下篇：“艮山庚水，巨门运至，而甲第流芳。”秦凿淮，《晋书》卷六：“始秦时，望气者云：五百年后金陵有天子气。故始皇东游以厌之，改其地曰秣陵。堑北山以绝其势。”唐许嵩《建康实录》：“当始皇三十六年，始皇东巡，自江乘渡，望气者云：五百年后，金陵有天子气。因凿钟阜，断金陵长陇以通流，至今呼为秦淮。乃改金陵邑为秣陵县。”

6.右朝请大夫秘阁修撰唐琢：唐琢，生卒年不详，累官秘阁修撰，乾道五年出知建康府，七年九月除太府卿淮东总领。《景定建康志》卷二六：“右朝请大夫，充秘阁修撰。副使，乾道六年二月十九日到任。"

7. 通判右朝散郎潘恕：《景定建康志》卷二四称其"乾道六年在任"。

8. 建康行宫：行宫，指帝王出京后临时寓居的官署或住宅。建康行宫，据《景定建康志》卷一："行宫，在天津桥之北，御前诸军都统制司之南。"

9. 右文林郎监大军仓王烜：王烜，生卒年不详，字晦叔，金坛人，植子。好读书，喜论古今治乱，如身履目见。以父遗泽出监平江府比较务，历建康府大军仓，改宣教郎，知天长县事，引归卒。

10. 内燕：同"内宴"，宫廷宴会。

六日。见左朝散大夫太府少卿总领两淮财赋沈夏[1]、武泰军节度使建康诸军都统郭振[2]。右宣教郎知江宁县何作善[3]、右文林郎观察推官褚意[4]来。作善字百祥，意字诚叔。晚，见秦伯和[5]侍郎。伯和名堪，故相益公桧之孙。延坐画堂，栋宇闳丽，前临大池，池外即御书阁，盖赐第也。家人病创，托何令招医刘仲宝视脉。

【注释】

1. 左朝散大夫太府少卿总领两淮财赋沈夏：《景定建康志》卷二十六称"沈夏，左朝请郎，太府少卿，乾道六年二月十四日到，四月一日通领淮东总领。二十二日兼发运副使。闰五月二十五日因前任玉牒成书，特转朝奉大夫，八月二十四日改除湖广总领"。朝散大夫，寄禄官名，为文臣寄禄官三十阶之第十八阶，有左右之分。太府少卿为太府寺副长官，佐正卿领本寺事，掌库藏、出纳、度量、市易、平准、店宅之事，正六品。总领，南宋总领财赋、军马钱粮官均置司于重镇，总领两淮财赋，置司建康府。

2. 武泰军节度使建康诸军都统郭振：郭振，生卒年不详，乾道五年自建康都统知庐州，六年改武泰军节度使。节度使、都统介绍见前。

3. 右宣教郎知江宁县何作善：何作善，《景定建康志》卷二七称其"乾道四年十月十七日到任，至八年四月十九日任满"。右宣教郎，寄禄官名，为文臣京朝官三十阶之二十六阶，从八品。有左右之分。

4. 右文林郎观察推官褚意：褚意，参下文本月九日条。文林郎，选人阶名。观察推官，幕职官名，与本府幕职官分治案事，佐理府政。由选人充，从八品。

5. 秦伯和：秦埙（1137—？），字伯和，江宁人，秦熺子，秦桧孙。初为敷文阁待制。高宗绍兴二十四年试进士，省、殿试皆为第一，士论不平。及廷试、策文均为桧、熺之语，遂降第三。历实录院修撰。二十五年，桧病笃，奉诏提举太平兴国宫。参见《南宋馆阁录》卷八。

七日。早，游天庆观[1]，在冶城山[2]之麓。地理家以为此山脉络自蒋山[3]来，不可知也。吴晋间城垒，大抵多因山为之。观西有忠烈庙，卞壶[4]庙也，以嵇绍[5]及壶二子眕、盱配食。绍死于惠帝时，在壶前，且非江左事，而以配壶，非也。庙后丛木甚茂，传以为壶墓。墓东北又有亭，颇疏豁，曰忠孝亭。亭本南唐忠贞亭，后避讳改焉[6]。忠贞，壶谥，今曰忠孝，则并以其二子死父难也。云堂道士陈德新，字可久，姑苏人，颇开敏，相从登览。久之，遂出西门，游清凉广慧寺[7]。寺距城里余，据石头城，下临大江，南直牛头山[8]，气象甚雄，然坏于兵火。旧有德庆堂，在法堂前，堂榜乃南唐后主撮襟书[9]，石刻尚存，而堂徙于西偏矣。又有祭悟空禅师[10]文曰："保大九年，岁次辛亥九月，皇帝以香茶乳药之奠，致祭于右街清凉寺悟空禅师。"按南唐元宗以癸卯岁嗣位，改元保大，当晋出帝之天福八年，至辛亥，实保大九年，当周太祖之广顺元年。则祭悟空者，元宗也。《建康志》以为后主，非是。长老宝余，楚州人，留食，赠德庆堂榜墨本。食已，同登石头，西望宣化渡及历阳诸山[11]，真形胜之地。若异时定都建康，则石头当仍为关要。[12]或以为今都城徙而南，石头虽守无益，盖未之思也。惟城既南徙，秦淮乃横贯城中，六朝立栅断航之类，缓急不可复施。然大江天险，都城临之，金汤之势，比六朝为胜，岂必依淮为固邪？左迪功郎新湖州武康尉刘炜[13]，右迪功郎监比较务李膺[14]来。炜，秦伯和馆客也，言秦氏衰落可念，至屡典质，生产亦薄。问其岁入几何，曰米七万斛[15]耳。

《石城早发》
（选自〔清〕张宝《泛槎图》）

【注释】

1. 天庆观："天庆观，在府治西北。观台系晋朝冶城故址。……本朝大中祥符间赐额改为祥符宫，续又改为天庆观。建炎兵火后羽流结茅屋以居。至绍兴十七年，留守晁公谦之请于朝重建之。"（《景定建康志》卷四五）

2. 冶城山："冶城山，在府西石城门内，本吴冶铸处。"（《江南通志》卷十一）

3. 蒋山：即钟山。《太平寰宇记》卷九十："蒋山，在（上元）县东北十五里，周围六十里。面南顾，东连青龙、雁门等山，西临青溪；绝山南面有钟浦水，流下入秦淮，北连雉亭山。按《舆地志》云：'蒋山，古曰金陵山，县之名因此山立。'汉舆地图名钟山。吴大帝时，有蒋子文发神验于此，封子文为蒋侯，改曰蒋山。"

4. 卞壶（281—328）：字望之，济阴冤句人。东晋时官至宰相。怀帝永嘉中起家为著作郎。司马睿（元帝）镇建邺，召为从事中郎。后为太子中庶子，侍讲东宫。明帝时领尚书令，与王导等俱受遗诏共辅幼主。勤于吏事，性刚正，不肯苟同时好。曾力劝庾亮勿征苏峻入朝。后苏峻反，壶以领军将军率六军拒击，力战而死。其时二子卞眕、卞盱忍痛杀敌，相继战死。至晋安帝时，以钱十万为其修墓一座，以示褒奖。传见《晋书》卷七〇。

5. 嵇绍（253—304）：字延祖，西晋谯郡铚县人。嵇康子。山涛以"父子罪不相及"荐于武帝，征为秘书丞，累官至侍中。永安元年，东海王越挟惠帝与成都王颖交战，颖将石超破之于荡

123

阴，获惠帝。绍以身卫帝，被杀，血溅帝衣。后世奉为忠君典范。传见《晋书》卷八九。

6. 后避讳改焉：避宋仁宗赵祯讳。

7. 清凉广慧寺："清凉广惠禅寺，在石头城，去城一里。伪吴顺义中，徐温建为兴教寺，南唐升元初改为石城清凉大道场，国朝太平兴国五年闰三月改今额。旧传此寺尝为李氏避暑宫，寺中有德庆堂。今法堂前旧基是也。后主尝留宿寺中。德庆堂名乃后主亲书，祭悟空禅师文乃后主自为之碑刻，今并存。"(《景定建康志》卷四六）

8. 牛头山："牛头山，在县西南四十里，周回四十七里。按《舆地志》：'山有两峰，时人号为牛头山。晋氏过江，将立双阙，王导出宣阳门，南望牛头山两峰，乃曰此即天阙是也。'"(《太平寰宇记》卷九十）

9. 撮襟书：南唐李后主不以笔而以卷帛书的大字。《宣和书谱·李煜》："(李煜)善书画，其作大字，不事笔，卷帛而书之，皆能如意，世谓撮襟书。"

10. 悟空禅师：唐代高僧，苏轼有《北寺悟空禅师塔》诗。公自注："名齐安。宣宗微时，师知其非凡人。"

11. 宣化渡及历阳诸山：宣化渡，在今南京长江以北。历阳诸山，在今安徽和县西北。

12. "若异时定都建康"句：陆游早期主张迁都建康，反对退缩杭州。《渭南文集》卷三有《上二府论都邑札子》："然某闻江左自吴以来，未有舍建康他都者……天造地设，山川形势，有不可易者也。车驾驻跸临安，出于权宜，本非定都，以形势则不固，以馈饷则不便，海道逼近，凛然常有意外之忧。至于谶纬俗语，则固所不论也。今一和之后，盟誓已立，动有拘碍，虽欲营缮，势将艰难。某窃谓及今当与之约，建康、临安，皆系驻跸之地，北使朝聘，或就建康，或就临安。如此，则我得以闲暇之际建都立国，而彼既素闻，不自疑沮。黠虏欲藉以为辞，亦有不可者矣。今不为，后且噬脐。"

13. 刘炜：秦埙馆客，其余不详。

14. 李膺：字庆和，闽县人，绍兴十五年进士，终新州推官。

15. 斛：古代计算容量的单位，十斗为一斛，后来改为五斗一斛。

八日。晨，至钟山道林真觉大师[1]塔焚香。塔在太平兴国寺[2]，上宝公[3]所葬也。塔中金铜宝公像，有铭在其膺，盖王文公守金陵时所作。僧言古像取入东都启圣院[4]，祖宗时每有祈祷，启圣及此塔皆设道场，考之信然。塔西南有小轩，曰木末。其下皆大松，鬐甲夭矫如蛟龙，往往数百年物。木末，盖后人取王文公诗"木末北山云冉冉"之句名之。《建康志》谓公自命此名，非也。塔后又有定林庵[5]。旧闻先君言，李伯时[6]画文公像于庵之昭文斋[7]壁，着帽束带，神彩如生。文公没，斋常扃闭，遇重客至，寺僧开户，客忽见像，皆惊耸，觉生气逼人，写照之妙如此。今庵经火，尺椽无复存者。予乙酉秋，尝雨中独来游⁸，留字壁间，后人移刻崖石⁹，读之感叹，盖已五六年矣。归途过半山，少留。半山者，王文公旧宅，所谓报宁禅院¹⁰也。自城中上钟山，此为中途，故曰半山，残毁尤甚。寺西有土山，今谓之培塿，亦后人取文公诗所谓"沟西雇丁壮，担土为培塿"¹¹名之也。寺后又有谢安墩¹²，文公诗云"在冶城西北"，即此是也。

【注释】

1. 道林真觉大师：即宝志（418—514），南北朝齐梁僧。俗姓朱氏。少出家，止京师道林寺，师事僧俭，修习禅业。刘宋泰始初，忽失常态，居止无定，饮食无时，发长数寸；语默不伦，一若谶记，远近奔赴，世称"志公符"。齐武帝忿其惑众，收取付狱，且见游行市里，既而检校，犹在狱中。后梁武帝解其禁，虔敬事之。有《十二时歌》《大乘赞》《十四科颂》等。见《梁高僧传》卷十一，《五灯会元》卷二。宝志公多神异之迹，太宗似颇深信。曾于太平兴国七年遣使致斋钟山，亲洒制文赞敬，并赐号道林真觉菩萨。

2. 太平兴国寺："蒋山太平兴国禅寺，去城一十五里。梁武帝天监十三年，以定林寺前冈独龙阜葬志公，永定公主以汤沐之资造浮图五级于其上，十四年即塔前建开善寺，今寺乃其地也。唐乾符中改为宝公院，南唐升元中徐德裕重修，后主又改为开善道场。本朝太平兴国五年改赐今额，庆历二年叶公清臣奏请为十

方禅院。"（《景定建康志》卷四六）

3. 宝公：即宝志。

4. 东都启圣院：宋太宗所建之寺院。《铁围山丛谈》卷五："太宗皇帝以东都有诞育之地，乃新作启圣禅院。"太平兴国末，太宗曾命从金陵取旃檀瑞像及宝公像置启圣院两侧殿。

5. 定林庵："定林寺有二，上定林寺旧在蒋山应潮井后，宋元嘉十六年禅僧竺法秀造，在下定林寺之西，乾道间僧善鉴请其额于方山重建。下定林寺在蒋山宝公塔西北，宋元嘉元年置，后废。今为定林庵王安石旧读书处。"（《景定建康志》卷四六）

6. 李伯时：李公麟（1049—1106），字伯时，号龙眠居士，宋代安徽舒州人。神宗熙宁三年进士，历泗州录事参军，以陆佃荐，为中书门下后省删定官、御史检法。博学好古，尤善画山水、佛像。晚年归佛受戒，能通禅法，而雅好净土。哲宗元符三年，因风痹致仕，隐居龙眠山庄，时与高僧谈论，并结社念佛。遗墨传世颇多，画家奉为典则。

7. 昭文斋："昭文斋，在钟山定林庵。王安石尝读书于此，米芾榜曰昭文，李伯时画安石像于壁。"（《景定建康志》卷二一）

8. 予乙酉秋，尝雨中独来游：乙酉为乾道元年，陆游时年四十一岁。《宋会要辑稿·职官六一》："（乾道元年）三月八日诏：权通判镇江府陆游与通判隆兴府毛钦望两易其任。……中书门下省奏：陆游以兄沅提举本路市舶；钦望与安抚陈之茂职事不协，并乞回避，故有是命。"《剑南诗稿》卷二《夜闻松声有感》诗自

注："余丙戌七月，自京口移官豫章，冒风涛自星子解舟，不半日至吴城山小龙庙。"钱大昕疑"丙戌"为"乙酉"之误。

9. 留字壁间，后人移刻崖石：陆游钟山题名为"乾道乙酉七月四日，笠泽陆务观冒大雨独游定林"。《江苏金石记》："是刻上元金氏鳌曾见之，久已湮没。打碑人忽携拓本来，阅之甚喜。时大雨如注，阶前流水虢虢有声。东望钟山在云烟出没间，犹想见渭南老子蜡屐独行时也。"周必大《泛舟游山录》："（乾道三年九月）乙亥……访定林，在钟山、蒋山之间，有陆务观乙酉七月四日题字。为续其后云：'丁亥九月十一日，务观之友周子充陪翁子功来游。'子功盖往时扶病招务观者，怯雨，留塔下。今复为东道主，但恨欠此佳客耳。"

10. 报宁禅院："半山报宁禅院，在城东七里，距钟山亦七里。王荆公安石故宅也。其地名白塘，旧以地卑积水为患。自荆公卜居，乃凿渠决水，以通城河。元丰七年，安石病闻，神庙遣国医诊视既愈，乃请以宅为寺。因赐额报宁禅寺。寺后有谢公墩，其西有土山曰培塿，乃安石决渠积土之地。由城东门至钟山，此半道也，故今亦名半山寺。"（《景定建康志》卷四六）

11. "沟西雇丁壮"句：见王安石诗《示元度》。

12. 谢安墩：谢安（320—385），字安石。陈郡阳夏人。早为东晋大臣王导所器重。初隐居会稽，不愿为官。直到四十多岁，才出任征西大将军桓温的司马。历任侍中、尚书仆射、中护军、骠骑将军等职，直至司徒。桓温死后，任丞相领扬州刺史。太元

128

八年，为征讨大将军，主持军政大事，坐镇东山别墅，谢石、谢玄率领八万北府兵，打败号称百万大军的前秦苻坚军，进而挥军北伐，收复梁、司、青、兖、徐、豫六州失地。后病逝于京都，葬在建康梅冈。

　　九日。至保宁、戒坛二寺[1]。保宁有凤凰台、揽辉亭[2]，台有李太白诗云："三山半落青天外，二水中分白鹭洲。"[3]今已废为大军甲仗库[4]，惟亭因旧址重筑，亦颇宏壮。寺僧言，亭榜本朱希真[5]隶书，已为俗子易之。法堂后有片石，莹润如黑玉，乃宋子嵩[6]诗。题云："凤台山亭子，陈献司空，乡贡进士宋齐丘。"司空者，徐知诰[7]也，后改姓名曰李昪，是为南唐烈祖。而齐丘为大臣。后又有题字云："升元三年奉敕刻石。"盖烈祖既有国，追念君臣相遇之始，而表显之。昪、齐丘虽皆不足道，然当攘夺分裂横溃之时，其君臣相遇，不如是亦不能粗成其功业也。戒坛额曰崇胜戒坛寺，古谓之瓦棺寺。有阁，因冈阜，其高十丈，李太白所谓"钟山对北户，淮水入南荣"[8]者，又《横江词》"一风三日吹倒山，白浪高于瓦棺阁"是也。南唐后主时，朝廷遣武人魏丕[9]来使，南唐意其不能文，即宴于是阁，因求赋诗。丕揽笔成篇，末句云："莫教雷雨损基扃。"后主君臣皆失色。及南唐之亡，为吴越兵所焚。国朝承平二百年，金陵为大府，寺观竞以崇饰土木为事，然阁终不能复。绍兴中，有北僧来居，讲《惟识百法论》，誓复兴造，求伟材于江湖间，事垂集者屡矣，会建宫阙，有司往往辄取之。僧不以此动心，愈益经营，卒成卢舍那阁，平地高七丈，雄丽冠于江东。旧阁基相距无百步，今废为军营。秦伯和遣医柴安恭来视家人疮。柴，邢州龙冈人。晚，褚诚叔来。诚叔尝为福州闽清尉，获盗应格[10]，当得京官，不忍以人死为己利，辞不就，至今在选调[11]。又有为它邑尉者，亦获盗，营赏甚力，卒得京官。将解去，入郡，过刑人处，辄掩目大呼，数日神志方定。后至他郡，见通衢有石幢，问此何为，从者曰"法场也"，亦大骇叫呼，几坠车。自此所至皆迂道，以避刑人之地。人之不可有愧于心如此。移舟泊赏心亭下。秦伯和送药。

【注释】

1. 保宁、戒坛二寺："保宁禅寺，在城内饮虹桥南，保宁坊内。吴大帝赤乌四年为西竺康僧舍建，寺名建初。晋宋有凤翔集此山，因建凤凰台于寺侧。晋宋更寺名曰祇园，齐更名曰白塔。唐初复名曰建初，开元更名曰长庆，南唐更名曰奉先。本朝太平兴国中，赐额曰保宁，祥符六年增建经钟楼、观音殿、罗汉堂、水陆堂，东西方丈，庄严盛丽，安众五百。又建灵光、凤凰、凌虚三亭，照映山谷，围甃砖墙五百丈，茂林修竹，松桧蓊蔚。"又："崇胜戒坛院，即古瓦棺寺，又为昇元寺，在城西南隅。晋哀帝兴宁二年诏移陶官于淮水北，遂以南岸窑地，施僧慧力造瓦官寺。淳熙中韩元吉尝为记，每岁度僧于此受戒。"（《景定建康志》卷四六）

2. 保宁有凤凰台、揽辉亭："凤凰台，在保宁寺后，宝祐元年倪总领垕重建。"又："览辉亭，在今保宁寺后凤凰台旧基侧。寺有览辉亭，碑刓缺不可读，莫详其人。唯岁月可考，盖熙宁三年夏四月也。"（《景定建康志》卷二二）

3. "三山半落青天外"句：李白诗《登金陵凤凰台》。

4. 甲仗库：兵器库。

5. 朱希真：朱敦儒（1081—1159），字希真，号岩壑，宋洛阳人，世称洛川先生。初以布衣负重望，屡辞征召。高宗绍兴二年，应召为迪功郎，赐进士出身。历秘书省正字、浙东提刑。因与主战派李光往来，被罢官，寓居嘉禾。晚年受秦桧笼络，除鸿胪少卿。秦桧死，废黜。善画山水，工诗词及乐府，有《樵歌》。

6. 宋子嵩：宋齐丘（887—959），本字超回，改字子嵩，五代时豫章人。投李昇，助建南唐，为左丞相，以不得实权，心怀不平。出为镇南节度使。穷治第宅，民不堪命。李璟立，拜太保中书令，坐植党罢。再起为中书令，封楚国公。因好权利，矜功忌能，有言其谋篡者，乃放归九华山。自经死，谥缪丑。为文有天才，自以古今独步，书札亦自矜炫，而嗤鄙欧、虞之徒。参见陆游《南唐书·宋齐丘列传》。

7. 徐知诰：即李昇（888—943），字正伦，小字彭奴，徐州人，五代时期南唐建立者。本为孤儿，为杨行密于争战中所掳，并以为养子，而杨行密诸子不能容，遂予徐温（一说为徐温所掳，并以为养子），并改名徐知诰。后篡夺南吴政权，即皇帝位，建立南唐，改号升元。升元三年，恢复原姓，名李昇。升元七年去世，

131

卒谥烈祖。

8."钟山对北户"句：李白诗《登瓦官阁》。

9.魏丕（919—999）：字齐物，宋相州人。仕后周，周世宗辟为司法参军，历顿丘、冠氏、元城三县令，迁供奉官供备库副使。入宋，改作坊副使，修整积弊，在职尽力。转作坊正使。授左武卫大将军，历黄、汝、郢、复诸州刺史，迁左骁卫大将军。颇涉学问，好歌词，喜与士大夫游接，有时称。南唐后主李煜妻卒，遣丕充引祭使，且使观煜之意趣。太宗尝赐诗，令丕与柴禹锡奉和。

10.应格：合格，符合标准。

11.选调：旧谓候补官员等待迁调。

【校记】

〔及南唐之亡〕知不足斋本"南唐"作"唐主"。

〔不忍以人死为己利〕知不足斋本"己"作"已"，误。

〔又有为它邑尉者〕《四库》本"它"作"他"字。

十日。早，出建康城，至石头¹，得便风，张帆而行。然港浅而狭，行亦甚缓。宿大城冈。金陵冈陇重复，如梅岭冈、石子冈、佘读如蛇婆冈²，尤其著者也。居民数十家，亦有店肆。

【注释】

1.石头：即石头津。《景定建康志》卷十六："石头津在城西，方山律在石头津之东。"《隋·食货志》云："郡西有石头津，东有方山津，各置津主一人，曹一人，直水五人，以检察禁物及亡叛者。"

2. 梅岭冈、石子冈、佘读如蛇婆冈："梅岭冈，在（江宁）县南九里，周回六里。《舆地志》云：'在国门之东，晋豫章太守梅赜家于冈下，故民名之。'"又："石子冈，在（江宁）县南二十里，周回二十里。《吴志》：'建业南有长陵，名曰石子冈，葬者依焉。'"（《太平寰宇记》卷九十）顾祖禹《读史方舆纪要》卷二十："今自上元东二十里佘婆冈以至东阳，乃后世所开，非古路矣。《上元志》：佘婆冈有蛇盘铺，音讹也。"

十一日。早，出夹，行大江，过三山矶、烈洲、慈姥矶、采石镇[1]，泊太平州江口。谢玄晖登三山还望京邑，李太白登三山望金陵，皆有诗。凡山临江，皆曰矶。水湍急，篙工并力撑之，乃能上。然今年闰余秋早，水落已数尺矣，则盛夏可知也。三山自石头及凤凰台望之，杳杳有无中耳。及过其下，则距金陵才五十余里。晋伐吴，王濬舟师过三山，王浑要濬议事，濬举帆曰："风利不得泊。"[2]即此地也。是日便风，击鼓挂帆而行。有两大舟东下者，阻风泊浦溆，见之大怒，顿足诟骂不已。舟人不答，但抚掌大笑，鸣鼓愈厉，作得意之状。江行淹速常也，得风者矜，而阻风者怒，可谓两失之矣。世事盖多类此者，记之以寓一笑。烈洲在江中，上有小山曰烈山，草木极茂密，有神祠在山巅。慈姥矶,矶之尤巉绝峭立者。徐师川有《慈姥矶》诗,序云:"矶与望夫石相望,正可为的对,而诗人未尝挂齿牙。"[3]故其诗云:"离鸾只说闺中恨,舐犊谁知目下情。"然梅圣俞《护母丧归宛陵发长芦江口》诗云:"南国山川都不改,伤心慈姥旧时矶。"师川偶忘之耳。圣俞又有《过慈姥矶下》及《慈姥山石崖上竹鞭》诗,皆极高奇,与此山称。采石一名牛渚,与和州对岸,江面比瓜洲为狭,故隋韩擒虎平陈及本朝曹彬下南唐[4],皆自此渡。然微风辄浪作不可行。刘宾客云"芦苇晚风起,秋江鳞甲生",王文公云"一风微吹万舟阻",皆谓此矶也。[5]矶,即南唐樊若冰献策作浮梁渡王师处。[6]初若冰不得志于李氏,诈祝发为僧,庐于采石山,凿石为窍,及建石浮图,又月夜系绳于浮图,棹小舟急渡,引绳至江北,以度江面,既习知不谬,即亡走京师上书。其后王师南渡,浮梁果不差尺寸。予按隋炀帝征辽[7],盖尝用此策渡辽水,造三浮桥于西岸。既成,引趋东岸,桥短丈余不合,隋兵赴水接战,高丽乘岸上击之,麦铁杖战死[8],始敛兵。引桥复就西岸,而更命何稠接桥[9],二日而成,遂乘以济。然隋终不能平高丽,国朝遂下南唐者,实天意也,若冰何力之有?方若冰之北走也,江南皆知其献南征之策,或请诛其母妻。李煜不敢,但羁置池州而已。其后若冰自陈母妻在江南,朝廷命煜护送,煜虽愤切,终不敢违,厚遗而遣之。然若冰所凿石窍及石浮图,皆不毁,王师卒用以系浮梁,则李氏君臣之暗且怠,亦可知矣。虽微若冰,有不亡者乎!张文潜[10]作《平江南议》,谓当缚若冰送李煜，使甘心焉，不然，正其叛主之罪而诛之，以示天不，岂不伟哉！文潜此说，实天下正论也。予自金陵得疾，是日方小愈，尚未能食。夜雨。

【注释】

1.三山矶、烈洲、慈姥矶、采石镇："三山，在（江宁）县西五十七里，周回四里。其山孤绝，面东，西截大江。按《舆地志》云：'其山积石，滨于大江，有三峰，南北接，故曰三山。旧为吴津所。'谢玄晖《晚登三山还望京邑》诗云：'灞涘望长安，河阳视京县。白日丽飞甍，参差皆可见。余霞散成绮，澄江静如练。'即此也。"又："烈洲，在（江宁）县南八十里，周回六十里。《舆地志》：'吴旧津所。内有小水，堪泊船，商客多停此，以避烈风，故以名焉。王濬伐吴，宿于此。简文为相时，会桓温于此。亦曰栗洲，洲上有山，山形如栗。伏滔《北征赋》谓之烈洲。'"（《太平寰宇记》卷九十）"慈母山，在（当涂）县北七十里临江，亦谓之慈姥山。《丹阳记》云'山生箫管竹'，王褒《洞箫赋》云：'原夫箫干之所，生于江南之丘墟。'即此处是也。其竹圆致，异于众处。自伶伦采竹嶰谷已后，唯此竿见珍。历代尝给乐府，而俗呼为鼓吹山。山有慈姥祠。"又："采石，戍名也，在（当涂）县西北牛渚山之上，最狭。亦侯景东渡，路由于此。隋平陈，置赭圻镇。贞观初于此置戍。"（《太平寰宇记》卷一○五）《剑南诗稿》卷一有《晚泊慈姥矶下》，乃陆游乾道元年七月赴隆兴通判任时所作。

2. "晋伐吴"句：指西晋攻灭吴国并实现统一的战争。王濬于咸宁五年，奉命率兵攻吴。王浑参与平吴战役，与王濬同领兵伐吴争功。据《晋书·王濬传》："及濬将至秣陵，王浑遣信要令暂过论事，濬举帆直指，报曰：'风利，不得泊也。'"遂过三山而不停，直取建康灭吴。王濬（206—286），字士治。西晋弘农湖县人。多谋善战，恢廓有大志，为车骑将军羊祜赏识。除巴郡太守，两任益州刺史，有惠政。官至抚军大将军，卒谥武。王浑（223—297），字玄冲，西晋太原晋阳人，王昶之子。为晋安东将军，都督扬州诸军事，镇寿春。吴灭，以功封京陵公，旋升征东大将军，镇寿阳，吴人悦附。惠帝立，加侍中，录尚书事。卒谥元。《晋书》卷四二有传。

3. "徐师川有《慈姥矶》诗"句：徐俯（1074—1140），字师川，号东湖居士，宋洪州分宁人。黄庭坚之甥。因父死于国事，授通直郎，累官右谏议大夫。绍兴二年，赐进士出身。三年，迁翰林学士，擢端明殿学士，签书枢密院事，官至参知政事。与赵鼎议不合，乃求去，提举洞霄宫。工诗词，有《东湖集》，不传。望夫石，"望夫山，在（当涂）县西四十七里。昔人往楚，累岁不还，其妻登此山望夫，乃化为石。周回五十里，高一百丈，临江"（《太平寰宇记》卷一〇五）。的对，贴切的对句。此指慈姥矶和望夫石。诗人未尝挂齿牙，指此前未有诗人写诗。下文陆游即指出徐说不确，梅尧臣在此写过好几首诗。

4. "隋韩擒虎平陈"句：韩擒虎（538—592），字子通。隋

《采石阻风》

（选自〔清〕张宝《泛槎图》）

河南东垣人，世代将门。仪容魁伟，有胆略，好读书，经史诸子略知其旨。仕北周，袭父爵，以军功迁和州刺史。入隋，为隋文帝所知，命为庐州总管，镇庐江，作灭陈准备。开皇八年十一月隋大举伐陈，擒虎为先锋，亲率精兵五百，自横江夜渡，袭取采石，半日之内，攻拔姑孰，继而挥师陈都建康，获陈后主叔宝。进位为上柱国，封寿光县公，终凉州刺史。传见《隋书》卷五二。曹彬（931—999），字国华，宋真定灵寿人，乾德二年以归州行营都监参加灭蜀之役，以不滥杀掠而得到宋太祖赵匡胤的褒奖，授宣徽南院使、义成军节度使。开宝七年受命率军灭南唐，约束宋兵不得肆意杀掠，使南唐都城江宁府免遭破坏。回师不久即被任命为枢密使。宋太宗即位，加同平章事，封鲁国公，益得信任。雍熙三年率军攻辽，因诸将不服指挥，败于涿州，降为右骁卫上将军。后复任枢密使。卒谥武惠。传见《宋史》卷二五八。

5.“刘宾客云”句：刘禹锡（772—842），字梦得，唐洛阳人，一作彭城人，自称汉代中山靖王刘胜的后裔，贞元九年进士，又登博学宏辞科。官监察御史，是王叔文政治改革集团的重要人物之一。王叔文改革失败后，贬朗州司马，迁连州刺史。后裴度荐为太子宾客、检校礼部尚书，世称“刘宾客”。与柳宗元友善，并称“刘柳”，又与白居易唱和，并称“刘白”。“芦苇晚风起”句，见刘禹锡诗《晚泊牛渚》。“一风微吹万舟阻”句，见王安石诗《牛渚》。

6.“南唐樊若冰献策”句：樊若冰（943—994），又名樊知古，字仲师、叔清。祖籍京兆长安人。因父樊潜南唐时为石埭县令，举家迁到池州。后因累举进士不第，遂北归投宋，计取江南。曾化作贱民，于长江采石矶江段，侦测江面宽度。开宝三年，上书宋太祖，请造浮桥以利进军南唐。赐进士，授舒州军事推官。太祖以"若冰"与"弱兵"谐音，命改"知古"。宋军南征，为向导回池州，试造浮桥，与江面正合。宋军遂得顺利过江，南唐归宋。太宗朝，历京西北路转运使、荆湖转运使、河北东西路都转运使等职。晚年，黜知均州，任卒。传见《宋史》卷二七六。

7. 隋炀帝征辽：隋炀帝于大业八年、九年、十年三次出兵讨伐高丽。第一次隋军经验不足、指挥失当，导致兵败。第二次因杨玄感叛乱而中途终止。第三次讨伐，高丽国力耗尽，隋军又取得平壤大捷，高丽王乃遣使请降。

8. 麦铁杖战死：麦铁杖（？—612），隋始兴人。骁勇有膂力，传说能日行五百里，走及奔马。文帝开皇中征为车骑将军，从杨素北征突厥，以功加上开府。炀帝即位，击杨谅叛，每战先登，除右屯卫大将军。及辽东之役，为先锋，力战死。谥武烈。传见《隋书》卷六四。

9. 何稠接桥：何稠，生卒年不详，字桂林，益州郫县人。幼时随叔父何妥至长安，性机巧聪慧，善音律，尤精制作。历任御府监、太府丞、太府少卿、太府卿，为皇室制造仪仗、兵器、玩好器物。曾参与宫殿营造，构思精妙。又用绿瓷制造琉璃器物，制成品与真琉璃无异。曾随炀帝巡幸出征，在辽水造浮桥，两日而成，大军得以速渡进入辽东。炀帝被杀后，宇文化及任其为工部尚书。化及败，又归窦建德。建德败，复归唐，为将作少匠，后卒。传见《隋书》卷六八。

10. 张文潜：张耒（1054—1114），字文潜，号柯山，宋楚州淮阴人。神宗熙宁六年进士。哲宗时累官起居舍人，以直龙图阁知润州。坐元祐党籍，徙宣州，谪监黄州酒税，再徙复州。徽宗时召为太常少卿，又出知颍、汝二州。崇宁初再坐党籍落职，贬房州别驾，黄州安置。后得自便，居陈州。为"苏门四学士"中辞世最晚的诗人，作诗务平淡。其曾任起居舍人，故又称张右史；因其晚年居陈（古名宛丘），又称宛丘先生。

十二日。早，移舟泛姑熟溪[1]五里，泊阅武亭。初询舟人，云："江口泊船处，距城二十里，须步乃可入。"及至阅武，乃止在城闉[2]之外。徽猷阁直学士左朝请郎知州周元持操[3]，闻予病，与医郭师显俱来视疾。自都下相别，迨今八年矣。太平州[4]，本金陵之当涂县，周世宗时，南唐元宗失淮南，侨置和州于此，谓之新和州，改为雄远军。国朝开宝八年下江南，改为平南军，然独领当涂一邑而已。太平兴国二年，遂以为州，且割芜湖、繁昌来属，而治当涂。与兴国军同时建置，故分纪年以名之。[5]

【注释】

1. 姑熟溪：在安徽当涂县南，上承丹阳湖，注于大江。《太平寰宇记》卷一〇五:"姑孰溪,在（当涂）县南二里。姑孰即县名。此水经县市中过。按,溪即因地以名之也。"

2. 城闉:城门。《诗经·郑风·出其东门》:"出其闉闍。"陈奂传疏:"闉即城门也。"

3. 周元持操:周操,生卒年不详,字元持,归安人,绍兴五年进士。知徽州黟县,以忤权贵去职。后除国子学录兼武学博士,历吏部员外郎、福建提举常平茶盐、监察御史、右正言,擢侍御史,知衢、太平、泉三州,终龙图阁直学士,复召为太子詹事。为人气岸磊落,践履纯洁,奏对多称上意,治郡廉勤恺悌,政绩著闻,为一时名臣。《宋史翼》卷一二有传。陆游与之有旧,八年前在京城相识。

4. 太平州:"本宣州当涂县,周世宗划江为界之后,伪唐于县立新和州,又为雄远军。皇朝开宝八年平江南,改为平南军。太平兴国二年升为太平州,割当涂、芜湖、繁昌三县以隶焉。"(《太平寰宇记》卷一〇五)

5. "与兴国军同时建置"句:宋太宗太平兴国二年,以永兴县置永兴军,太平兴国三年,改永兴军为兴国军,属于江南西道,治所在永兴县,下辖永兴县、通山县、大冶县三县。分纪年以名之,指用太平兴国年号分别命名太平州和兴国军。

十三日。通判右朝请郎叶梦[1]、员外通判左朝奉郎钱同仲耕[2]、军事判官左文林郎赵子觊[3]、知当涂县右通直郎王权[4]来。午后,入州见元持，呼郭医就坐间为予切脉，且议所用药。州正据姑熟溪北，土人但谓之姑溪，水色正绿，而澄澈如镜，纤鳞往来可数。溪南皆渔家，景物幽奇。两浮桥悉在城外，其一通宣城，其一可至浙中。姑熟堂最号得溪山之胜，适有客寓家其间，故不得至。又有一酒楼，登望尤佳，皆城之南也。往时溪流分一支贯城中，湮塞已久。近岁尝浚治，然惟春夏之交暂通，今七月已绝流矣。李太白集有《姑熟十咏》[5]，予族伯父彦远[6]尝言，东坡自黄州还，过当涂，读之抚手大笑曰："赝物败矣，岂有李白作此语者！"郭功父争以为不然，东坡又笑曰："但恐是太白后身所作耳！"功父甚愠。盖功父少时，诗句俊逸，前辈或许之，以为太白后身，功父亦遂以自负，故东坡因是戏之。或曰《十咏》及《归来乎》《笑矣乎》《僧伽歌》《怀素草书歌》，太白旧集本无之，宋次道再编时，贪多务得之过也。[7]

【注释】

1. 叶梦：其人不详。

2. 钱同仲耕：钱同名有误，当为钱佃（与字仲耕合）。《重修琴川志》卷八"人物"："钱佃，字仲耕，弱冠入太学，登绍兴十五年进士第……通判太平州……累迁左右司检正，兼权吏、兵、工三侍郎，出为江西路转运副使……继使福建，再使江西，奏蠲诸郡之逋……终于中奉大夫、秘阁修撰。有《易解》十卷、《词科类要》二十卷、《文集》二十卷。"《剑南诗稿》卷十一有《送钱仲耕修撰》诗，此诗淳熙六年夏作于建安，云"姑熟溪边识胜流，十年重见岂人谋"，即指十年前与钱佃在当涂的初识。

3.赵子觊：生卒年不详，绍兴二十七年进士，左修直郎，关陕左文林郎，因赏循左儒林郎，乾道九年八月改转左通直郎转奉议郎，转承义郎，转朝奉郎。

4.王权：王伦之侄，采石之役时逃到当涂。

5.《姑熟十咏》：李白曾多次游览姑熟，留下许多诗篇。但据传李白所作《姑熟十咏》为赝品。《诗人玉屑》卷十四记载苏轼语："余尝舟次姑熟堂下，读《姑熟十咏》，怪其语浅近，不类李白。王平甫云：此李赤诗也。赤见柳子厚集，自比李白，故名赤。其后为厕鬼所惑以死。今观其诗止此，则其人心疾久矣，岂厕鬼之罪也？"

6.予族伯父彦远：陆游同族伯父。陆游年幼时入乡校，从韩有功及从父彦远读书。《剑南诗稿》卷四三有《斋中杂兴十首，以丈夫贵壮健、惨戚非朱颜为韵》（其一）："成童入乡校，诸老席函丈。堂堂韩有功，英概今可想。从父有彦远，早以直自养。始终临川学，力守非有党。纷纷名侂师，有沈在其颡。二公生气存，千载可畏仰。"

7."或曰《十咏》"句：《苕溪渔隐丛话》前集卷五载"东坡云：'今太白集中有《归来乎》《笑矣乎》及《赠怀素草书》数诗，决非太白作，盖唐末五代间学齐己辈诗也。余旧在富阳，见国清院太白诗，绝凡近。过彭泽兴唐院，又见太白诗，亦非是。良由太白豪俊，语不甚择，集中亦往往有临时率然之句，故使妄庸辈敢耳。如杜子美，世岂复有伪撰邪？'"宋敏求（1019—1079），字次道，宋赵州平棘人，宋绶子，仁宗宝元二年赐进士出身。为馆阁校勘，出签书集庆军判官。任编修官，预修《新唐书》。英宗治平中，以工部郎中修起居注，并编修《仁宗实录》，判太常寺。神宗时，历史馆修撰、龙图阁直学士，修《两朝正史》。藏书三万卷，熟于朝廷典故，著有《春明退朝录》，辑《唐大诏令集》。又曾编李白诗，《直斋书录解题》卷十六云："《李翰林集》三十卷，……有宋敏求后序，言旧集歌诗七百七十六篇，又得王溥及唐魏万集本，因裒唐《类诗》诸编洎石刻所传，广之无虑千篇。"

十四日。晚晴，开南窗观溪山。溪中绝多鱼[1]，时裂水面跃出，斜日映之，有如银刀。垂钓挽罟者弥望，以故价甚贱，僮使辈日皆餍饫。[2]土人云"此溪水肥宜鱼"，及饮之，水味果甘，岂信以肥故多鱼耶？溪东南数峰如黛，盖青山[3]也。

【注释】

1. 溪中绝多鱼：陆游后在蜀州作有《池上见鱼跃，有怀姑熟旧游》"雨过回塘涨碧漪，幽人闲照角巾欹。银刀忽裂圆波出，宛似姑溪晚泊时"。

2. "垂钓挽罟者弥望"句：挽罟，拉渔网。弥望，充满视野。僮使，奴婢。餍饫，感到饱足。

3. 青山："青山，在当涂县东南三十里。《晋书》'袁宏为桓温府纪室，尝以游青山饮归，命桓同载'。即此山也。《寰宇记》'齐宣城太守谢朓筑室于山南，遗址犹存。绝顶有池，称为谢公池。唐天宝改为谢公山'。《文选》有朓诗云'还望青山郭'，即此山也。"（《舆地纪胜》卷十八）

十五日。早，州学教授左文林郎吴博古敏叔[1]、员外教授左文林郎杨恂信伯[2]来。饭已，游黄山东岳庙、广福寺，遂登凌歊台[3]。岳庙栋宇颇盛，本谓之黄山大监庙。大监者，不知何神，盖淫祠也。今既为岳庙，而大监反寓食庑下。广福本寿圣寺，以绍兴壬午，诏书改额。败屋二十余间，残僧三四人，萧然如古驿。主僧惠明，温州平阳人。凌歊台，正如凤凰、雨花之类，特因山巅名之。宋高祖所营，面势虚旷，高出氛埃之表。南望青山、龙山、九井诸峰，如在几席。龙山，即孟嘉登高落帽处。[4]九井山，有桓玄僭位坛。[5]稍西，江中二小山相对，云东梁西梁也。北户临和州新城，楼橹历历可辨。盖自绝江至和州，才十余里，李太白有《黄山凌歊台送族弟泛舟赴华阴》诗，即此地也。台后有一塔[6]；塔之后，又有亭曰怀古云。余初至当涂，饮姑熟溪水，喜其甘滑[7]。已而遍饮城中水皆甘，盖泉脉佳也。

【注释】

1.吴博古敏叔：吴博古，生卒年不详，字敏叔，暨阳人。淳熙十五年以宗正少卿兼左谕德，除权刑部侍郎。

2. 杨恂信伯：杨恂，生卒年不详，字信伯，上饶人。治诗赋，登绍兴三十年梁克家榜进士。历敕令所删定官、秘书丞、著作佐郎兼侍读，迁著作郎、浙东提举。淳熙三年卒。

3. 凌歊台："黄山在（当涂）县西北五里，上有宋凌歊台，周围五里一百步，高四十丈，石碑见存。"（《太平寰宇记》卷一〇五）

4. 龙山，即孟嘉登高落帽处："龙山，在（当涂）县南一十二里。昔桓温常以九月九日与僚佐登此。周回一十五里。"（《太平寰宇记》卷一〇五）孟嘉登高落帽处，事见《晋书·孟嘉传》："九月九日，温（桓温）燕龙山，僚佐毕集。时佐吏并著戎服。有风至，吹嘉帽堕落，嘉不之觉。温使左右勿言，欲观其举止。嘉良久如厕，温令取还之，命孙盛作文嘲嘉，着嘉坐处。嘉还见，即答之，其文甚美，四坐嗟叹。"后以"孟嘉落帽"形容才子名士的风雅洒脱、才思敏捷。

5. 九井山，有桓玄僭位坛："九井山，在（当涂）县南十里。按伏滔《北征记》云：'九井山，在丹阳山南。有九井，五井干，四井通大江。昔有人卸马鞍，乃从牛渚得之，即知通江。'又《姑孰记》云：'殷仲文九日从桓公游九井赋诗'，即此山也。"桓玄僭位坛，见《晋书·桓玄传》："百官到姑孰劝玄僭伪位，玄伪让，朝臣固请，玄乃于城南七里立郊，登坛篡位，以玄牡告天。"（《太平寰宇记》卷一〇五）桓玄（369—404），字敬道，谯国龙亢人。东晋权臣，大司马桓温之子，桓楚开国皇帝。永始元年，遭到北府兵将领刘裕讨伐，兵败被杀。

6. 台后有一塔：《剑南诗稿》佚稿有《黄山塔》诗云"风吹旗脚西南开，挂帆槌鼓何快哉！转头已失望夫石，黄山孤塔迎人来。黄山劝汝一杯酒，送往迎来殊耐久。明年我作故乡归，还对黄山一搔首"。

7. 甘滑：鲜美柔滑。

十六日。郡集于道院，历游城上亭榭，有坐啸亭，颇宜登览。城濠皆植荷花。是夜，月白如昼，影入溪中，摇荡如玉塔，始知东坡"玉塔卧微澜"[1]之句为妙也。

【注释】

1.玉塔卧微澜：苏轼《江月五首》（其一）中的句子。

卷

三

十七日。郡集于青山李太白祠堂[1]，二教授同集。祠在青山之西北，距山尚十五里。墓在祠后，有小冈阜起伏，盖亦青山之别支也。祠莫知其始，有唐刘全白所作墓碣[2]及近岁张真甫[3]舍人所作重修祠碑。太白乌巾，白衣锦袍。又有道帽氅裘，侑食于侧者，郭功甫也。[4]早饭罢，游青山。山南小市有谢玄晖故宅基[5]，今为汤氏所居。南望平野极目，而环宅皆流泉、奇石、青林、文篠，真佳处也。遂由宅后登山，路极险巇[6]，凡三四里，有两道人持汤饮迎劳于松石间。又里许，至一庵，老道人出迎，年七十余，姓周，潍州人，居此山三十年，颧颊如丹，须鬓无白者。又有李媪，八十矣，耳目聪明，谈笑不衰，自言尝得异人秘诀。庵前有小池曰谢公池，水味甘冷，虽盛夏不竭。绝顶又有小亭，亦名谢公亭。[7]下视四山，如蛟龙奔放，争赴川谷，绝类吾乡舜山[8]。但舜山之巅，丰沃夷旷，无异平陆，此所不及也。亭北望正对历阳。周生言，元颜亮入寇时，战鼓之声，震于山中云。夜归舟次，已一鼓尽矣。坐间，信伯言桓温墓[9]亦在近郊，有石兽石马，制作精妙，又有碑，悉刻当时车马衣冠之类，极可观，恨不一到也。

【注释】

1. 李太白祠堂："太平州当涂县，唐李白墓，在县东一十七里青山之北。李阳冰为当涂令，白往依之，悦谢家青山，欲终焉。宝应元年卒，葬龙山东。今采石亦有墓及太白藁殡之地，后迁龙山。元和十二年，宣歙观察使范传正委当涂令诸葛纵改葬青山之

149

址，去旧坟六里。"(《舆地纪胜》卷十八)《剑南诗稿》卷二有《吊李翰林墓》诗："饮似长鲸快吸川，思如渴骥勇奔泉。客从县令初何有，醉忤将军一偶然。骏马名姬如昨日，断碑乔木不知年。浮生今古同归此，回首桓公亦故阡。"

2. 唐刘全白所作墓碣：刘全白幼时以诗受知于李白，其《唐故翰林学士李君碣记》作于贞元六年四月七日，南宋时犹存。其墓碣见清王琦注《李太白全集》。

3. 张真甫：张震，生卒年不详，字真甫，广汉人。治周礼，绍兴二十一年进士。历校书郎，通判荆南府，著作佐郎，殿中侍御史。孝宗受禅，除中书舍人，迁敷文阁待制知绍兴府，力辞，改知夔州，以利民泽物为先，移知成都，卒于官。传见《宋史翼》卷二十。《老学庵笔记》卷六："张真甫舍人，广汉人，为成都帅，盖本朝得蜀以来所未有也。真甫名震。"《剑南诗稿》卷一有《寄张真甫舍人》诗二首。词有《好事近·寄张真甫》。

4. "道帽氅裘"句：氅裘，用鸟类的羽毛缝制成的外衣。侑食，劝食，侍奉尊长进食。郭功甫，见卷一介绍。

5. 谢玄晖故宅基："谢公宅在城东南三十里青山。"(《舆地纪胜》卷十八)谢朓（464—499），字玄晖，陈郡阳夏县人。少好学，文章清丽，以文才为随王萧子隆所赏爱。与沈约、王融等同为竟陵王萧子良"西邸八友"。萧鸾（明帝）辅政，以为骠骑谘议，领记室，掌中书诏诰。齐明帝立，迁南东海太守。东昏侯失德，江祏欲立始安王萧遥光，谋于朓，不应。为江祏、遥光等诬陷，下狱死。善草隶，长五言诗，为永明体代表。有《谢宣城集》。

6. 险巇：也作"险戏"，艰困险阻。刘峻《广绝交论》："呜呼！世路险巇，一至于此。"

7. "庵前有小池曰谢公池"句：谢公，即谢朓。齐明帝建武二年，谢朓三十二岁时出任宣城太守。守郡约两年，所谓"江海虽未从，山林于此始"，亦官亦隐，写下许多脍炙人口的清丽诗篇，被后人称为谢宣城。姑孰为侨置南豫州治所。南豫州领淮南、宣城、历阳等郡。谢朓作为宣城郡太守，自当常赴州治姑孰议事，因此便在所经之地青山下筑室凿井，又在宅后山上凿小池、建望亭，以供隐逸别居。

8. 舜山：位于绍兴稽江小舜江北岸，距绍兴城区约四十三公里。相传舜王为避妻舅丹朱之乱，曾巡狩于此。《史记正义》云："舜，上虞人。去虞三十里有姚丘，即舜所生也。"后人在此建有舜王庙。

9. 桓温墓："司马陵，晋司马桓玄篡位，伪尊为陵。今俚人犹呼之，碑阙俱在。去县一十一里青阳东北隅。"（《太平寰宇记》卷一〇五）桓温（312—373），字元子，东晋谯国龙亢人。出身士族，娶明帝女南康公主为妻，拜驸马都尉。除琅琊太守。穆帝永和初任荆州刺史。都督荆、司等四州诸军事。二年，率众伐蜀。三年，灭成汉。废殷浩，执朝政。十年，北伐关中，以军粮不继还。十二年，收复洛阳。废帝海西公太和四年，率兵骑五万北攻燕，初连胜，后大败。六年，废海西公，立简文帝，以大司马镇姑孰，专擅朝政。意欲受禅，未成，疾卒。传见《晋书》卷九八。

【校记】

〔卷三〕汲古阁本《入蜀记》卷三，在《渭南文集》卷四五，"入蜀记"三字下有双下小字："七月十七日起，八月七止。"

十八日。小雨，解舟出姑熟溪，行江中。江溪相接，水清浊各不相乱。挽行夹中三十里，至大信口[1]泊舟。盖自此出大江，须风便乃可行，往往连日阻风。两小山夹江，即东梁西梁，一名天门山[2]。李太白诗云："两岸青山相对出，孤帆一片日边来。"[3]王文公诗云："崔嵬天门山，江水绕其下。"[4]梅圣俞云："东梁如仰蚕，西梁如浮鱼。"[5]徐师川云："南人北人朝暮船，东梁西梁今古山。"[6]皆得句于此也。水浒小儿卖菱芡莲藕者甚众。夜行堤上，观月大信口。欧阳文忠公《于役志》[7]谓之带星口，未详孰是。《于役志》，盖谪夷陵时所著也。

【注释】

1. 大信口：在安徽当涂县西南三十里。大江自天门山南分流为夹河，曰大信，下达采石入江。梅尧臣有《早发大信口》："犬吠知船解，村墟尚闭门。霜泥黏缆尾，冰水阁潮痕。撇撇鸥鹚去，纤纤舴艋昏。梅湖到不远，寄信向田园。"

2. 天门山："天门山，在(当涂)县西南三十里。有二山夹大江，东曰博望，西曰天门。按《郡国志》云：'天门山亦云峨眉山，楚获吴舻艎于此。'按其山相对，时人呼为东梁西梁山，据《县图》为天门山。《舆地志》云：'博望、梁山，东西隔江，相对如门，相去数里，谓之天门。'宋孝武诏曰：'梁山层岫云峙，流间海岳，天表象魏，以旌国形，仍以二山为立阙。'故云天门焉。"（《太平寰宇记》卷一〇五）

3."两岸青山相对出"句：李白《望天门山》中诗句。

4."崔嵬天门山"句：见王安石《寄曾子固二首》。

5."东梁如仰蚕"句：见梅尧臣《阻风宿大信口》。

6."南人北人朝暮船"句：见徐俯《太平州二首》(其二)。

7.《于役志》：欧阳修所作。景祐三年，范仲淹以直言获罪，贬饶州。欧阳修是年二十九岁，因据理论救，遭贬，迁知峡州夷陵，离京时正值夏天，由水路南下，沿汴绝淮，入大江，溯流而西行，沿途多受风浪之险，颠沛一百余日方抵任所。其间，按行程起止，著此日记。

十九日。便风，过大、小褐山[1]矶。奇石巉绝，渔人依石挽罾[2]，宛如画图间所见。过枭矶[3]，在大江中，笔拔特起。有道土结庐其上，政和中，赐名宁渊观[4]。旧说枭矶有枭能害人，故得名。方郡县奏乞观额时，恶其名，因曰矶在水中，水常沃石，故曰浇矶。今观屋亦二十余间，然止一道人居之。相传有二人，则其一辄死，故无敢往者。至芜湖县[5]，泊舟吴波亭[6]。知县右通直郎吕昭问[7]

来。按，汉丹阳郡有芜湖县，吴陆逊[8]屯芜湖，又杜预[9]注《春秋》，楚子伐吴克鸠兹[10]，亦云在芜湖。至东晋，乃改名于湖，不知所自。王敦[11]反，屯于湖，今故城尚存。又有玩鞭亭[12]，亦当时遗迹。唐温飞卿[13]有《湖阳曲》叙其事。近时张文潜以为《晋书》所云"帝至于湖，阴察营垒"，当以于湖为句，飞卿盖误读也；作《于湖曲》以反之。刘梦得《历阳书事》[14]诗，叙道中事云："望夫人化石，梦帝日环营。"盖梦得自夔州移牧历阳，过此邑也。邑人云，数年前，邑境有盗，发大墓，棺椁已坏，得镜及刀剑之属甚众，甃砖有"大将军墓"四字，或疑为敦墓云。

【注释】

1. 褐山："褐山在府西南三十五里，临大江，五代用兵处。《宋史》云，绍兴二年命沿江置烽火台于当涂之褐山，即此也。"（《江南通志》卷十七）

2. 罾：用竿支架的渔网。

3. 枭矶："枭矶，芜湖县西南七里大江中，相传昭烈孙夫人自沉于此，有庙在焉。……孙夫人自荆州复归于权，而后不知所终，枭矶之传殆妄。"（顾炎武《日知录》卷三一）

4. 宁渊观：唐代在枭矶上建寺院。名"水心禅院"，宋政和年间赐名"宁渊观"，后人又在江东建一"宁渊观"，枭矶景又称"宁渊上观"。

5. 芜湖县："芜湖县，本汉县，《地理志》属丹阳，在芜湖侧，以其地卑，畜水非深而生芜藻，故曰芜湖，因此名县。晋为重镇，谢尚、王敦皆镇于此。陈平，县废，地入当涂，其实为江津之要。自唐武德以来为镇，隶姑孰。伪唐割宣城、当涂二邑之地复置，隶昇州。国破，还宣州。皇朝隶太平州。"（《太平寰宇记》卷一〇五）

6.吴波亭："吴波亭，张安国书，取温庭筠曲'吴波不动楚山碧'之句。"（《方舆胜览》卷十五）"吴波亭：在芜湖县西，濒大江，宋隆兴间建。"（《大清一统志》卷八四）

7.吕昭问：其人不详。

8.陆逊（183—245）：本名陆议，字伯言，吴郡吴县人，孙策婿。初仕孙权幕府，累迁偏将军、右都督。与吕蒙计克公安、南郡，擒杀关羽。孙权黄武初，任大都督，领兵拒刘备。固守不战，待蜀军疲惫，方以火攻，大破之。领荆州牧。后任丞相。因反对孙权废太子，受责，愤恚卒。谥昭侯。传见《三国志》卷五八。

9.杜预（222—284）：字元凯，京兆杜陵人。司马昭妹夫，初为魏尚书令。贾充定律令，预为之注解。晋武帝立，为河南尹，迁度支尚书。在朝七年，损益万机，时号"杜武库"。武帝咸宁四年，拜镇南大将军，都督荆州诸军事，镇襄阳，作灭吴准备。次年请伐吴。太康初，遣将攻吴，累克城邑，招降南方州郡。功封当阳县侯。官至司隶校尉。杜预博学多才，著有《春秋左氏传集解》等，自谓有"《左传》癖"。卒谥成。传见《晋书》卷三四。

10. 楚子伐吴克鸠兹：芜湖市最早的故址名鸠兹，在今市东南约四十里的水阳江南岸。《左传·鲁襄公三年》："楚子重伐吴，克鸠兹。至于衡山。"

11. 王敦（266—324）：字处仲，琅琊临沂人，王导从兄，娶晋武帝司马炎女襄城公主为妻。官扬州刺史。琅琊王司马睿（元帝）初镇江东，威名未著，敦与导同心扶助。东晋立，迁大将军、荆州牧，手握重兵。元帝欲抑制王氏势力，敦遂于永昌元年举兵反。攻入建康，拜丞相，还屯武昌，遥制朝政。明帝太宁初年，王导等乘敦病重，率军讨之。敦旋病死，军散。传见《晋书》卷九八。

12. 玩鞭亭："玩鞭亭：王敦使五骑追晋明帝。帝已驰去，见逆旅卖食姬，以七宝鞭与之曰：'后有追者，以此示之。'姬如其言，五骑传玩稽留，追之不及，亭因以名。《方舆胜览》：亭在芜湖北二十里。"（《大清一统志》卷八四）李白《南奔书怀》诗"顾乏七宝鞭，留连道旁玩"，即指此典故。

13. 温飞卿：温庭筠（约812—866），原名岐，字飞卿，并州祁人，唐代温彦博之裔孙。少敏悟，工诗词。数举进士不第。宣宗大中，以搅乱试场，黜为随县尉。襄阳节度使徐商署为巡官。不得志，去，归江东。后至长安，任国子助教。贬方城尉，卒。诗与李商隐并称"温李"，词与韦庄并称"温韦"。

14. 刘梦得《历阳书事》：唐长庆四年，刘禹锡由夔州迁任和州刺史，任内曾撰《历阳书事》，以诗的形式记述了和州名胜。

【校记】

〔汉丹阳郡有芜湖县〕底本作"丹杨"，汲古阁作"丹阳"，据改。

二十日。宁国太平县主簿左迪功郎陈炳[1]来见，泛小舟往谢之。则寓宁渊观下院，以提刑司[2]檄来督大礼钱帛[3]。宁渊在枭矶，隔大江，故置下院于近邑。道流十余，坛宇像设甚盛，有观主何守诚者，今选居太一宫矣。炳字德先，婺州义乌人，自言其从姑得道。徽宗朝赐号妙静练师，结庐葛仙峰下，平生不火食，惟饮酒，啖生果，为人言祸福死生，无毫厘差。每风日清和时，辄掩关独处，或于户外窃听之，但闻若二婴儿声，或歌或笑，往往至中夜方止，莫有能测者。年九十，正旦，自言四月八日当远行，果以是日坐逝。每为德先言："汝有仙骨，当遇异人。"后因得疾委顿，有皖山[4]徐先生来饵以药，即日疾平。徐因留，教以绝粒[5]诀。德先父母方望其成名，固不许。然自是绝滋味，日食淡汤饼[6]及饭而已。如此者六年，益觉身轻，能日行二百里。会中第娶妻，复近荤血，徐遂告别。临行，语德先曰："汝二纪[7]后当复从我究此事。"德先送至溪上，方呼舟欲渡，徐褰裳[8]疾行水上而去，呼之不复应。德先至今怅恨，有弃官入灊皖[9]之意。予遂游东寺，登王敦城[10]以归。城并大江，气象宏敞。邑出绿毛龟，就船卖者，不可胜数。将午，解舟，过三山矶[11]。矶上新作龙祠。有道人半醉立巉崖峭绝处，下观行舟，望之使人寒心，亦奇士也。江中江豚[12]十数出没，色或黑或黄，俄又有物长数尺，色正赤，类大蜈蚣，奋首逆水而上，激水高三二尺，殊可畏也。宿过道口。

1. 陈炳：生卒年不详，字德先，义乌人，才华卓荦，面目严冷，与人寡合。好古文，务为奇语。登乾道二年进士，官太平县主簿。著有《易解》等书。

2. 提刑司：提点刑狱司是宋代中央派出的"路"一级司法机构，简称"提刑司""宪司""宪台"。监督管理所辖州府的司法审判事务，审核州府卷案，可以随时前往各州县检查刑狱，举劾在刑狱方面失职的州府官员。

3. 大礼钱帛：宋代皇帝举行封禅、祭太庙等重大祭祀时，要向各地征收大礼钱，也称大礼钱帛。

4. 皖山：位于安徽西部、长江北岸。"皖山，在怀宁西十里，皖伯始封之地。汉《地理志》：与潜山、天柱峰相连，三峰鼎峙，叠章重峦，拒云概日，登陟无由。东有激水，冬夏悬流，状如瀑布，下有九井。有一石床，可容百人，其井莫知深浅。"

5. 绝粒：又称"辟谷""却谷""断谷""绝谷""休粮"等，意谓不吃五谷，为方士道家修炼成仙的一种方法。

6. 汤饼：水煮的面食。又称面片汤，是将调好的面团托在手里撕成片下锅煮熟做成的食品。

7. 二纪：二十四年。谢灵运诗："从来渐二纪，始得傍归路。"

《文选》李善注引孔安国《尚书传》："十二年曰纪。"

8. 褰裳：提起下衣。《诗经·郑风·褰裳》："子惠思我，褰裳涉溱。"

9. 灊皖：今安徽省潜山县的潜山。

10. 王敦城：《晋书》载，晋明帝太宁初年，大将王敦屯兵芜湖，驻扎鸡毛山，筹划率兵攻打晋都建康，遂依山垒土筑城，称"王敦城"。

11. 三山矶："三山矶，在繁昌东北四十里。"（《方舆胜览》卷十五）

12. 江豚：哺乳类动物，用肺呼吸，大风雨到来之前，频繁露出水面"透气"，被视为"河神"。

二十一日。过繁昌县[1]，南唐所置，初隶宣城，及置太平州，复割隶焉。晚泊荻港[2]，散步堤上，游龙庙，有老道人守之，台州仙居县人。自言居此十年，日伐薪二束卖之以自给。雨雪，则从人乞，未尝他营也。又至一庵，僧言隔港即铜陵界。远山崭然[3]，临大江者，即铜官山[4]。太白所谓"我爱铜官乐，千年未拟还"是也，恨不一到。最后至凤凰山延禧观[5]，观废于兵烬者四十余年，近方兴葺。羽流五六人，观主陈廷瑞，婺州义乌县人，言此古青华观也。有赵先生，荻港市中人，父卖茗，先生幼名王九，年十三，疾痖，父抱诣青华，愿使入道。是夕，先生梦老人引之登高山，谓曰"我阴翁也"，出柏枝啖之，及觉，遂不火食[6]。后又梦前老人，教以天篆[7]数百字，比觉，悉记不遗。太宗皇帝召见，度为道士，赐冠简，易名自然，给装钱遣还，遂为观主。祥符间，再召至京师，赐紫衣，改青华额曰延禧。先生恳求还山养母，得归，一日，无疾而逝。门人葬之山中，行半途，棺忽大重不可举，其母曰："吾儿必有异。"命发棺，果空无尸，惟剑履在耳，遂即其处葬之。今冢犹在，谓之剑冢。自然，国史有传，大概与廷瑞言颇合，惟剑冢一事无之。荻港，盖繁昌小墟市[8]也。归舟已夜矣。

【注释】

1. 繁昌县：位于皖南北部、长江南岸。《太平寰宇记》卷一〇五："繁昌县，本宣州南陵县地，在南陵之西南大江，西对庐州江口，以地出石绿兼铁，由是置冶。自唐开元以来，立为石绿场。其地理枕江，舟旅憧憧，实津要之地。以南陵地远，民乞输税于场，伪唐析南陵之五乡，立为繁昌县。"

2. 荻港：镇名。《大清一统志》卷八四："荻港，在繁昌县西五十里，自池州府铜陵县流入，北入大江，东与赭圻城相属，西对无为州。"

3. 崭然：高峻突出的样子。柳宗元《柳州山水近治可游者记》："北有双山，夹道崭然。"

4. 铜官山："铜官山，在铜陵县南一十里，又名利国山，有泉源冬夏不竭，可以浸铁烹铜，旧尝于此置铜官场。李白诗：'我

爱铜官乐，千年未拟还。'"（《明一统志》卷十六）

5. 延禧观：即古青华观。据《宋史》卷四六一记载：荻港卖茶家幼儿王九始病重，梦见青华观神仙治愈其病，传授"天书"，即出家为道士，改名自然。主持青华观，宋帝曾两次召见。改青华观为延禧观。

6. 火食：谓吃熟食。

7. 天篆：扶乩所书，系两人或一人扶住一种架子，在预设的沙盘上写出文字或图形，并作出解释。其字往往笔势奇妙，不可识，被称为"天篆"。《苏轼文集》中有《天篆记》。

8. 墟市：乡村市集。范成大《晓出古城山》："墟市稍来集，筠笼转山忙。"

【校记】

〔国史有传〕底本作"国朝"，汲古阁本作"国史"，据改。

二十二日。过大江，入丁家洲[1]夹，复行大江。自离当涂，风日清美，波平如席，白云青嶂，远相映带，终日如行图画，殊忘道途之劳也。过铜陵县[2]，不入。晚泊水洪口。江湖间谓分流处为洪，王文公诗云"东江木落水分洪"[3]是也。

【注释】

1. 丁家洲："丁家洲口，在铜陵县东北二十里。"（《明一统志》

卷十六）

2. 铜陵县：位于安徽省中南部、长江南岸。《太平寰宇记》卷一〇五："铜陵县，本汉南陵县，自齐、梁之代为梅根冶，以烹铜铁。庾子山《枯树赋》云：'东南以梅根作冶地，元管法门、石埭两场。'隋升法门为义安县，又废入铜官冶。后改为铜官县，属宣州。皇朝割属池州。"此地铜的采冶始于商周，盛于唐宋，李白《秋浦歌》诗云："炉火照天地，红星乱紫烟。赧郎明月夜，歌曲动寒川。"

3. 东江木落水分洪：王安石《东江》"东江木落水分洪，伐尽黄芦洲渚空"。

二十三日。过阳山矶[1]，始见九华山[2]。九华本名九子，李太白为易名[3]。太白与刘梦得皆有诗[4]，而刘至以为可兼太华、女几之奇秀。南唐宋子嵩辞政柄，归隐此山，号九华先生，封青阳公，由是九华之名益盛。惟王文公诗云"盘根虽巨壮，其末乃修纤"[5]，最极形容之妙。大抵此山之奇，在修纤耳。然无含蓄敦大气象，与庐阜[6]、天台[7]异矣。岸傍荻花[8]如雪。旧见天井长老彦威[9]云，庐山老僧用此絮纸衣。威少时在惠日，亦为之，佛灯珣禅师[10]见而大嗔云："汝少年，辄求温暖如此，岂有心学道邪？"退而问兄弟，则堂中百人，有荻花衣者才三四，皆年七十余矣。威愧恐，亟除去。泊梅根港[11]，巨鱼十数，色苍白，大如黄犊，出没水中，每出，水辄激起，沸白成浪，真壮观也！

【注释】

1. 阳山矶：又称羊山矶。《大清一统志》卷八二："羊山矶，在铜陵县西南三十里，巉岩险峻，溯流甚艰。"《剑南诗稿》卷一有《夜宿阳山矶，将晓大雨，北风甚劲，俄顷行三百余里，遂抵雁翅浦》诗。

2. 九华山：位于安徽省池州市青阳县境内，古称陵阳山、九子山，因有九峰形似莲花，唐天宝年间改名九华山。《太平寰宇记》卷一〇五："九华山，在（青阳）县南二十里。旧名九子山，李白以有九峰如莲花削成，改为九华山，因有诗云：'天河挂绿水，秀出九芙蓉。'今山中有李白书堂基址存焉。又费冠卿及第归后，以不及荣誉，遂绝迹不仕，隐此山中。长庆中，三征拾遗，不起。又按顾野王《舆地志》云：'其山上有九峰，千仞壁立，周回二百里，高一千丈，出碧鸡之类。'"

3. 李太白为易名："青阳县南有九子山，山高数千丈，上有九峰如莲华。按图征名，无所依据。太史公南游，略而不书，事绝古老之口，复阙名贤之纪。虽灵仙往复，而赋咏罕闻。予乃削其旧号，加以九华之目。时访道江汉，憩于夏侯迥之堂，开檐岸帻，坐眺松雪，因与二三子联句，传之将来。"（李白《改九子山为九华山联句》并序）

4. 太白与刘梦得皆有诗：李白《改九子山为九华山联句》有"妙有分二气，灵山开九华"的诗句，遂使"九子"易名为"九华"；刘禹锡的《九华山歌》，以为九华山"可兼太华、女几之奇秀"。

《九华拜佛》

（选自〔清〕张宝《续泛槎图》）

5. "盘根虽巨壮"句：见王安石《答平甫舟中望九华》诗。

6. 庐阜：即庐山。《太平御览》卷四十一引张僧鉴《浔阳记》云："匡俗，周武王时人，屡逃征聘，结庐此山。后登仙，空庐尚在，弟子等呼为庐山。又名匡山，盖称其姓。"

7. 天台："天台山，在天台县西一百一十里。《临海记》：天台山，超然秀出，山有八重，视之如一，高一万八千丈，周回八百里。又有飞泉乘流，千仞似市。"（《方舆胜览》卷八）

8. 荻花：荻为多年生草本植物，生在水边，叶子长形，似芦苇，秋天开紫花。白居易《琵琶行》："浔阳江头夜送客，枫叶荻花秋瑟瑟。"

9. 天井长老彦威：天井指天井寺，在今浙江鄞县。彦威，其人未详。

10. 佛灯珣禅师：守珣（？—1134），号佛灯。安吉施氏。初参广鉴瑛，不契。遂造太平，随众咨请，封其衾曰："不彻不展。"于是昼夜峭立，逾七七日，遇佛鉴上堂曰："森罗及万象，一法之所印。"豁尔开悟，述谒呈示，鉴许受法。出世初主禾山，次天圣，徒何山。见《五灯会元》卷十九。

11. 梅根港："梅根河自青阳入，至县东门龙山，沿五埠河口，合双河，北注大江。一名梅根港，又曰钱溪，为历代铸钱之所。"（《清史稿》卷五九"志三四"）

二十四日。到池州¹，泊税务亭子。州，唐置，南唐尝为康化军[2]节度，今省。又尝割青阳隶建康，今复故。惟所置铜陵、东流二县及改秋浦为贵池，今因之。盖南唐都金陵，故当涂、芜湖、铜陵、繁昌、广德、青阳并江宁、上元、溧阳、溧水、句容凡十一县，皆隶畿内。今建康为行都，而才有江宁等五邑，有司所当议也。李太白往来江东，此州所赋尤多，如《秋浦歌》十七首及《九华山》《青溪》《白笴陂》《玉镜潭》诸诗是也。《秋浦歌》云："秋浦长似秋，萧条使人愁。"又曰："两鬓入秋浦，一朝飒已衰。猿声催白发，长短尽成丝。"则池州之风物可见矣。然观太白此歌，高妙乃尔，则知《姑熟十咏》决为赝作也。杜牧之池州诸诗[3]正尔，观之亦清婉可爱，若与太白诗并读，醇醨[4]异味矣。初，王师平南唐，命曹彬分兵自荆州顺流东下，以樊若冰为乡导，首克池州，然后能取芜湖、当涂，驻军采石，而浮桥成。[5]则池州今实要地，不可不备也。

【注释】

1.池州：位于安徽省西南部、长江南岸。《宋史》卷八八"地理四"："池州，上，池阳郡，军事。建炎四年，分江东、西置安抚使，领建康、太平、宣、徽、饶、广德。后以建康路安抚使兼知池州。"

2.康化军：南唐所设行政辖区，升元三年于池州置。

3.杜牧之池州诸诗：杜牧（803—852），字牧之，号樊川居士，京兆万年人，宰相杜佑之孙。唐文宗大和二年进士，曾任黄州、池州、睦州刺史等职，最终官至中书舍人。杜牧于会昌四年九月起，在池州任刺史两年，留下了不少诗篇。如《清明》《九日齐山登高》《游池州林泉洞》《残春独来南亭寄张祜》等。

4. 醇醨：厚酒与薄酒。

5. "王师平南唐"句：见第133页七月十一日条正文及第136页注4、138页注6。

二十五日。见知州右朝议大夫直秘阁杨师中[1]、通判右朝奉郎孙德乌[2]。游光孝寺[3]，寺有西峰圣者所留铁笛[4]。圣者生当吴武王杨行密[5]时，阳狂不羁，好吹笛，能役鬼神蛟龙。尝寓池州乾明寺，乾明即光孝也，及去，留笛付主事僧。笛似铜铁而非，色绿，而莹润如绿玉，不知何物。僧惧为好事者所夺，郡官求观之，辄出一凡铁笛充数。予偶与监寺僧有旧，独得一见。有石刻沈叡达[6]所作《西峰铭》，文辞古雅可爱，恨非其自书也。僧言贵池[7]去城八十里，在秀山下，江之一支，别汇为池，四隅皆因山石为岸，产鲤鱼，金鳞朱尾，味极美，本以此得贵池之目。秀山有梁昭明太子墓[8]，拱木森然。今池州城西，有神甚灵者，曰九郎，或云九郎即昭明。晚登弄水亭[9]，杜牧之所赋诗也。亭殊不葺，然正对清溪、齐山[10]，景物绝佳。州虽濒江，然据冈阜上，颇难得水。

【注释】

1. 右朝议大夫直秘阁杨师中：《江阴志》记载"绍兴三十一年复军，杨师中，右朝奉大夫"。《建炎以来系年要录》卷一九四："（绍兴三十一年十一月庚午）右朝请郎、新知严州杨师中知江阴军，填复置阙。"《景定建康志》："杨师中，中奉大夫、直秘阁、运判。乾道九年十二月二十八日到任。"右朝议大夫，文散官名。宋元丰改制用以代太常卿、少卿及左、右司郎中，后定为第十五阶。

2.孙德刍：未详。

3.光孝寺："乾明寺在（池州）府城西笠山，唐建。一曰西禅院，宋改光孝寺。有铁佛高二丈余，绍兴二十一年铸，又称铁佛禅院。"（《江南通志》卷四七）

4.西峰圣者所留铁笛："五代西峰圣者杨，吴时人，阳狂不羁，好吹笛，能役鬼神蛟龙。尝寓池州乾明寺，及去，留笛后人，宝之，共相传玩。"（《江南通志》卷七五）

5.杨行密（852—905）：原名杨行愍，字化源，庐州合肥人。少孤贫，有膂力。初为盗，后应募为州兵，迁队长，使出戍，遂起兵为乱。据庐州，唐即授其为庐州刺史。其后,讨毕师铎，破孙儒，悉有淮南、江东地，拜淮南节度使。唐末受封吴王。为人宽简有智略，善抚将士，颇得人心。谥武忠，改谥孝武王，庙号太祖。

6.沈叡达：沈辽，见第34页注7。

7.贵池："贵池在县北七里，按《舆地志》云：'梁昭明太子食此水鱼美，遂立名焉，其水源出秀山。'"（《太平寰宇记》卷一〇五）

8.梁昭明太子墓：萧统（501—531），字德施，南朝梁南兰陵人，梁武帝萧衍长子。谥昭明，世称昭明太子。好文学，曾广集古今书籍三万卷，编集成《文选》六十卷。据《大清一统志》卷八二载其陵墓，在"贵池县西南秀山上"。其后引府志又称"昭明太子尝游池阳，悦秋浦秀山之胜。既卒，颇著灵爽于池。池民诣朝廷，请衣冠葬于此"。故此墓实为衣冠冢。

9. 弄水亭："郡有弄水亭，在通远门外。"（《舆地纪胜》卷二二）杜牧有诗《春末题池州弄水亭》："使君四十四，两佩左铜鱼。为吏非循吏，读书读底书。晚花红艳静，高树绿阴初。亭午清无比，溪山画不如。嘉宾能啸咏，官妓巧妆梳。逐日愁皆碎，随时醉有余。偃须求五鼎，陶只爱吾庐。趋尚人皆异，贤豪莫笑渠。"

10. 齐山："齐山，在贵池县南五里。按王哲《齐山记》：'有十余峰，其高等，故曰齐山。'或云以齐映得名。"（《舆地纪胜》卷二二）

二十六日。解舟，过长风沙[1]、罗刹石[2]。李太白《江上赠窦长史》诗云："万里南迁夜郎国，三年归及长风沙。"梅圣俞《送方进士游庐山》云："长风沙浪屋许大，罗刹石齿水下排。历此二险过溢浦，始见瀑布悬苍崖。"即此地也。又太白《长干行》云："早晚下三巴，预将书报家。相迎不道远，直到长风沙。"盖自金陵至此七百里，而室家来迎其夫，甚言其远也。地属舒州[3]，旧最号湍险。仁庙时，发运使周湛[4]役三十万夫，疏支流十里以避之，至今为行舟之利。罗刹石，在大江中，正如京口鹄峰[5]而稍大，

169

白石拱起，其上丛篠乔木，亦有小神祠旛竿，不知何神也。西望群山靡迤，岩嶂深秀，宛如吾庐南望镜中诸山[6]，为之累欷。宿怀家洑。怀，姓也，吴有尚书郎怀叙，见《顾雍传》[7]。

【注释】

1. 长风沙：“长风沙，在（怀宁）县东一百九十里。置在江界，以防寇盗。元和四年入《图经》。李白《长干行》云：‘相迎不道远，直至长风沙。’即此处也。”（《太平寰宇记》卷一二五）《剑南诗稿》卷十有《长风沙》诗：“江水六月无津涯，惊涛骇浪高吹花。橹声已出雁翅浦，荻夹喜入长风沙。长风自古三巴路，墙竿参差杂烟树。南船北船各万里，凄凉小市相依住。歌呼杂沓灯火明，黄昏风死浪亦平。劳苦舟师剩沽酒，安稳明朝到池口。”

2. 罗刹石：“（贵池县）又有大孤石，生于江中，俗谓罗刹洲，舟船上下为之险艰。”（《太平寰宇记》卷一〇五）

3. 舒州：今安徽安庆。《宋史》卷八八“地理四”：“安庆府，本舒州，同安郡，德庆军节度。本团练州。建隆元年，升为防御。政和五年，赐军额。建炎间，置舒、蕲镇抚使。绍兴三年，舒、黄、蕲三州仍听江南西路安抚司节制。十七年，改安庆军。庆元元年，以宁宗潜邸，升为府。端平三年，移治罗刹洲，又移杨槎洲。景定元年，改筑宜城。旧属沿江制置使司。”

4. 周湛：字文渊，宋邓州穰人。进士甲科，为开州推官。后历任四川宜宾通判、江西赣州知州、广州提点刑狱、洛阳盐铁判官、南昌转运使、江淮制置使、襄樊知州等，又贬河南安阳右司谏，卒于任。湛每到一任，政绩显著。通判戎州时，取古医方书，刻石教民，禁为巫者，人始用医药。任江淮制置使，见舒州长风沙，水势险要，时有船毁人亡。乃兴民工三十万，凿河十里，以避其害，江民皆受其利。传见《宋史》列传卷五九。

5. 鹘峰："山（金山）之东有日照岩，一曰朝阳洞。东麓有善才石，一曰鹘峰。"（《江南通志》卷十三）

6. 宛如吾庐南望镜中诸山：指绍兴镜湖一带山水风光。《太平寰宇记》卷九六："《舆地志》云：'山阴南湖，萦带郊郭，白水翠岩，互相映发若图画。'故王逸少云，山阴路上行，如在镜中游耳。"

7. "吴有尚书郎怀叙"句："吕壹、秦博为中书，典校诸官府及州郡文书。壹等因此渐作威福，遂造作榷酤障管之利，举罪纠奸，纤介必闻，重以深案丑诬，毁短大臣，排陷无辜，雍等皆见举白，用被谴让。后壹奸罪发露，收系延尉。雍往断狱。壹以囚见，雍和颜色，问其辞状，临出，又谓壹曰：'君意得无欲有所道？'壹叩头无言。时尚书郎怀叙面詈辱壹，雍责叙曰：'官有正法，何至于此。'"（《三国志·吴志》卷七）

二十七日。五鼓，大风自东北来，舟人不告，乘便风解船。过雁翅夹[1]，有税场[2]，居民二百许家，岸下泊船甚众。遂经皖口[3]至赵屯[4]，未朝食，已行百五十里，而风益大，乃泊夹中。

皖口即王师破江南大将朱令赟水军[5]处。赵屯有戍兵，亦小市聚
也。是日大风，至暮不止，登岸，行至夹口，观江中惊涛骇浪，
虽钱塘八月之潮不过也。有一舟掀簸浪中，欲入夹者再三，不
可得，几覆溺矣，号呼求救，久方能入。北望正见皖山。太白《江
上望皖公山》诗云："巉绝称人意。"[6]"巉绝"二字，不刊之妙也。
南唐元宗南迁豫章[7]，舟中望皖山，爱之，谓左右曰："此青峭
数峰何名？"答曰："舒州皖山。"时方新失淮南，伶人李家明[8]
侍侧，献诗曰："龙舟千里扬东风，汉武浔阳事正同。回首皖公
山色好，日斜不到寿杯中。"元宗为悲愤欷歔。故王文公诗云："南
狩皖山非故地，北师淮水失名王。"[9]计其处，当去此不远也。夜雨。

【注释】

1. 雁翅夹：在罗刹石之西，皖口之东。陆游乾道元年由镇江
赴隆兴通判任时，曾路过此地。《剑南诗稿》卷一有《夜宿阳山矶，
将晓大雨，北风甚劲，俄顷行三百余里，遂抵雁翅浦》诗。

2. 税场：征税的场所。唐德宗建中三年，规定"诸道津要都
会之所，皆置吏，阅商人财货，计钱每贯税二十文"（《唐会要·杂
税》），关津之税自此固定化。宋代商税分为住税、过税两项。住
税为坐商住卖之税，税率3%，相当于市税；过税为行商通过之税，
税率2%，相当于关税。

3. 皖口：皖河入长江之口。《太平寰宇记》卷一二五："皖水，
在（怀宁）县西北。自寿州霍山县流入，经县北二里，又东南流

二百四十里入大江，谓之皖口。"

4. 赵屯："彭泽县：古赵屯城，在县东北二百五十七里，典籍不载，古老相传赵屯城。"(《太平寰宇记》卷———)《剑南诗稿》卷二有《雨中泊赵屯有感》："归燕羁鸿共断魂，荻花枫叶泊孤村。风吹暗浪重添缆，雨送新寒半掩门。鱼市人烟横惨淡，龙祠箫鼓闹黄昏。此身且健无余恨，行路虽难莫更论。"

5. 王师破江南大将朱令赟水军：宋太祖遣大将曹彬在石牌造浮桥，渡军伐南唐，南唐洪州节度使朱令赟率众十五万援金陵，至皖口为宋师阻击，战舰被烧，朱令赟大败被执。

6. "太白《江上望皖公山》"句：李白《江上望皖公山》诗"奇峰山奇云，秀木含秀气。清晏皖公山，巉绝称人意"。巉绝，山势高险貌。

7. 南唐元宗南迁豫章：李璟（916—961），字伯玉，李昪子，嗣昪为南唐国主，世称中主，庙号元宗。在位十九年，破闽灭楚，后周世宗柴荣南征，李璟割江北十四州求和，请为附庸，去帝号，称国主，建南都于洪州。

8. 李家明：生卒年不详。庐州人。南唐中主时为乐部头。有学问，性滑稽，善讽谏。后主嗣位，以年老失宠。事迹见《江南野史》卷七、马令《南唐书》及《十国春秋》本传。家明能诗，善以诗讽谏。宋建隆二年，宋师逼境，中主幸南都。江行经皖公山，中主不知何山，家明口占一绝以讽。

9. "故王文公诗云"句：王安石《和微之重感南唐事》诗"叔

宝倾陈衍弊梁，可嗟曾不见兴亡。斋祠父子终身费，酣咏君臣举国荒。南狩皖山非故地，北师淮水失名王。天移四海归真主，谁诱昏童肯用良"。

二十八日。过东流县[1]，不入。自雷江口[2]行大江，江南群山，苍翠万叠，如列屏障，凡数十里不绝。自金陵以西，所未有也。是日，便风张帆，舟行甚速，然江面浩淼，白浪如山，所乘二千斛舟[3]，摇兀掀舞，才如一叶。过狮子矶[4]，一名佛指矶，藓壁百尺，青林绿篠，倒生壁间，图画有所不及。犹恨舟行北岸，不得过其下。旁有数矶，亦奇峭，然皆非狮子比也。至马当[5]，所谓下元水府[6]。山势尤秀拔，正面山脚，直插大江。庙依峭崖架空为阁，登降者，皆自阁西崖腹小石径，扪萝[7]侧足而上，宛若登梯。飞甍[8]曲槛，丹碧缥缈，江上神祠，惟此最佳。舟至石壁下，忽昼晦，风势横甚，舟人大恐失色，急下帆，趋小港，竭力牵挽，仅能入港。系缆同泊者四五舟，皆来助牵。早间同行一舟，亦蜀舟也，忽有大鱼正绿，腹下赤如丹，跃起舵旁，高三尺许，人皆异之。是晚，果折樯破帆，几不能全，亦可怪也。入夜，风愈厉，增十余缆。迨晓，方少定。

【注释】

1. 东流县："东流县，本彭泽县之黄菊乡，控带江山，唐会昌初建为东流场，在古废和城县侧。大中四年移于今地。伪唐保大十一年升为东流县。至皇朝太平兴国三年割属池州。"(《太平

寰宇记》卷一○五）

2. 雷江口：又名雷池、雷港、大雷江，位于今安徽省望江县东。晋置戍，陈置大雷郡，隋改望江县，为浔阳下游之重要防地。东晋征西将军庾亮《报温峤书》曾称"足不过雷池一步也"，意诫中垒将军温峤坐镇原防，不要越雷池而东，后人用以表示不可逾越之地。南朝鲍照《登大雷岸与妹书》曾描写此地四面景色："南则积山万状，负气争高；东则砥原远隰，亡端靡际；北则陂池潜演，湖脉通连；西则回江永指，长波天合。"

3. 二千斛舟：载重二千斛的船。

4. 狮子矶：地处马当山附近，宋张栻有《过马当山》诗："千秋马当庙，千寻狮子矶。寒风起崖腹，惨澹含阴威。孤帆驾巨浪，瞬息洲渚非。忠信傥可仗，神理兹不违。"

5. 马当："马当山，在古县北一百二十里。其山横枕大江，山象马形，回风急系，波狀涌沸，为舟船艰阻。山腹在江中，山际立马当山庙。"（《太平寰宇记》卷一一一）唐陆龟蒙有《马当山铭》："天下之险者，在山曰太行，在水曰吕梁。合二险而为一，吾又闻乎马当。"

6. 下元水府：应为上水元府。上中下三水府，上居江州马当，中居太平洲采石，下居润州金山。本书卷一提到下元水府在镇江："谒英灵助顺王祠，所谓下元水府也。祠属金山寺。"宋张镃有《马当山水府庙》诗："江长九月秋气豪，霜明岸老天愈高。群真下集水仙府，丁东佩玉闻云璈。修涂随处惬奇观，况此楼殿临烟皋。

割牲酾酒祷灵贶，顺风挂席轻狂涛。……人言马当船过难，我喜浩兴超然间。便须击楫自此去，指呼万骑恢河关。”

7. 扪萝：攀缘葛藤。唐宋之问《灵隐寺》诗："扪萝登塔远，刳木取泉遥。"

8. 飞甍：指飞檐。唐羊士谔《息舟荆溪，入阳羡南山游善权寺，呈李功曹巨》诗："层阁表精庐，飞甍切云翔。"

【校记】

〔下元水府〕"下元"当为"上元"，因南唐在长江沿途所建三元水府中，下元水府在镇江。

〔高三尺许〕知不足斋本"三"作"二"。

二十九日。阻风马当港中，风雨凄冷，初御夹衣。有小舟冒风涛来卖薪菜豨肉，亦有卖野彘[1]肉者，云猎芦场中所得。饭已，登南岸，望马当庙，北风吹人劲甚，至不能语。既暮，风少定，然怒涛未息，击船终夜有声。

【注释】

1. 野彘：野猪。

八月一日。过烽火矶[1]。南朝自武昌至京口，列置烽燧，此山当是其一也。自舟中望山，突兀而已。及抛江过其下，嵌岩窦穴,怪奇万状,色泽莹润,亦与它石迥异。[2] 又有一石,不附山,杰然特起,高百余尺,丹藤翠蔓,罗络其上,如宝装屏风。[3] 是日风静,舟行颇迟,又秋深潦缩[4],故得尽见杜老所谓"幸有舟楫迟,得尽所历妙"[5]也。过澎浪矶、小孤山[6],二山东西相望。小孤属舒州宿松县[7],有戍兵。凡江中独山,如金山、焦山、落星之类,皆名天下,然峭拔秀丽,皆不可与小孤比。自数十里外望之,碧峰巉然孤起,上干云霄,已非它山可拟,愈近愈秀。冬夏晴雨,姿态万变,信造化之尤物也。但祠宇极于荒残,若稍饰以楼观亭榭,与江山相发挥,自当高出金山之上矣。庙在山之西麓,额曰惠济,神曰安济夫人。[8]绍兴初,张魏公自湖湘还[9],尝加营葺,有碑载其事。又有别祠在澎浪矶,属江州彭泽县,三面临江,倒影水中,亦占一山之胜。舟过矶,虽无风,亦浪涌,盖以此得名也。昔人诗有"舟中估客莫漫狂,小姑前年嫁彭郎"[10]之句,传者因谓小孤庙有彭郎像,澎浪庙有小姑像,实不然也。晚泊沙夹,距小孤一里。微雨,复以小艇游庙中,南望彭泽、都昌诸山,烟雨空濛,鸥鹭灭没,极登临之胜,徙倚久之而归。方立庙门,有俊鹘[11]搏水禽,掠江东南去,甚可壮也。庙祝[12]云,山有栖鹘甚多。

【注释】

　　1.烽火矶:"烽火山,在（宿松）县东北六十里。按《郡国图》云:'齐、陈二国割江为界,征伐不息,烽候频惊,此山高敞，可以瞻望，齐永明八年，因置烽火于山。'"（《太平寰宇记》卷一二五）烽火山以南朝在此设立烽火台而得名，至南宋，依然沿用。《续资治通鉴》载：宋高宗绍兴二年，"初命沿江置烽火台以为斥堠"。南宋人周辉在《清波杂志》卷十也记载："沿江置烽火台，每日平安，即于发更时举火一把；每夜平安，即于次日平明举烟一把；缓急盗贼不拘时候，日则举烟，夜则举火各三把。绍兴初，江东安抚使李光所请。"

2."及抛江过其下"句：抛江，指横渡江面，另取新的航道。嵌岩窦穴，裂缝的岩石和各式岩洞。嵌，形容山石如张口的样子。窦，孔，洞。

3."又有一石"句：杰然特起，高俊雄伟地拔地而起。杰然，形容高大的样子。特起，拔地而起。宝装屏风，指宝石镶嵌的屏风。

4.潦缩：水位下降。潦，积水。

5."幸有舟楫迟"句：杜甫《次空灵岸》诗句。

6.过澎浪矶、小孤山：澎浪矶位于彭泽县西北临长江处，与小孤山隔江相望。石矶依山傍水，以怪石屹立江中，顶风遏浪，惊涛澎湃而得名。唐武后天授年间，曾在石矶壁台上建有龙寺，供奉小姑佛像和彭郎塑像。小孤山又名小姑山，位于安徽省宿松县城东南一百二十里的长江之中，南与江西彭泽县仅一江之隔，西南与庐山隔江相望。《太平寰宇记》卷一一一："小孤山，高三十丈，周围一里，在古县西北九十里。孤峰耸峻，半入大江。"

《小姑砥柱》

（选自〔清〕张宝《续泛槎图》）

小孤山以其独立无依而得名，山形似古代妇女头上的发髻，山体奇特秀美。

7. 舒州宿松县："宿松县，本汉皖县地，元始中为松滋县，属庐江。晋武平吴，以荆州有松滋县，遂改为宿松县。唐武德四年属严州，七年州废来属。"（《太平寰宇记》卷一二五）

8. "庙在山之西麓"句：小孤山祠宇又称启秀寺，相传始建于唐。寺内原供奉关羽像，后因世俗转孤为姑，寺内便供起传说中的小姑像。孙光宪《北梦琐言》卷十二曾记载："后人语讹，作姑姊之姑，创祠山上，塑像艳丽。而风涛甚恶，行旅惮之，每岁本府命从事躬祭。"陆游入蜀经此，所见神像已被封为安济夫人。吴曾《能改斋漫录》卷十八中有《安济夫人庙》："本朝开宝中，真州有渔者，钓一木刻妇人，背刻'丁氏'二字。既归，神事之，辄有灵验。立庙江上，舟过其下者，必祠而后济。州为保奏，封安济夫人。庙在长芦崇福禅院之西。"陆游另有《过小孤山大孤山》《观小孤山图》等诗。

9. 张魏公自湖湘还：绍兴五年，张浚在平定杨幺起义后，自湖湘转至淮东，会集诸将，商议抗金事。张浚（1097—1164），字德远，宋汉州绵竹人。宋徽宗时进士及第。宋高宗初立，升为礼部侍郎。建炎三年，宋高宗在临安被将领苗傅、刘正彦所废。张浚约文臣吕颐浩，武将张俊、韩世忠、刘光世等破苗傅、刘正彦，使宋高宗复位，被任知枢密院事。曾谪居二十余年，仍上疏反对和议。宋孝宗时封为魏国公。隆兴元年任枢密使，都督江淮

军马渡淮北伐。旋即溃败，再次罢官，不久即死，谥忠献。著有
《紫岩易传》等。传见《宋史》卷三六一。

10."舟中估客莫漫狂"句:苏轼《李思训画长江绝岛图》诗句。
估客,商人。漫狂,胡思乱想。小姑,江中小孤山。彭郎,澎浪矶,
在小孤山对岸。民间将小孤山传作"小姑山",将澎浪矶谐音为"彭
郎",称彭郎为小姑之婿。

11. 俊鹘:矫健之鹘,杜甫《朝》诗"俊鹘无声过,饥乌下食贪"。
元稹《兔丝》诗"俊鹘度海食,应龙升天行"。鹘属鹰科,翅宽而短,
脚和尾长,巢筑于高大的树上。

12. 庙祝：寺庙中管香火的人。

二日。早，行未二十里，忽风云腾涌，急系缆。俄复开霁，
遂行。泛彭蠡口[1]，四望无际，乃知太白"开帆入天镜"[2]之句为
妙。始见庐山及大孤[3]。大孤状类西梁[4]，虽不可拟小孤之秀丽，
然小孤之旁，颇有沙洲葭苇，大孤则四际森弥皆大江，望之如浮
水面，亦一奇也。江自湖口分一支为南江，盖江西路[5]也。江水
浑浊，每汲用，皆以杏仁澄之，过夕乃可饮。南江则极清澈，合
处如引绳[6]，不相乱。晚抵江州[7]，州治德化县[8]，即唐之浔阳县。
柴桑、栗里[9]，皆其地也。南唐为奉化军节度[10]，今为定江军[11]。
岸土赤而壁立，东坡先生所谓"舟人指点岸如赪"[12]者也。泊湓
浦[13]，水亦甚清，不与江水乱。自七月二十六日至是，首尾才六日，
其间一日阻风不行，实以四日半溯流行七百里云。

【注释】

1. 彭蠡口：彭蠡，即彭蠡湖，为鄱阳湖古称。鄱阳湖在古代有过彭蠡湖、彭蠡泽、彭泽、彭湖等多种称谓。彭蠡口，即鄱阳湖水注入长江的地方。《水经·赣水注》云："其水总纳十川，同臻一渎，俱注于彭蠡也。"

2. 开帆入天镜：李白《下寻阳城泛彭蠡寄黄判官》诗句。

3. 大孤："彭蠡湖在县东南，与都昌县分界，湖心有大孤山。顾况诗云：'大孤山尽小孤出，月照洞庭归客船。'"（《太平寰宇记》卷一一一）

4. 西梁：山名，在安徽和县境内，临长江北岸，和南岸东梁山隔江对峙。

5. 江西路：宋江南西路的简称，治所在洪州。

6. 引绳：牵拉绳索。

7. 江州："江州，上，浔阳郡，开宝八年，降为军事。大观元年，升为望郡。旧隶江南东路。建炎元年，升定江军节度。二年，置安抚、制置使，以江、池、饶、信为江州路。绍兴元年，复为二路，本路置安抚大使。嘉熙四年，为制置副使司治所。咸淳四年，移制置司黄州；十年，还旧治。"（《宋史》卷八八"地理四"）

8. 德化县：宋置县名，今废。其地在今江西省九江市。《太平寰宇记》卷一一一："德化县，本汉浔阳县，属庐江郡。《吴录》云属武昌。《宋书·州郡志》曰：'浔水注江，因水以名县。'隋开皇十八年改为彭蠡县。大业二年改为湓城县。唐武德五年改为浔阳，自州东移于今所。伪唐改为德化县。"

9. 柴桑、栗里：柴桑、栗里，均为地名，在今江西省九江市西南。东晋陶渊明家乡是柴桑，曾移居栗里。

10. 奉化军节度：奉化军，南唐军镇名。节度，这里用作动词，意谓管辖。

11. 定江军：即江州，建炎元年升江州置定江军节度使。二年，置江州路，以州属焉。

12. 舟人指点岸如赭：此非苏轼诗，而是苏辙《自黄州还江州》诗："家在庾公楼下泊，舟人遥指岸如赭。（自注：江州城下土赤如赭。）"

13. 湓浦："盆浦，按《郡国志》云：'有人此处洗铜盆，忽水暴涨，乃失盆，遂投水取之，即见一龙衔盆，夺之而出，故曰盆水。又云源出青盆山，因以为名。'南朝萧子显《齐书》曰：'世祖于盆城得五尺刀十一口，永明享历之数也。'"（《太平寰宇记》卷一一一）"湓"系湓水的简称，又名湓涧，源出江西省瑞昌县清湓山，东流经九江而北入长江。其入江处，即古之湓口。白居易《八月十五日夜湓亭望月》诗有"今年八月十五夜，湓浦沙头水馆前"之句。

三日。移泊琵琶亭[1]，见知州左朝请郎周焞强仲[2]、通判左朝散郎胡适[3]、发运使户部侍郎史正志志道[4]、发运司干办公事程坦履道[5]、察推左文林郎蔡戡定夫[6]。始得夔州公移[7]。

【注释】

1. 琵琶亭："琵琶亭，在州西江边。白司马送客湓浦口，夜闻邻舟琵琶声，问之，是长安娼女嫁于商人，乃为作《琵琶行》，因名亭。"（《太平寰宇记》卷一一一）唐宪宗元和十年，白居易得罪权贵，贬为江州司马。次年秋夜，诗人送客湓浦口，遇琵琶歌女，有感于琵琶女的天涯沦落及自身的坎坷遭遇，写下了长诗《琵琶行》。后人特建琵琶亭以张其事。

2. 周昪强仲：其人不详。

3. 胡适：生卒年不详，字宗尚，宋高宗绍兴十五年乙丑科刘章榜进士。

4. 发运使户部侍郎史正志志道：史正志，字志道，号乐闲居士、柳溪钓翁、吴门老圃，占籍江都，寓居丹阳。高宗绍兴二十一年进士，授歙县尉。三十一年，除枢密院编修官，次年，迁司农寺丞。随高宗视师至镇江，向高宗上《恢复要览》五篇。至建康，又奏论三国六朝形势与今日不同，要当无事则都钱塘，有事则幸建康，为高宗采纳。孝宗隆兴元年，为江西路转运判官，寻改福建，再除江西。秩满，召除左司兼检正，兼权吏、刑、兵部侍郎。历知建康、宁国二府和赣、庐二州，卒于任，年六十。有《清晖阁诗》，已佚。《嘉定镇江志》卷十九有传。发运使，差遣名。宋初置京畿东西水陆发运使，后有江、淮、两浙发运使兼制置茶盐事，淮南、江、浙、荆湖制置茶盐兼都大发运使等。南宋初，发运使只掌购买食粮，乾道六年废。

5.发运司干办公事程坦履道：干办公事，差遣名，幕僚，协助办理本司事务。程坦，其人不详。

6.察推左文林郎蔡戡定夫：蔡戡（1141—？），字定夫，仙游人，居武进，湍子。补溧阳尉，举乾道二年进士，累官宝谟阁直学士，持节五羊，代输敷银，民甚便之。为湖南宪，李昂霄有异谋，未发，单车驰喻，立定。宁宗朝知临安府，有惠政，后为广西经略、淮西总领。韩侂胄当国，乃请老。有《定斋集》。察推，观察推官的简称，幕职官名，与本府幕职官分治案事、佐理府政，从八品。

7.夔州公移：夔州官府有文书前来。公移，不相统属的官署间的公文。

四日。游天庆观[1]，李太白诗所谓"浔阳紫极宫"[2]也。苏、黄诗刻[3]，皆不复存。太白诗有一石，亦近时俗书。见观主李守智，问玉芝，亦不能答[4]。观皆古屋，初不更兵烬，而遗迹扫地，独太清殿老君像乃唐人所塑，特为奇古。真人、女真、仙官[5]、力士、童子各二躯，又有唐明皇帝金铜像，衣冠如道士，而气宇粹穆[6]，有五十年安享太平富贵气象。李守智者，滁州来安人，自言家故富饶，遇乱弃家为道人，大将岳飞以度牒与之[7]，始为道士。至今画岳氏父子事之。史志道招饮于发运廨[8]中。登高远亭[9]，望庐山，天气澄霁，诸峰尽见。志道出新鼓铸铁钱[10]。

【注释】

1. 天庆观："紫极宫，去州二里。今天庆观乃其旧宫。唐塑老君像及元宗金铜御容存焉。李白尝赋浔阳紫极宫诗，东坡次韵。"（《舆地纪胜》卷三十）

2. "李太白诗"句：李白于天宝九载，由金陵至浔阳，写下《浔阳紫极宫感秋作》诗"何处闻秋声，翛翛北窗竹。回薄万古心，揽之不盈掬。静坐观众妙，浩然媚幽独。白云南山来，就我檐下宿。懒从唐生决，羞访季主卜。四十九年非，一往不可复。野情转萧洒，世道有翻覆。陶令归去来，田家酒应熟"。

3. 苏、黄诗刻：苏轼有《浔阳紫极宫次李翰林韵》，黄庭坚有《次韵苏子瞻和李太白浔阳紫极宫感秋诗韵，追怀太白子瞻》。

4. 问玉芝，亦不能答：苏轼《浔阳紫极宫次李翰林韵》诗序中提到玉芝"李太白有《浔阳紫极宫感秋》诗。紫极宫，今天庆观也。道士胡洞微以石本示余，盖其师卓玘之所刻。玘有道术，节义过人，今亡矣。太白诗云：'四十九年非，一往不可复。'予亦四十九，感之，次其韵。玉芝一名琼田草，洞微种之七八年矣，云更数年可食，许以遗余，故并记之"。

5. 真人、女真、仙官：真人，道家称存养本性或修真得道的人。亦泛称"成仙"之人。《庄子·大宗师》："古之真人，其寝不梦，其觉无忧，其食不甘，其息深深……古之真人，不知说生，不知恶死，其出不訢，其入不距；倏然而往，倏然而来而已矣。"《淮南子·本经训》："莫死莫生，莫虚莫盈，是谓真人。"女真，指女道士。唐韦渠牟《步虚词》之十二："道学已通神，香花会女真。"仙官，道教称有尊位的神仙。《太平广记》卷三引《汉武内传》："阿母必能致汝于玄都之墟，迎汝于昆阆之中，位以仙官。"唐薛逢《汉武宫词》："武帝清斋夜筑坛，自斟明水醮仙官。"又借以尊称道士。唐王维《送方尊师归嵩山》诗："仙官欲往九龙潭，旄节朱幡倚石龛。"

6. 粹穆：纯和。"德厚重闳，冲澹粹穆，何以名之？惟慈惟福。"（《宋史·乐志十四》）

7. 大将岳飞以度牒与之：岳飞（1103—1142），字鹏举，宋相州汤阴人。出身贫寒，二十岁应募为"敢战士"，身经百战，屡建奇功，为抗金名将。后被诬入狱，以"莫须有"罪名杀害。孝宗时追谥武穆，宁宗时追封鄂王。度牒，古时对于依法得到公度为僧尼的人所发给的证明文件。僧尼持此度牒，不但有了明确的身份，可以得到政府的保障，同时还可以免除地税徭役。

8. 发运廨：发运使的官署。

9. 高远亭："高远亭，在子城内东南隅，有名公诗甚多。王十朋有诗刻存焉。"（《舆地纪胜》卷三十）

10. 新鼓铸铁钱：古代以青铜币为主币，但铁钱几乎历朝都有所铸造。宋代行用铁钱最久。因其时铜铸币无法满足市场之需，以致"铜荒""钱荒",故以铁铸币代之。

五日。郡集于庾楼[1],楼正对庐山之双剑峰[2],北临大江,气象雄丽。自京口以西,登览之地多矣,无出庾楼右者。楼不甚高,而觉江山烟云,皆在几席间,真绝景也。庾亮[3]尝为江、荆、豫州刺史,其实则治武昌。若武昌南楼名庾楼,犹有理,今江州治所,在晋特柴桑县之湓口关耳,此楼附会甚明。然白乐天诗固已云:"浔阳欲到思无穷,庾亮楼南湓口东。"[4]则承误亦久矣。张芸叟[5]《南迁录》云:"庾亮镇浔阳,经始此楼。"其误尤甚。

【注释】

1. 庾楼:据传,东晋大臣庾亮于咸和年间在江州建有庾楼。庾楼为古代江州名胜之一,诗人墨客,多爱登楼眺望,饮酒吟诗,如白居易在诗中曾多次提及庾楼,"牢落江湖意,新年上庾楼""三百年来庾楼上,曾经多少望乡人"。又范成大《吴船录》云:"甲午,泊江州,登庾楼,前临大江,后对康庐,背、面皆登临奇绝。又名山大川,悉萃此楼,他处不能兼有,此独擅之。庾元亮故事,本是武昌南楼,后人以元亮尝刺江州,故亦以'庾'名此楼。然景物则有南楼不逮者。"则江州庾楼实是附会。

2. 双剑峰:"双剑峰,在州南龙门西。下有池,名小天池,峰势插天,宛如双剑。"(《太平寰宇记》卷一一一)

3. 庾亮(289—340):字元规。东晋颍川鄢陵人。司马睿为镇东大将军时任西曹掾，颇受器重。后以亮妹为皇太子（晋明帝）妃，庾亮侍讲东宫，与太子交好。明帝即位，任中书监，为王敦所忌，托病去官。太宁三年明帝卒，庾亮为中书令，与王导共辅太子司马衍（晋成帝）继位，庾太后临朝，政事决断于亮。苏峻以诛执政庾亮为名，联合举兵反晋，亮任都督，专征讨事。建康陷落，奔浔阳投温峤，共推陶侃为盟主。乱平后出为豫州刺史，镇芜湖。咸和九年六月陶侃卒，庾亮以帝舅领江、荆、豫三州刺史，都督六州诸军事，镇武昌。咸康六年正月病卒。

4."浔阳欲到思无穷"句："浔阳欲到思无穷，庾亮楼南溢口东。树木凋疏山雨后，人家低湿水烟中。菰蒋喂马行无力，芦荻编房卧有风。遥见朱轮来出郭，相迎劳动使君公。"（白居易《初到江州》）

5.张芸叟：张舜民，字芸叟，自号浮休居士，又号矴斋。邠州人。英宗治平二年进士，为襄乐令。尝上书反对王安石新法。元丰中，环庆帅高遵裕辟掌机密文字，从征西夏，因作诗述及宋军久屯失利情形，谪监郴州酒税。元祐初，以司马光荐，任监察御史。为人刚直敢言。曾因元祐党争事，牵连治罪，被南迁贬为楚州团练副使，商州安置。后又出任集贤殿修撰。其文集今存《画墁集》。

六日。甲夜[1]，有大灯球数百，自溢浦蔽江而下，至江面广处，分散渐远，赫然如繁星丽天。土人云，此乃一家放五百碗以禳灾

《匡庐飞瀑》

（选自〔清〕张宝《续泛槎图》）

祈福²。盖江乡旧俗云。

【注释】

1. 甲夜：初更时分。

2. 一家放五百碗以禳灾祈福：五百碗，即五百灯球。禳灾祈福，道教法术，祈即祈祷，指祷告神明以求平息灾祸、福庆延长。禳又称禳灾、禳解，指行使法术解除面临的灾难。

七日。往庐山，小憩新桥市。盖吴蜀大路¹，市肆壁间，多蜀人题名。并溪乔木，往往皆三二百年物，盖山之麓也。自江州至太平兴国宫²三十里，此适当其半。是日，车马及徒行者憧憧³不绝，云上观，盖往太平宫焚香，自八月一日至七日乃已，谓之白莲会⁴。莲社本远法师⁵遗迹。旧传远公尝以一日借道流，故至今太平宫岁以为常。东林寺亦自作会，然来者反不若太平之盛，亦可笑也。晚至清虚庵⁶，庵在拨云峰下，皇甫道人所居。皇甫名坦⁷，嘉州人，出游旁郡，独见其弟子曹弥深。登绍兴焕文阁，实藏光尧皇帝御书。⁸又有神泉、清虚堂，皆宸翰题榜。⁹宿清虚西室，曹君置酒堂中，炙鹿肉甚珍，酒尤清醇。夜寒，可附火¹⁰。

【注释】

1. 吴蜀大路：吴蜀大路指从吴地至蜀地的道路。陈振《宋史》："宋代各州、县之间都有官路相通，官路也称官道；通驿传的官路也称驿路、大路，通常大多数官路即是驿路，主干线常称为大驿路、大路。……通常自首都到各路（类似后来的省）首府，都有大驿路相通，以便于快速传递文件。"

2. 太平兴国宫：太平宫是宋代庐山规模最大、最负盛名的道观，被誉为道教"咏真第八洞天"。太平宫初为唐玄宗在庐山敕建的九天使者庙。入宋后，庙之名号和规格一再升级。宋太宗太平兴国中，诏令庙以纪元易名为太平兴国观；熙宁中，宋神宗又命于观中置祠官；及宣和六年，徽宗又升观为宫，名为太平宫。时太平宫"崇轩华构，弥山架壑"。宫田散置旁县三十六区，"侈盛无加"。道侣"常三数千人"，一般也在五百人左右。范成大《吴船录》卷下："乙未，泊江州。……三十里，至太平兴国宫。在圣治峰下，左则香炉、石顶诸峰，右则狮子、莲花诸峰，面对蕲、黄诸山，形胜之地也。宫之尊神曰九天采访使者。唐开元中，见梦玄宗，作庙于此。南唐号升元府，本朝更名而加号使者曰应元保运。"

3. 憧憧：往来不定貌。语出《易经·咸卦》："憧憧往来，朋从尔思。"

4. 白莲会：东晋僧人慧远与其同道者为往生西方净土在庐山结念佛社，名白莲社，得名缘由有多种解释。中唐以后，特别是宋元时在民间流播日广，庐山白莲会由此而来。

5. 远法师：慧远（334—416），东晋僧，雁门楼烦人，俗姓贾。幼好学，博综六经，尤善庄子。年二十一，师从道安，精般若性空之学。晋孝武帝太元六年入庐山，结庐讲学。与慧永、宗炳、刘遗民等结白莲社，弘扬净土法门，为十八贤之冠。卜居庐山三十余年，虽帝诏也足不出山，送客以虎溪为界。被后人尊为净土宗初祖。撰有《沙门不敬王者论》。

6. 清虚庵：在庐山山北拨云峰（一名半云峰）下。左有青莲庵，右有凌虚阁，侧有"神泉"。

7. 皇甫名坦：皇甫坦，字履道，宋嘉州夹江人。善医术，宋高宗绍兴年间，显仁皇太后患目疾，宫中御医几治无效。有荐坦，高宗召问："何以治身？"坦曰："心无为则身安，人主无事则天下治。"引治太后目疾即愈。帝厚赐之，一无所受。复问以长生久视之术。坦曰："先禁诸欲，勿令放逸，丹经万卷，不如守一。"帝赐御书名其所曰"清虚庵"，"诏绘坦像，御赞之"。

8. "登绍兴焕文阁"句：焕文阁，清虚庵中建筑，阁中收藏着高宗及后几代皇帝御赐的《黄庭经》《道德经》和《阴符经》等道教经籍、宸翰题榜、御赐绘像和赞文。光尧皇帝，赵构（1107—1187），字德基。宋徽宗第九子，钦宗弟。始封康王。徽宗及钦宗为金人所捕，乃即位于建康。在位三十六年，后禅位于孝宗，孝宗上太上皇帝尊号曰"光尧寿圣太上皇帝"，故称"光尧皇帝"。

9. "又有神泉、清虚堂"句："张淏《云谷杂记》云：'皇甫履绍兴中赐隐于庐山，高宗名其所居曰清虚庵。光宗在东宫日，尝问履山中所乏，履曰："山中无缺，但去水差远，汲取颇劳。"光宗因大书"神泉"二字遗之，云："持归随意凿一泉。"履归，乃于庵之侧穿一小井，方施畚锸，而泉已涌，深才三二尺，味甘冽，尤宜沦茗。奎画今刻之泉上。'"（《舆地纪胜》卷三十）皇甫履即皇甫坦。宸翰，帝王墨迹。

10. 附火：向火取暖。韩愈《画记》记载："坐而脱足者一人，寒附火者一人。"

卷

四

八日。早，由山路至太平兴国宫，门庭气象极闳壮。正殿为九天采访使者像，衮冕如帝者。[1]舒州灊山灵仙观，祀九天司命真君，而采访使者为之佐，故南唐名灵仙曰丹霞府，太平曰通玄府，崇奉有自来矣。[2]至太宗皇帝时，尝遣中使送泥金绛罗云鹤帔[3]，仍命三年一易。神宗皇帝时，又加封应元保运真君及赐涂金殿额。两壁图十真人，本吴生[4]笔。建炎中，李成、何世清二盗[5]以庐山为巢，宫屋焚荡无余。先是，山中有太一宫，摹吴笔于殿庑。及太平再兴，复摹取太一本，所托非善工，无复仿佛。憩于云无心堂，盖冷翠亭故址也。溪声如大风雨至，使人毛骨寒栗，一宫之最胜处也。采访殿前有钟楼，高十许丈，三层，累砖所成，不用一木，而檐桷翚飞[6]，虽木工之良者，不能加也。但钟为砖所掩蔽，声不甚扬，亦是一病。观主胡思齐云："此一楼为费三万缗，钟重二万四千余斤。"又有经藏亦佳，扁曰"云章琼室"。太平规模，大概类南昌之玉隆[7]。然玉隆不经焚，尚有古趣，为胜也。

遂至东林太平兴龙寺[8]，寺正对香炉峰[9]。峰分一支东行，自北而西，环合四抱，有如城郭，东林在其中，相地者谓之倒挂龙格。寺门外虎溪[10]，本小涧，比年甃以砖，但若一沟，无复古趣。予劝其主僧法才去砖，使少近自然，不知能用吾言否？食已，煮观音泉啜茶。登华岩罗汉阁。阁与卢舍阁、钟楼鼎峙，皆极天下之壮丽，虽闽浙名蓝，所不能逮。遂至上方、五杉阁、舍利塔、白公草堂[11]。上方者，自寺后支径，穿松阴，蹑石磴而上，亦不甚高。五杉阁前，旧有老杉五本，传以为晋时物，白傅所谓大十尺围者，今又数百年，其老可知矣。近岁，主僧了然辄伐去，殊可惜也。塔中作如来示寂像，本宋佛驮跋陀尊者[12]，自西域持舍利五粒，来葬于此。草堂，以白公记考之，略是故处。三间两注，亦如记所云。其他如瀑水、莲池，亦皆在。高风逸韵，尚可想见。白公尝以文集留草堂，后屡亡逸，真宗皇帝尝令崇文院写校，包以斑竹帙送寺。[13]建炎中又坏于兵。今独有姑苏版本一帙，备故事耳。草堂之旁，又有一故址，云是王子醇枢密[14]庵基。盖东林为禅苑，始于土公，而照觉禅师常总[15]，实第一祖。总公有塑像，严重英特[16]人也。宿东林。

【注释】

1."正殿为九天采访使者像"句：九天采访使者，道教所信奉的巡察人间的神仙。《事物纪原》卷二引《笔谈》："庐山太平观，乃九天采访使者祠，自唐开元中创建。"衮冕，衮衣和冕，是皇帝及上公的礼服和礼冠，在祭天地、宗庙等重大庆典活动时的穿戴。

2."舒州灊山灵仙观"句："灵仙观，唐置，即司命真君之庙，皇朝赐观额。"(《元丰九域志》卷五）九天司命真君，即灶神，灶神为古代神话传说中主管饮食的神，又称"灶君""灶王"或"灶王爷"。据东汉许慎《五经通义》记载，灶神姓张名单，字子郭；其妇姓王名搏颊，字卿忌。汉朝以后，灶君为五祀神之一，与司命、行神、门神、户神，同为司察小过的家宅神，负责监察人间罪恶，

《香炉峰》

（选自〔清〕吴楚奇《西江游览图咏》）

掌握寿夭祸福。

3. 尝遣中使送泥金绛罗云鹤帔：中使，宫中派出的使者，多指宦官。泥金绛罗云鹤帔，泥金，用金箔和胶水制成的金色颜料。绛罗，红色纱罗。云鹤，指花纹样式。帔，披肩。

4. 吴生：吴道子（约680—759），河南阳翟人，少孤，相传曾学书于张旭、贺知章，未成，乃改习绘画。曾在韦嗣立幕中当大吏，后任兖州瑕丘县尉。漫游洛阳时，唐玄宗闻其名，任以内教博士，改名道玄，在宫廷作画。

5. "李成、何世清二盗"句：范成大《吴船录》卷下亦有记载，"绍兴初，贼李成破江州，纵兵大掠，焚宫净尽，所存止外门数间。其后道士复修建，惟真君之殿差如法，余率因陋就寡。从屋在山下及涧之外者，今皆灌木生之，猝不可复矣。又道士辈各自开户牖，荒凉之象可掬。……凡山之故物，如袈裟、麈扇，皆已不存。承平时独有晋安帝辇、佛驮耶舍革舄、谢灵运贝叶经，更李成乱，今皆亡去"。

6. 檐桷翚飞："如翚斯飞。"（《诗·小雅·斯干》）"其檐阿华采而轩翔，如翚之飞而矫其翼也。"（朱熹《诗集传》）后因以"翚飞"形容宫室的高峻壮丽。

7. 玉隆：即南昌万寿宫，始建于晋朝永嘉六年，为纪念道教一代宗师许逊而建，时名"旌阳古祠"。宋代大中祥符三年，升观为宫，真宗皇帝赐额"玉隆"，始名"玉隆宫"。宋徽宗崇道术，力倡道教。政和六年，亲下诏书，以西京洛阳豪华道宫"崇福宫"

为图样，改建西山玉隆宫，殿阁楼堂，蔚为壮观，并赐名"玉隆万寿宫"。《江西通志》卷一二八有《玉隆万寿宫兴修记》。

8. 太平兴龙寺：庐山第一名刹，位于庐山西北麓。东晋太元六年，江州刺史桓伊为慧远所建。元兴元年，慧远又建般若台精舍，作为念佛道场，遂成净土宗的发源地，为我国佛教八大道场之一。唐代会昌法难时，寺宇毁坏泰半；宣宗大中年间重建，号太平兴隆寺。此寺曾一度改为律宗道场，宋元丰三年诏改为东林太平兴国禅院，临济宗黄龙派住此兴教。

9. 香炉峰："香炉峰，在山西北。其峰尖圆，烟云聚散，如博山香炉之状。孟浩然《晚泊浔阳望庐山》诗云：'挂席数千里，名山都未逢。泊舟浔阳郡，始见香炉峰。'"（《太平寰宇记》卷一一一）

10. 虎溪："虎溪涓涓一沟，不能五尺阔，远师送客，乃独不肯过此，过则林虎又为号鸣焉。"（范成大《吴船录》）陈舜俞《庐山记》卷二："流泉匝（东林）寺下，入虎溪，昔远师送客过此，虎辄号鸣，故名焉。"

11. 白公草堂："匡庐奇秀，甲天下山，山北峰曰香炉，峰北寺曰遗爱寺，介峰、寺间，其境胜绝，又甲庐山。元和十一年秋，太原人白乐天见而爱之，若远行客过故乡，恋恋不能去，因面峰腋寺，作为草堂。"（范成大《吴船录》）"寺东北隅有新作白乐天草堂。乐天元和十年为州司马，作堂香炉峰北遗爱寺南，往来游处焉。后与寺并废，今所作非元和故处也。"（《白居易集》卷四三《草堂记》）

12. 佛驮跋陀尊者（359—429）：东晋末南朝宋初僧人。北天竺迦维罗卫人。幼丧父母，年十七出家，以禅律驰名。游学罽宾，受业于大禅师佛陀斯那。东晋安帝义熙四年，与沙门智严共至长安，大弘禅业，从者甚众。与鸠摩罗什友善，每有疑义，常共咨决。终因宗派不同，为罗什门下谤黩，逼离关中，南走庐山，与慧远相见。八年至江陵，为刘裕所敬重，俱归扬都，止道场寺。译有《大方广佛华严经》等十余部。

13. "白公尝以文集留草堂"句：唐文宗大和九年，白居易送文集六十卷，藏于东林寺。会昌间，复送后十卷及香山居士像。唐僖宗广明元年，藏于东林寺白居易之文集，毁于高骈之乱。《四库全书总目提要》云："居易尝自写其集分置僧寺，据所自记，大和九年置东林寺者，二千九百六十四首，勒成六十卷。"真宗皇帝，赵恒（968—1022），宋太宗第三子，在位二十六年。崇文院，官署名。宋初以史馆、昭文馆、集贤院、秘书阁会为崇文院，掌管监修国史、经籍图书、书籍修撰和校对等。斑竹帙，将斑竹劈为细丝编成的书帙。

14. 王子醇枢密：王韶（1030—1081），字子醇，宋江州德安人。嘉祐进士。足智多谋，富于韬略。熙宁元年，上《平戎策》，提出收复河湟等地、招抚沿边羌族、孤立西夏的方略，为宋神宗所纳，被任命为秦凤路经略司机宜文字。四年八月，主洮、河安抚司事。五年五月，采取招抚之策，使青唐羌族首领俞龙珂率所属十二万人归附。又建言渭源至秦州置市易司，从之，命为提举。知通远军，屡破羌众。八年，任枢密副使，不久降职，出知洪州。卒谥襄敏。传见《宋史》卷三二八。

15. 照觉禅师常总：即江州东林兴龙寺常总照觉禅师，延平人，俗姓施。宋临济宗黄龙派僧。

16. 严重英特：严重，严肃稳重；英特，杰出。苏轼《赠月长老》有"十年此中过，却是英特人"。

【校记】

〔卷四〕汲古阁本《入蜀记》卷四在《渭南文集》卷四六，"入蜀记"三字下有双下小字："八月八日起，二十六日止。"

九日。至晋慧远法师祠堂及神运殿[1]焚香。憩官厅堂中。有耶舍尊者、刘遗民等十八人像，谓之十八贤。[2]远公之侧，又有一人执军持侍立，谓之辟蛇童子。[3]传云，东林故多蛇，此童子尽拾取，投之蕲州。神运殿本龙潭，深不可测，一夕，鬼神塞之，且运良材以作此殿。皆不知实否也？然"神运殿"三字，唐相裴休[4]书，则此说亦久矣。官厅重堂邃庑，厨厩备设，壁间有张文潜题诗。寺极大，连日游历，犹不能遍。唐碑亦甚多[5]，惟颜鲁公[6]题名，最为时所传。又有聪明泉[7]，在方丈之西。卓锡泉[8]，在远公祠堂后，皆久废不汲，不可食，为之太息。食已，游西林乾明寺[9]。西林在东林之西，二林之间，有小市曰雁门市[10]。传者以为远公雁门人，老而怀故乡，遂仿佛雁门邑里作此市，汉作新丰之比也[11]。西林本晋江州刺史陶范[12]舍地建寺。绍兴十五六年间，方为禅居，褊小非东林比，又绝弊坏。主僧仁聪，闽人，方渐兴葺。然流泉泠泠，环绕庭际，殊有野趣。正殿释迦像，着宝冠，他处未见，僧云唐塑也。殿侧有慧永法师[13]祠堂，永公盖远公之兄。像下一虎偃伏，又有一居士立侍，不知何人？方丈后有砖塔，不甚高，制度古朴。予登二级而止。东厢有小阁曰待贤，盖往时馆客之地，今亦颓弊。东、西林寺旧额，皆牛奇章八分书[14]，笔力极浑厚。西林亦有颜鲁公题名，书家以为二林题名，颜书之冠冕也。旧闻庐山天池砖塔初成，有僧施经二匦。未几，塔震一角，经亦失所在。是日，因登望以问僧，僧云诚然。或谓经乃刺血书，故致此异。又云今年天池火，尺椽不遗，盖旁野火所及也。晚复取太平宫路还江州，小憩于新亭，距州二十五里。过董真人炼丹井[15]，汲饮，味亦佳。董真人者，奉也。

【注释】

1. 神运殿：东林寺中殿宇。范成大《吴船录》卷下："相传唐创庙时，林木皆浮出江上，命曰神运云。"

2. "有耶舍尊者、刘遗民等十八人像"句：耶舍尊者，罽宾国僧人，婆罗门，为僧伽难提之弟子，鸠摩罗多之师，由西域来华，云游弘扬佛法。义熙八年来庐山入社，后辞还本国。事迹见《高僧传》卷二。十八贤，晋慧远法师与名儒刘程之等十八人发起，结白莲社于庐山东林寺，因称"东林十八贤"。十八人者，儒六人，刘程之、周续之、雷次宗、宗炳、张野、张诠。释十二人，慧远、慧永、慧持、佛驮耶舍、佛驮跋陀罗、道生、僧叡、昙顺、道敬、昙恒、道丙、昙诜。见晁补之《鸡肋集》卷三十《白莲社图记》、陈舜俞《庐山记》卷二《莲社高贤传》。

3. "又有一人执军持侍立"句：军持，一种瓶装盛水器，长颈，颈上部突出一圆盘型宽棱，肩部丰满，早期腹圆，肩腹间置有一流，无柄。约在隋唐时期传入我国，唐代最盛，宋代以定窑出品最多。辟蛇童子，"辟蛇行者：慧远法师居山，山多蛇虫。山神尝侍公行，善驱蛇，故号辟蛇行者"（《舆地纪胜》卷三十）。

4. 裴休（？—约860）：字公美，唐代河内人。进士出身，后来做到宰相，对佛教信仰相当虔诚，与禅宗有深厚因缘。宣宗大中时，累除兵部侍郎，充诸道盐铁转运使。六年拜同中书门下平章事、中书侍郎。后罢为宣武节度使，历昭义、河东、凤翔、荆南四节度使。能文，工正书。寺刹多请其题额。传见《新唐书》卷一八二。

5. 唐碑亦甚多：范成大《吴船录》有详细记载，"（李）成屯此寺，故与西林并，得不爇，而唐以来诸刻皆无恙。最可称者，李邕寺碑，开元十九年作。并张又新碑阴，大中十年作。李讷《兀兀禅师碑》，张庭倩书。颜鲁公题碑之两侧，略云：'永泰丙午，真卿佐吉州。夏六月，次于东林。仰庐阜之炉烽，想远公之遗烈。升神运殿，礼僧伽衣。观生法师麈尾扇、谢灵运翻《涅槃经》、贝多梵夹，忻慕不足，聊寓刻于张、李二公耶舍禅师之碑侧。'自鲁公题后,世因传此石为张李碑。又有柳公权《复寺碑》,大中十一年作,书法尤道丽。又有李肇、蔡京、苗绅等碑,皆佳"。

6. 颜鲁公:颜真卿(709—785),字清臣。琅琊临沂人,封鲁郡公,世称"颜鲁公"。开元二十二年进士,又擢制科。累擢武部员外郎。为杨国忠排斥,贬任平原太守。安禄山叛乱,联络从兄颜杲卿起兵抵抗,附近十七郡相应,推为盟主,合兵二十万,使安禄山不敢急攻潼关。德宗兴元元年,淮西节度使李希烈叛乱,奸相卢杞恶之,派其前往劝谕,被李希烈缢死。谥文忠。其楷书端庄雄伟,气势开张。行书道劲舒和,神采飞动。世称"颜体"。传见《新唐书》卷一五三。

7. 聪明泉:"五松桥,在山之涧北。昔慧远法师与殷仲堪席涧谈《易》于此,而树下泉涌,号曰聪明泉。"(《太平寰宇记》卷一一一)

8. 卓锡泉:"卓锡泉,在府城南东林寺后,晋慧远卓锡于地曰:'此地若有水,吾当居之。'泉遂涌出。"(《明一统志》卷五二)

9. 乾明寺:西林寺,是晋时僧人竺昙禅室,后建寺,名西林,宋太平兴国年间改称乾明寺。位于庐山七岭之西。《舆地纪胜》卷三十:"西林寺:晋太和二年建。水石之美,亦东林之亚。白乐天诗云:'木落天晴山翠开,爱山骑马入山来。心知不及柴桑令,一宿西林却复回。'"

10. 雁门市:慧远为雁门楼烦人,即今山西宁武。庐山东林寺、西林寺之间,有小镇名雁门市,乃遵慧远遗愿,仿其家乡雁门楼烦而建。

11. 汉作新丰之比也：新丰，县名。汉高祖七年置，唐废。治所在今陕西临潼西北。本秦骊邑。汉高祖定都关中，其父太上皇居长安宫中，思乡心切，郁郁不乐。高祖乃依故乡丰邑街里房舍格局改筑骊邑，并迁来丰民，改称新丰。

12. 陶范（376—396）：东晋庐江浔阳人，字道则，小字胡奴。陶侃子。为乌程令，历尚书秘书监、光禄勋。袁宏作《东征赋》，赋末列称过江诸名德，不及陶侃，范尝于狭室抽刃责宏。

13. 慧永法师（332—414）：东晋僧。河内人，俗姓潘。年十二出家，师从竺昙现、道安。后入庐山，居西林寺。素负自然，清心克己，厉行精苦，专谨戒律。其室恒有异香。与一虎同居。参见《高僧传》卷六。

14. 牛奇章八分书：牛奇章，即牛僧孺（779—847），字思黯，安定鹑觚人，一生历经中唐德、顺、宪、穆、敬、文、武、宣八朝皇帝，累官至宰相，封奇章郡公，为首与李德裕派长期争斗，史称"牛李党争"。著有《玄怪录》。传见《新唐书》卷一七四。八分书，东汉王次仲创造"八分书"，据传乃割程邈隶字之八分取二分，割李斯之小篆二分取八分，故名八分。后又演变为楷书，也称为"真书"。

15. 过董真人炼丹井：董真人指董奉（220—280），字君异，侯官人。少时治医学，医术高明，与华佗、张仲景都是后汉三国时代的名医，史称"建安三神医"。炼丹井，《舆地纪胜》卷三十："董真君，德化县南二十五里有太乙观，乃董真君修行之地。又新桥有董真君炼丹井。"炼丹，古人为追求"长生"而炼制丹药的方术。丹即指丹砂或称硫化汞，呈红色，故陶弘景谓"丹砂即朱砂也"。

十日。史志道饷谷帘水[1]数器，真绝品也，甘腴清冷，具备众美。前辈或斥《水品》[2]以为不可信；《水品》固不必尽当，然谷帘卓然，非惠山[3]所及，则亦不可诬也。水在庐山景德观[4]。晚别诸人。连夕在山中，极寒，可拥炉。比还舟，秋暑殊未艾，终日挥扇。

【注释】

1. 谷帘水："谷帘泉。桑疏：'谷帘泉在康王谷中……如玉帘县注三百五十丈，故名谷帘泉，亦匡庐第一观也。'"（毛德琦《庐山志》卷一三）"谷帘泉水为天下第一。"（《茶经》）宋王禹偁在《谷帘泉序》中称此泉"其味不败，取茶煮之，浮云散雪之状，与井泉绝殊"。《剑南诗稿》卷六《试茶》有"日铸焙香怀旧隐，谷帘试水忆西游"。

2. 《水品》：见第80页注2。

3. 惠山：位于无锡西郊，其泉水被陆羽列为天下第二泉。

4. 景德观："景德观，在府西四十里。梁大同中，道士张族深学老子术，栖谷中。武帝嘉之，为立观。宋熙宁中赐今名。"（《江

西通志》卷一一三）

十一日。解舟。吴发干约待夔州书[1]，因小留江口，望庐山。自到江州，至是凡十日，皆晴。秋高气清，长空无纤云，其宜登览，亦客中可喜事也。泊赤沙湖口[2]，东北望，犹见庐山。老杜《潭州道林》诗云："殿脚插入赤沙湖。"[3] 此湖当在湖南。然岳州华容县及此，皆有赤沙湖。盖江湖间地名多同，犹赤壁也。

【注释】

1. 吴发干约待夔州书：吴发干，吴姓发运使干办公事，其人未详。夔州书，夔州来的公文。

2. 赤沙湖口：在湖南华容县南。清顾祖禹《读史方舆纪要》："洞庭湖之西有赤沙湖，湖在巴陵西百里，在常德、龙阳东南三十里，周围百七十里，春夏之交，则与洞庭合一，涸时如见赤沙。"赤沙湖属于夏满冬枯的平浅型湖泊。夏秋水涨，与洞庭湖通。

3. "老杜《潭州道林》诗"句：大历三年，杜甫游岳麓山道林寺，有《岳麓山道林二寺行》诗，"玉泉之南麓山殊，道林林壑争盘纡。寺门高开洞庭野，殿脚插入赤沙湖"。

十二日。江中见物[1]，有双角，远望正如小犊，出没水中有声。晚泊橹脐狱，隔江大山中，有火两点若灯，开阖久之。问舟人，

《匡庐》

（选自〔清〕沈锡龄《天下名山图》）

皆不能知。或云蛟龙之目，或云灵芝丹药光气[2]，不可得而详也。

【注释】

1. 江中见物：此或为扬子鳄。

2. 灵芝丹药光气：灵芝，传说中的瑞草、仙草。张衡《西京赋》："浸石菌于重涯，濯灵芝以朱柯。"《文选》薛综注："石菌、灵芝，皆海中神山所有神草名，仙之所食者。"光气，灵异之气。汉王充《论衡·吉验》："验见非一，或以人物，或以祯祥，或以光气。"

十三日。至富池昭勇庙[1]，以壶酒、特豕，谒昭毅武惠遗爱灵显王神。神，吴大帝时折冲将军甘兴霸[2]也。兴霸尝为西陵太守，故庙食于此。开宝中，既平江南，增江淮神祠封爵，始封褒国公。宣和中，进爵为王。建炎中，大盗张遇，号"一窝蜂"，拥兵过庙下，相率卜珓[3]，一珓腾空中不下，一珓跃出户外，群盗惶恐引去，未几遂败。大将刘光世[4]以闻，复诏加封。岳飞为宣抚使[5]，大葺祠宇，江上神祠，皆不及也。门起大楼曰卷雪。有钉洲[6]正对庙，故庙虽俯大江，而可泊舟。钉洲者，以锐下得名。神妃封顺祐夫人；神二子，封绍威、绍灵侯；神女封柔懿夫人；皆有像。而后殿复有王与妃像偶坐。祭享之盛，以夜继日。庙祝岁输官钱千二百缗，则神之灵可知也。舟人云："若精虔[7]致祷，则神能分风以应往来之舟。"庑下有关云长[8]像。云长不应祀于兴霸之庙者，岂各忠所事，神灵共食，皆可以无愧耶？彻奠，自祠后步至旌教寺。寺为酒务及酒官廨，像设敛置一屋，尽逐去僧辈，亦事之已甚者。富池，盖隶兴国军。

【注释】

1. 富池昭勇庙：富池，北宋置，即今湖北阳新县东富池镇，因其"踞长江锁钥，扼鄂赣咽喉"，历来为兵家必争之地。昭勇庙，位于富池镇老街，三国吴黄武元年，东吴大将甘宁去世后，为纪其功，故庙食于此。对其祭享之盛莫过于宋朝。宋太祖赵匡胤赐为"褒国公"，神宗皇帝赐为"褒国武吴公"，徽宗皇帝又赐甘宁为"武惠王"，高宗皇帝再赐以"昭毅武惠遗爱吴显王"。昭勇庙面向长江，神祠有前殿、后殿、两厢及旌教祠，并设酒务所与酒官廨，是"江上之最大神祠"。前殿供祀甘宁像，甘宁夫人顺祐夫人及二子绍威侯、绍灵侯和女儿柔懿夫人像。后殿复有甘宁与夫人偶坐塑雕，两厢祀有其他神像。

2. 甘兴霸：甘宁（？—222），字兴霸，巴郡临江人。三国时期吴国大将。智勇双全，仗义疏财，战功显赫。深得士卒拥戴，吴主赏识，封为西陵太守，折冲（常胜）将军。传见《三国志》卷五五。

3. 卜珓：亦作"卜筊"，占卜术的一种，用杯形器物，投掷于地，视其仰覆以占吉凶。

4. 刘光世（1089—1142）：字平叔，保安军人。徽宗时奉命镇压方腊起义，充任鄜延路兵马钤辖。高宗建炎中金兵逼扬州，以江淮制置使领兵阻击，未战即溃。迁太尉、淮南制置使，与韩世忠、张浚平定苗傅、刘正彦兵变。为江东宣抚使，屯江州，金兵渡江三天，仍不知，遂溃。绍兴六年任江东淮西宣抚使，进屯庐州。伪齐军侵濠、寿间，弃庐州而退。绍兴七年，被劾沉酣酒色，不恤国事，罢去兵权，后加官少师，封扬国公。传见《宋史》卷三六九。"大将刘光世以闻，复诏加封"，事见《建炎以来系年要录》卷三五："诏加封吴将甘宁为昭毅武宁灵显王，宁有祠在兴国军之富池，以刘光世有请也。"

5. 岳飞为宣抚使：宣抚使，古代官名。唐后期派大臣巡视战后地区及水旱灾区，称宣慰安抚使或宣抚使。宋不常置，掌宣布威灵、抚绥边境及统护将帅、督视军旅之事，以二府大臣充。武臣非执政而为宣抚使，自南宋刘光世始。岳飞也曾以武臣充使。

6. 钉洲：状似铁钉的沙洲。

7. 精虔：诚敬貌。前蜀杜光庭《寿春节进元始天尊帧并功德疏表》："香灯蠲洁，焚诵精虔，冀凭妙道之功，永祝无疆之寿。"

8. 关云长：关羽（？—220），字云长，本字长生，三国蜀河东解县人。汉末亡命奔涿，从刘备起兵。与刘备、张飞桃园结义。汉献帝建安五年，曹操东征，备奔袁绍，羽为操俘获，拜偏将军，为操斩袁绍部将颜良，封汉寿亭侯。后辞操归刘备。建安十九年，镇守荆南，后拜前将军。被吕蒙袭破荆州，兵败被杀。谥壮缪。死后受民间推崇，又经历代朝廷褒封，被人奉为关圣帝

212

君，尊称为"关公"。传见《三国志》卷三六。

十四日。晓雨，过一小石山，自顶直削去半，与余姚江滨之蜀山[1]绝相类。抛大江，遇一木筏，广十余丈，长五十余丈。上有三四十家，妻子、鸡犬、臼碓皆具，中为阡陌相往来，亦有神祠，素所未睹也。舟人云："此尚其小者耳，大者于筏上铺土作蔬圃，或作酒肆，皆不复能入夹，但行大江而已。"是日，逆风挽船，自平旦至日昳[2]，才行十五六里。泊刘官矶旁，蕲州[3]界也。儿辈登岸，归云："得小径，至山后，有陂湖渺然[4]，莲芰甚富，沿湖多木芙蕖[5]。"数家夕阳中，芦藩茅舍，宛有幽致，而寂然无人声。有大梨，欲买之，不可得。湖中小艇采菱，呼之亦不应。更欲穷之，会见道旁设机，疑有虎狼，遂不敢往。刘官矶者，传云汉昭烈入吴，尝舣舟[6]于此。晚，观大鼋[7]浮沉水中。

【注释】

1. 余姚江滨之蜀山："余姚江在县南一十步。源出上虞县通明堰，东流十余里，经县江东入于海。江阔四十丈，潮上下二百余里，虽通海而水不咸。"（《嘉泰会稽志》卷十）蜀山，在余姚江滨。

2. 日昳：太阳偏西时分。

3. 蕲州：今湖北蕲春。《宋史》卷八八"地理四"："蕲州，望，蕲春郡，防御。建炎初，为盗所据，绍兴五年收复。景定元年，多居龙矶。"

4.陂湖渺然：湖泽广阔辽远。陂湖，湖泽。渺然，形容面积很大。

5.木芙蕖：一种落叶灌木，秋天开花，花大而艳，有红、黄、白等颜色。

6.舣舟：停船靠岸。

7.大鼋：动物名，亦称"绿团鱼"，俗称"癞头鼋"。背甲近圆形，散生小疣，暗绿色，腹面白色，前肢外缘和蹼均呈白色。

十五日。微阴，西风益劲，挽船尤艰。自富池以西，沿江之南皆大山，起伏如涛头。山麓时有居民，往往作棚，持弓矢，伏其上以伺虎。过龙眼矶[1]，江中拳石耳。矶旁山上有龙祠。晡后，得便风，次蕲口镇[2]，居民繁错，蜀舟泊岸下甚众。监税秉义郎高世栋[3]来，旧在京口识之，言此镇岁课十五万缗，雁翅岁课二十六万缗。夜与诸子登岸，临大江观月。江面远与天接，月影入水，荡摇不定，正如金虬[4]，动心骇目之观也。是日，买熟药于蕲口市。药贴中皆有煎煮所须，如薄荷、乌梅之类，此等皆客中不可仓卒求者。药肆用心如此，亦可嘉也。

【注释】

1.龙眼矶："龙眼矶，在蕲州西江滨，一名隆矶，宋末尝移州治此。"（《大清一统志》卷二六三）宋陈造有《龙眼矶》诗："谁谓石一拳，不作江流碍。朝来扬帆西，瞥若骥历块。龙眼风火矶，培塿视华岱。似闻潢潦时，亦复鼓湍汇。凿去本不难，奇巧禹所爱。其上嘉树密，其侧鱼网晒。居惟羡渔乡，复欲老犊背。西归傥得此，庸敌七里濑？"

2. 蕲口镇："蕲口镇，在蕲州西三十里。蕲水，入江之口也，亦曰蕲阳口。古名永安戍，今谓之桂口塘。《九域志》：'蕲春县有蕲口镇。'"（《大清一统志》卷二六四）《蕲州志》载："蕲水出州东北三角山，逶迤而来，至州西北与蕲水县接境，回曲注于大江，谓之蕲口，亦曰蕲阳口。……宋置蕲口镇于此。"

3. 监税秉义郎高世栋：高世栋，其人未详。监税，监当官名，掌征收商税。秉义郎，武阶名，从八品。

4. 金虬：金龙，虬是传说中的无角龙。

十六日。过新野夹，有石濑[1]茂林，始闻秋莺。沙际水牛至多，往往数十为群，吴中所无也。地属兴国军大冶县[2]，当是土产所宜尔。晚过道士矶[3]，石壁数百尺，色正青，了无窍穴，而竹树进根，交络其上，苍翠可爱。自过小孤，临江峰嶂，无出其右。矶一名西塞山，即玄真子《渔父辞》[4]所谓"西塞山前白鹭飞"者。李太白《送弟之江东》[5]云："西塞当中路，南风欲进船。"必在荆楚作，故有中路之句。张文潜云："危矶插江生，石色擘青玉。"[6]殆为此山写真。又云："已逢妖媚散花峡，不泊艰危道士矶。"[7]盖江行惟马当及西塞最为湍险难上。抛江泊散花洲[8]，洲与西塞相直[9]。前一夕，月犹未极圆，盖望正在是夕。空江万顷，月如

《长江万里图卷》（局部）

（〔明〕吴伟）

紫金盘，自水中涌出，平生无此中秋也。

【注释】

1. 石濑：水为石激形成的急流。

2. 大冶县："大冶县，在州城西北一百五十里。本隋武昌县地，唐置大冶青山场院，南唐始升为大冶县，属鄂州。宋属兴国军。"（《明一统志》卷五九）

3. 道士矶：一名西塞山，壁立江心，横山锁水，危峰兀突，雄奇磅礴，素有长江中下游门户之称。《舆地纪胜》卷三三："西塞山，在大冶县东五十里。张志和诗云，'西塞山边白鹭飞'，袁宏《东征赋》云'沿西塞之峻嵲'。今俗呼为道士矶。"

4. 玄真子《渔父辞》：《玄真子》是唐张志和所著书名，后以自号。张志和，字子同，婺州人。初名龟龄。肃宗时以明经擢第，待诏翰林。坐事贬南浦尉，后遇赦还，放浪江湖以终。事迹具《新唐书·隐逸传》。《渔父辞》是《渔歌子》的别名。张志和诗中的西塞山当在湖州，非大冶县之西塞山。

5. 李太白《送弟之江东》：此诗在《李太白全集》卷十八中作《送二季之江东》。

6. "危矶插江生"句：《张耒诗词全集》卷二《道士矶》中诗句。

7. "已逢妩媚散花峡"句：《张耒诗词全集》卷三《二十三日即事》中诗句。

8. 散花洲：与对岸黄石西塞山隔江相对。《舆地纪胜》卷三三："散花洲，在大冶县大江中流之南。世传周瑜败曹操于赤壁，吴王迎之至此，酾酒散花以劳军士，故谓之吴王散花洲。"

9. 相直：相对。

十七日。过回风矶¹，无大山，盖江滨石碛耳。然水急浪涌，舟过甚艰。过兰溪²，东坡先生所谓"山下兰芽短浸溪"³者。买鹿肉供膳。晚泊巴河口⁴，距黄州二十里，一市聚也。有马祈寺⁵、吴大帝刑马坛。传云吴攻寿春，刑白马祭江神于此。自兰溪而西，江面尤广，山阜平远。两日皆逆风，舟人以食尽，欲来巴河籴米，极力牵挽，日皆行八九十里。苏黄门谪高安⁶，东坡先生送至巴河，即此地也。张文潜亦有《巴河道中》诗云："东南地缺天连水，春夏风高浪卷山。"

【注释】

1. 回风矶："回风矶，在蕲水县西南五十里大江中。"（《大清一统志》卷二六三）

2. 兰溪："兰溪，在州之蕲水县，竹所出之地也。东坡《寄蕲簟与蒲传正》'兰溪美箭不成'。"（《舆地纪胜》卷四七）水出于苦竹山，溪旁多兰花，故名曰兰溪。

3. 山下兰芽短浸溪：见苏轼《浣溪沙》"游蕲水清泉寺，寺临兰溪，溪水西流"词。

4. 巴河口："巴河，在黄冈县东四十三里。上巴河有东尉司。"

（《舆地纪胜》卷四九）范成大《吴船录》卷下有"发黄州，四十里过巴河"。

5. 马祈寺：《剑南诗稿》卷十有淳熙五年别蜀东归时诗《发黄州泊巴河游马祈寺》："南望武昌山，北望齐安城。楚江万顷绿，著我画舫横。……晚泊巴河市，小陌闻屐声。紫髯刑马地，一怒江汉清。中原今何如？感我白发生。"

6. 苏黄门谪高安：苏辙，曾为黄门侍郎，故称。元丰二年，苏轼以作诗"谤讪朝廷"罪被捕入狱。苏辙上书请以自己的官职为兄赎罪，不准，牵连被贬，监筠州（即高安）盐酒税。五月底护送苏轼家眷至巴河口。苏轼有《晓至巴河口迎子由》诗，苏辙有《舟次磁湖以风浪留二日不得进，子瞻以诗见寄，作二篇答之，前篇自赋后篇次韵》。苏辙在黄州仅作短暂停留，其间与苏轼同游寒溪西山，苏轼作《与子由同游寒溪西山》，苏辙有《黄州陪子瞻游武昌西山》等诗。

十八日。食时方行，晡时[1]至黄州[2]。州最僻陋少事，杜牧之所谓"平生睡足处，云梦泽南州"[3]。然自牧之、王元之出守，又东坡先生、张文潜谪居[4]，遂为名邦。泊临皋亭[5]，东坡先生所尝寓，与秦少游书所谓"门外数步即大江"[6]是也。烟波森然，气象疏豁。见知州右朝奉郎直秘阁杨由义、通判右奉议郎陈绍复[7]。州治陋甚，厅事仅可容数客，倅居差胜。晚，移舟竹园步，盖临皋多风涛，不可夜泊也。黄州与樊口[8]正相对，东坡所谓"武昌樊口幽绝处"也。汉昭烈用吴鲁子敬策[9]，自当阳[10]进住鄂县之樊口，即此地也。

【注释】

1. 晡时：傍晚。

2. 黄州："黄州，下，齐安郡，军事。建炎隶沿江制置副使司。"（《宋史》卷八八"地理四"）《剑南诗稿》卷二有《黄州》："局促常悲类楚囚，迁流还叹学齐优。江声不尽英雄恨，天意无私草木秋。万里羁愁添白发，一帆寒日过黄州。君看赤壁终陈迹，生子何须似仲谋。"

3. "平生睡足处"句：杜牧《忆齐安郡》诗句。

4. "然自牧之"句：牧之，指杜牧。唐会昌二年春，杜牧受宰相李德裕排挤，由比部员外郎外放为黄州刺史二年有余。王元之，王禹偁（954—1001），字元之，济州巨野人。宋太宗太平兴国八年登进士第，在官以刚直敢言称，晚以直书史事，贬知黄州，世称王黄州。"东坡先生、张文潜谪居"指苏轼元丰三年被贬谪黄州，任团练副使。张耒曾三次贬谪黄州，任酒税监督等职。

5. 临皋亭："临皋馆，在朝宗门外，旧曰临皋亭，东坡尝寓居焉。"（《方舆胜览》卷五十）《剑南诗稿》卷十有《月下步至临皋亭》诗。

6. 门外数步即大江：出自苏轼《王定国诗集序》，非与秦观书。

221

7. 知州右朝奉郎直秘阁杨由义、通判右奉议郎陈绍复：杨由义，字宜之，开封人。高宗建炎初避地盐官，应进士举不第。馆于朱松之门，为朱熹业师。后以父恩补监赡南军库。孝宗隆兴元年，以阁门祗候使金，不屈而还，孝宗嘉叹。乾道九年为福建路转运使。官终刑部侍郎。（《宋史》卷一八三）《咸淳临安志》卷六七有传。陈绍复，其人未详。

8. 樊口：在湖北鄂城县西北。因当樊港入江之口，故名。"樊港：源出青溪山，三百里至大港，阔三十丈，水曲并在县内界。又《吴志》云：'谷利拔剑拟舵工，急趋樊口。'即其处也。"（《太平寰宇记》卷一一二）

9. 汉昭烈用吴鲁子敬策：鲁肃（172—217），字子敬，临淮东城人，三国时期吴国名将。早在袁术手下为东城长，后经周瑜推荐，成为孙权参谋，深受器重。赤壁战前，联合刘备并劝说孙权抗曹，力助周瑜取得赤壁之战胜利。战后，又劝说孙权借荆州与刘备，巩固孙刘联盟。周瑜去世后，接任其位，处理荆州事务。为人方严，治军令行禁止。传见《三国志》卷五四。汉昭烈用吴鲁子敬策，事见《资治通鉴》卷六五，建安十三年，刘备在当阳战败后，接受鲁肃的建议，进驻樊口，联吴抗曹。

10. 当阳：位于湖北省中部，处于鄂西山地向江汉平原过渡地带，因位于荆山之南，故名当阳。"当阳县，汉旧县，属南阳郡，即广阳王子益之封地。"（《太平寰宇记》卷一四六）

十九日。早,游东坡[1]。自州门而东,冈垄高下,至东坡,则地势平旷开豁。东起一垄颇高,有屋三间,一龟头,曰居士亭。亭下面南一堂,颇雄,四壁皆画雪。堂中有苏公像,乌帽紫裘,横按筇杖,是为雪堂[2]。堂东大柳,传以为公手植。正南有桥,榜曰小桥,以"莫忘小桥流水"之句得名。其下初无渠涧,遇雨则有涓流耳。旧止片石布其上,近辄增广为木桥,覆以一屋,颇败人意。东一井曰暗井,取苏公诗中"走报暗井出"之句。泉寒熨齿,但不甚甘。又有四望亭[3],正与雪堂相直,在高阜上,览观江山,为一郡之最。亭名见苏公及张文潜集中。坡西竹林,古氏故物,号南坡。今已残伐无几,地亦不在古氏矣。出城五里,至安国寺[4],亦苏公所尝寓。兵火之余,无复遗迹,惟绕寺茂林啼鸟,似犹有当时气象也。郡集于栖霞楼[5],本太守间丘孝终[6]公显所作。苏公乐府云:"小舟横截春江,卧看翠壁红楼起。"[7]正谓此楼也。下临大江,烟树微茫,远山数点,亦佳处也。楼颇华洁。先是郡有庆瑞堂,谓一故相所生之地,后毁以新此楼。酒味殊恶,苏公啬汤蜜汁之戏[8]不虚发。郡人何斯举[9]诗亦云:"终年饮恶酒,谁敢憎督邮。"然文潜乃极称黄州酒,以为自京师之外无过者。故其诗云:"我初谪官时,帝问司酒神,曰此好饮徒,聊给酒养真。去国一千里,齐安酒最醇。失火而得雨,仰戴天公仁。"[10]岂文潜谪黄时，适有佳匠乎？循小径缭州宅之后，至竹楼[11]，规模甚陋，不知当王元之时，亦止此邪？楼下稍东，即赤壁矶[12]，亦茀冈尔，略无草木。故韩子苍待制诗云："岂有危巢与栖鹘，亦无陈迹但飞鸥。"[13]此矶，《图经》及传者皆以为周公瑾[14]败曹操之地，然江上多此名，不可考质。李太白《赤壁歌》云："烈火张天照云海，周瑜于此败曹公。"不指言在黄州。苏公尤疑之，赋云："此非曹孟德之困于周郎者乎？"乐府云："故垒西边，人道是，三国周郎赤壁。"盖一字不轻下如此。至韩子苍云："此地能令阿瞒走[15]。"则真指为公瑾之赤壁矣。又，黄人实谓赤壁曰赤鼻，尤可疑也。晚，复移舟菜园步，又远竹园三四里。盖黄州临大江，了无港澳可泊。或云旧有澳，郡官厌过客，故塞之。

【注释】

1.东坡：在州治之东百余步。苏轼《东坡八首》序云："余至黄二年，日以困匮。故人马正卿哀余乏食，为于郡中请故营地数十亩，使得躬耕其中，地既久荒，为茨棘瓦砾之场，而岁又大旱，垦辟之劳，筋力殆尽，释耒而叹，乃作是诗，自愍其勤，庶几来岁之入，以忘其劳焉。"

2.雪堂："雪堂，在州治东百步。蜀人苏子瞻谪居黄三年，故人马正卿为守，以故营地数十亩与之，是为东坡，以大雪中筑室名曰'雪堂'，绘雪于堂之壁。"（《方舆胜览》卷五十）苏轼《雪堂记》云："苏子得废圃于东坡之胁，筑而垣之，作堂焉，号其正曰'雪堂'，以大雪中为，因绘雪于四壁之间，无容隙也。"

3. 四望亭："四望亭，在雪堂南高阜之上，唐刘嗣之立，李绅记。"(《方舆胜览》卷五十)

4. 安国寺：始建于唐开元元年，名"镇国海昌院"。唐会昌初，忽有莲花涌地而出，寺僧法昕以为祥瑞，乃修葺精舍，延请名僧安国师为住持。宋大中祥符元年赐今额。宋熙宁八年六月十一日，苏轼应寺僧居则之请，作《宋安国寺大悲阁记》与《黄州安国寺记》。

5. 栖霞楼：宋代黄州四大名楼之一，原在郡仪门外西南隅。北宋初年就庆瑞堂旧址兴建。背山面江，以落日晚霞、映红楼台而得名。《舆地纪胜》卷四九："栖霞楼：在仪门之外。西南轩豁爽垲，坐揖江山之胜，为一郡奇绝。东坡所谓赋《鼓笛慢》者也。又闾丘太守孝终公显尝守黄州，作栖霞楼为郡之绝胜。东坡次韵王巩云：'宾州在何处？为子上栖霞。'"

6. 闾丘孝终：宋吴县人，生卒年不详，字公显。尝知黄州，作栖霞楼，未几挂冠归。苏轼谪黄州时，与之交从甚密，颇相推重。

7. "小舟横截春江"句：苏轼《水龙吟》(小舟横截春江)中词句。该词序云："闾丘大夫孝终公显尝守黄州，作栖霞楼，为郡中绝胜。元丰五年，余谪居于黄。正月十七日梦扁舟渡江，中流回望，楼中歌乐杂作。舟中人言：公显方会客也。觉而异之，乃作此曲。盖越调鼓笛慢。公显时已致仕。在苏州。"

8. 苏公齑汤蜜汁之戏："酸酒如齑汤，甜酒如蜜汁。三年黄

州城，饮酒但饮湿。"（苏轼《岐亭五首》）

9. 何斯举："何颛之，字斯举，黄冈人。从苏黄学。"（厉鹗《宋诗纪事》卷三十）

10. "我初谪官时"句：张耒《冬日放言二十一首》（其十二）。

11. 竹楼：黄州竹楼位于黄州西北角赤壁旁的城墙上，北宋时王禹偁修建。其遭贬知黄州府的当年，见"黄冈之地多竹、大者如椽"，遂以竹构此楼，并作《黄冈竹楼记》，叙采竹造屋之利，抒楼中清韵雅趣。

12. 赤壁矶：位于黄州古城西门外，北面一山陡峭如壁，因山石颜色赤红，故名"赤壁"。苏轼《东坡志林》卷四《赤壁洞穴》："黄州守居之数百步为赤壁，或言即周瑜破曹公处，不知果是否？"然《太平寰宇记》卷一一二："赤壁，在（蒲圻）县西北一百五十里，江岸北。即曹操为周瑜所败之处。"则黄州赤壁非三国古战场。

13. "韩子苍待制诗云"句：韩驹（1080—1135），北宋末南宋初江西诗派诗人。字子苍，号陵阳先生。陵阳仙井人。尝在许下从苏辙学。徽宗政和初，因献颂得官，召试舍人院，赐进士出身，任秘书省正字。时值禁"元祐党人"之学，旋即被贬，监华州蒲城县市易务。后知洪州分宁县，又召为著作郎。宣和五年被任命为秘书少监，次年升中书舍人兼修国史。高宗绍兴元年，知江州。绍兴五年，在抚州去世。待制，唐时为皇帝咨询近臣的称号，至宋朝时成为高级官员的头衔，位于学士、直学士之下。"岂有危巢与栖鹘，亦无陈迹但飞鸥"，韩驹《陵阳集》卷三《登赤壁矶》。

14. 周公瑾：周瑜（175—210），字公瑾。三国吴庐江舒人。美姿容，精音律，身长八尺有余。多谋善断，胸襟广阔。少与孙策为友，从策征伐，为建威中郎将，助策在江东建立孙氏政权。策死，与张昭共辅孙权，任前部大都督。汉献帝建安十三年，曹操大军南下，率军与刘备合力破曹于赤壁，奠定三分天下基础。后图进中原，不幸早逝。传见《三国志》卷五四。

15. "此地能令阿瞒走"：见韩驹《某已被旨移蔡，贼起旁郡，未果进发，今日上城，部分民兵阅视战舰，口号五首》（其一）。

二十日。晓，离黄州。江平无风，挽船正自赤壁矶下过。多奇石，五色错杂，粲然可爱，东坡先生怪石供[1]是也。挽行十四五里，江面始稍狭。隔江冈阜延袤，竹树葱蒨，渔家相映，幽邃可爱。复出大江，过三江口[2]，极望无际。泊戚矶港。

【注释】

1. 怪石供："《禹贡》：'青州有铅松怪石。'解者曰：怪石，石似玉者。今齐安江上往往得美石，与玉无辨，多红黄白色，其文如人指上螺，精明可爱。虽巧者以意绘画有不能及。岂古所谓怪石者耶？……齐安小儿浴于江，时有得之者。戏以饼饵易之。既久，得二百九十有八枚。大者兼寸，小者如枣、栗、菱、芡，其一如虎豹，首有口、鼻、眼处，以为群石之长。又得古铜盆一

枚，以盛石，挹水注之粲然。而庐山归宗佛印禅师适有使至，遂以为供。"(《苏轼文集》卷六四《怪石供》)

2. 三江口："三江之名所在多有，凡水参会处，皆称之。"（《吴船录》卷下）此指湖北黄冈县西三十里处，隔江接鄂城县界，有渡。

二十一日。过双柳夹，回望江上，远山重复深秀。自离黄，虽行夹中，亦皆旷远。地形渐高，多种菽粟荞麦之属。晚泊杨罗洑，大堤高柳，居民稠众，鱼贱如土，百钱可饱二十口，又皆巨鱼。欲觅小鱼饲猫，不可得。

二十二日。平旦微雨。过青山矶[1]，多碎石及浅滩。晚泊白杨夹口，距鄂州[2]三十里，陆行止十余里。居民及泊舟甚多，然大抵皆军人也。

【注释】

1. 青山矶："青山矶，在江夏县东北二十五里，滨大江。"（《大清一统志》卷二五三）

2. 鄂州：隶荆湖北路，治所在江夏。《宋史》卷八八"地理四"："鄂州，紧，江夏郡，武昌军节度。"

二十三日。便风挂帆。自十四日至是，始得风。食时至鄂州，泊税务亭，贾船客舫，不可胜计[1]，衔尾不绝者数里。自京口以西，皆不及。李太白《赠江夏韦太守》诗云："万舸此中来，连帆过扬州。"盖此郡自唐为冲要之地。夔州迓兵来参。[2]见知州右朝奉郎张郯之彦[3]、转运判官右朝奉大夫谢师稷[4]。市邑雄富，列肆繁错，城外南市亦数里，虽钱塘、建康不能过，隐然一大都会也。吴所都武昌[5]，乃今武昌县。此州在吴名夏口，亦要害，故周公瑾求以精兵进住夏口。而晋武帝亦诏王濬、唐彬，既定巴丘，与胡奋、王戎共平夏口、武昌，顺流长骛也。[6]自江州至此七百里，溯流，虽日得便风，亦须三四日。韩文公云："盆城去鄂渚，风便一日耳。"[7]过矣，盖退之未尝行此路也。

【注释】

1. 贾船客舫，不可胜计：范成大在《吴船录》卷下也记述了船泊鄂州时的情景，"鹦鹉洲前南市沿江数万家，廛闬甚盛，列肆如栉……盖川广荆襄淮浙贸迁之会，货物之至，无不售，且不问多少，一日可尽，其盛壮如此"。

2. 夔州迓兵来参：即夔州方面已派士兵来迎接。

3. 张郯之彦：张郯（1103—1189），字知彦，和州乌江人，邵弟。以兄恩出使恩授右迪功郎为开化尉兼主簿，擢全椒令，召为枢密院编修官，出判建康府，迁太府寺丞知真州，移鄂州，提举江南东路常平茶盐，终提举武夷冲佑观。淳熙十七年卒，年八十七。

4. 转运判官右朝奉大夫谢师稷：谢师稷（1115—1194），字

《长江万里图卷》（局部）

（〔明〕吴伟）

务本，邵武人。以世赏补将仕郎，摄福之宁德丞，累官至集英殿修撰知平江府。绍熙五年卒，年八十。转运判官，差遣名，为转运司次长官，与正使、副使同负"临按道"之责，以朝官或曾任知州、通判有政绩者差充。

5. 武昌：三国时孙权在今鄂城建都，名武昌，不久在现在的蛇山筑城，称夏口；晋朝将江夏郡改为武昌郡，即为今天武昌城的正名之始。《剑南诗稿》卷二有《武昌感事》："百万呼卢事已空，新寒拥褐一衰翁。但悲鬓色成枯草，不恨生涯似断蓬。烟雨凄迷云梦泽，山川萧瑟武昌宫。西游处处堪流涕，抚枕悲歌兴未穷。"

6. "晋武帝亦诏"句："乙亥，诏：'王濬、唐彬既定巴丘，与胡奋、王戎共平夏口、武昌，顺流长鹜，直造秣陵。'"（《资治通鉴》卷第八一《晋纪三》"武帝太康元年庚子"）长鹜，向远方急驰。

7. "韩文公云"句：韩愈（768—824），字退之，河阳人，谥号文，故称韩文公。"盆城去鄂渚，风便一日耳"，见韩愈诗《除官赴阙至江州寄鄂岳李大夫》。

二十四日。早。谢漕招食于漕园¹光华堂。依山亭馆十余，不甚茸。晚，郡集于奇章堂²，以唐牛思黯尝为武昌节度使也。

【注释】

1. 漕园：转运使司又称漕司。

2. 奇章堂：奇章，即牛僧孺（779—847），字思黯，封为奇章郡公。《湖广通志》卷七七："奇章堂，在布政司署，即古楚观楼旧址。宋知州陈邦光建，初名戏采堂，后知州汪叔詹梦前身为奇章公，改名。又黄鹄山有奇章亭。奇章公，牛僧孺也。"

二十五日。观大军教习水战。大舰七百艘，皆长二三十丈，上设城壁楼橹[1]，旗帜精明，金鼓鞼鞈[2]，破巨浪往来，捷如飞翔，观者数万人，实天下之壮观也。

【注释】

1. 楼橹：古代军中用以瞭望、攻守的无顶盖的高台。建于地面或车、船之上。
2. 鞼鞈：敲钟击鼓的声音。皮日休《任诗》："衮衣竞璀璨，鼓吹争鞼鞈。"

二十六日。与统、纾同游头陀寺[1]，寺在州城之东隅石城山[2]。山缭绕如伏蛇，自西亘东，因其上为城，缺坏仅存。州治及漕司皆依此山。寺毁于兵火，汴僧舜广住持三十年，兴葺略备。自方丈西北蹑支径，至绝顶，旧有奇章亭，今已废。四顾江山井邑，靡有遗者。李太白《江夏赠韦南陵》诗云："头陀云外多僧气。"正谓此寺也。黄鲁直亦云："头陀全盛时，宫殿梯空级。"[3] 藏殿后有南齐王简栖碑[4]，唐开元六年建。苏州刺史张庭珪温玉[5]书。韩熙载[6]撰碑阴，徐锴[7]题额，最后云："唐岁在己巳[8]，武昌军节度观察留后、知军州事杨守忠[9]重立，前鄂州唐年县主簿、秘书省正字韩巍书。"碑阴云："乃命犹子[10]巍，正其旧本而刊写之。"以是知巍为熙载兄弟之子也。碑字前后一手，又作"温"字不全，盖南唐尊徐温为义祖，而避其名，则此碑盖巍重书也。碑阴又云："皇上鼎新文物，教被华夷，如来妙旨，悉已遍穷，百代文章，罔不备举，故是寺之碑，不言而兴。"按此碑立于己巳岁，当皇朝之开宝二年，南唐危蹙日甚，距其亡六年尔。熙载大臣，不以覆亡为惧，方且言其主"鼎新文物，教被华夷"，固已可怪。又以穷佛旨，举遗文，及兴是碑为盛，夸诞妄谬，真可为后世发笑。然熙载死，李主犹恨不及相之。君臣之惑如此，虽欲久存，得乎？唐制，节度使不在镇，而以副大使或留后居任，则云知节度事，此云知军州事，盖渐变也。唐年县，本故唐时名，梁改曰临夏，后唐复，晋又改临江，然历五代，鄂州未尝属中原，皆遥改耳。[11]故此碑开宝中建，而犹曰唐年也。至江南平，始改崇阳云。简栖为此碑，骈俪卑弱，初无过人，世徒以载于《文选》，故贵之耳。自汉魏之间，骎骎[12]为此体，极于齐梁，而唐尤贵之，天下一律。至韩吏部、柳柳州，大变文格，学者翕然慕从。然骈俪之作，终亦不衰。故熙载、错号江左辞宗，而拳拳于简栖之碑如此。本朝杨、刘之文擅天下[13]，传夷狄，亦骈俪也。及欧阳公[14]起，然后扫荡无余。后进之士，虽有工拙，要皆近古。如此碑者，今人读不能终篇，已坐睡矣，而况效之乎？则欧阳氏之功，可谓大矣。若鲁直云："惟有简栖碑，文章岿然立。"盖戏也。

【注释】

1. 头陀寺："头陀寺，在清远门外黄鹄山上。宋大明五年建。自南齐王屮作寺碑，遂为古今名刹。"(《舆地纪胜》卷六六)

2. 石城山：位于武昌长江南岸边。又称蛇山、黄鹄山，绵亘蜿蜒，形如伏蛇，头临大江，尾插闹市。与汉阳龟山隔江相望。三国时期，此山称江夏山，又名紫竹岭。北魏时称黄鹤山，宋朝称石城山。因陆游称此山"缭绕如伏蛇"，故后世称蛇山者为多。

3. "头陀全盛时"句：黄庭坚《鄂州节推陈荣绪惠示沿檄崇阳道中六诗，老懒不能追韵，辄自取韵奉和之头陀寺》诗句。卜文"惟有简栖碑"句，也出自此诗。

4. 南齐王简栖碑：王简栖，即王屮，生卒年不详，琅琊临沂人，作《头陀寺碑文》。古时，人们把立于宫、庙、殿、堂门前的用以识日影及拴马匹的石柱称为碑。此文为建筑碑文，主要用来记载该建筑兴建的缘由、经过、规模、主其事者等情况。《剑南诗稿》卷十有淳熙五年别蜀东归时路过武昌时诗《头陀寺观王简栖碑有感》："舟车如织喜身闲，独访遗碑草棘间。世远空惊阅陵谷，文浮未可敌江山。老僧西逝新成塔，旧守东归正掩关。笑我驱驰竟安往，夕阳飞鸟亦知还。(自注：庚寅过武昌，与太守张之彦游累日。时头陀有老僧，持律精苦。)"

5. 张庭珪温玉：张庭珪(657—735)，字温玉。唐河南济源人。登进士第。累迁监察御史。武则天时曾上疏谏营造佛像事。玄宗开元初关中久旱民饥，亦应诏上疏。曾任苏州刺史，官至少府监，卒谥贞穆。新旧《唐书》皆有传，以说直名史。与李邕友善，曾力荐之，得拜左拾遗。《旧唐书》有记："邕所撰碑碣之文，必请廷珪八分书之。廷珪既善楷隶，甚为时人所重。"

6. 韩熙载（902—970）：字叔言，五代十国时南唐宰相，青州人。后唐同光进士，因父被李嗣源所杀而逃离中原南奔。南唐李昇时，任秘书郎，辅太子于东宫。李璟时，迁虞部员外郎，史馆修撰，兼太常博士，累官中书舍人、户部侍郎。李煜时改吏部侍郎，拜兵部尚书，勤政殿学士承旨。博学，善文，工书法，卒谥文靖。传见《宋史》卷四七八。

7. 徐锴（920—974）：字楚金，五代末宋初扬州广陵人，徐铉之弟。四岁而孤。母方教铉，未暇及锴，能自知书。李璟见其文，以为秘书省正字，历虞部员外郎、屯田郎，知制诰，累迁内史舍人，卒谥文。传见《宋史》卷四四一。

8. 唐岁在己巳：唐岁，指南唐年代。己巳为公元九六九年。

9. 杨守忠：唐人，生卒年不详，宦官杨复恭假子。僖宗文德中，以为武定军节度。自擅贡赋，上书讪薄朝政。昭宗大顺二年，诏讨复恭。守忠奔阆州。

10. 犹子：侄子。《礼记·檀弓》上："丧服，兄弟之子，犹子也。"

11. "唐年县"等句：唐年县，唐天宝二载置，属江夏郡。治所在今湖北崇阳县西南四十里，后属鄂州。后梁、后唐、后晋都在北方，鄂州在南方，故称更名为遥改。

12. 骎骎：马速行貌。《诗·小雅·四牡》："载骤骎骎。"

13. 本朝杨、刘之文擅天下：宋真宗、仁宗时，西昆体盛极一时，以杨忆、刘筠为代表，宗法李商隐，并以骈文相倡，雕章丽句。所谓"是时天下学者，杨、刘之作，号为时文。能者取科第，擅名声，以夸荣当世，未尝有道韩文者"（欧阳修《记旧本韩文后》）。

14. 欧阳公：欧阳修（1007—1072），字永叔，自号醉翁，晚年号六一居士，谥号文忠，世称欧阳文忠公，吉安永丰人。仁宗时，累擢知制诰、翰林学士；英宗时官至枢密副使、参知政事；神宗朝，迁兵部尚书，以太子少师致仕。主张革新政治和文学，既支持范仲淹庆历新政，又倡导北宋诗文革新运动。传见《宋史》卷三一九。

卷

五

二十七日。郡集于南楼[1]。在仪门之南石城上，一曰黄鹤山，制度闳伟，登望尤胜。鄂州楼观为多，而此独得江山之要会，山谷所谓"江东湖北行画图，鄂州南楼天下无"[2]是也。下阚南湖[3]，荷叶弥望。中为桥，曰广平。其上皆列肆[4]，两旁有水阁极佳，但以卖酒，不可往。山谷云"凭栏十里芰荷香"[5]，谓南湖也。是日早微雨，晚晴。

【注释】

1. 南楼："南楼，在郡治南黄鹤山顶上，有登览之胜。旧基不知其处，中间改为白云阁。元祐间守方泽重建，复旧名。"（《方舆胜览》卷二八）范成大《吴船录》卷下："壬午晚，遂集南楼。楼在州治前黄鹤山上。轮奂高寒，甲于湖外。下临南市，邑屋鳞差。岷江自西南斜抱郡城东下。天无纤云，月色奇甚。江面如练，空水吞吐。平生所遇中秋佳月，似此夕亦有数，况复修南楼故事，老子于此，兴复不浅也。"

2. "江东湖北行画图"句：黄庭坚《庭坚以去岁九月至鄂，登南楼，叹其制作之美，成长句。久欲寄远，因循至今，书呈公悦》中诗句。

3. 南湖："南湖，在望泽门外，周二十里，旧名赤栏湖。外与江通，长堤为限，长街贯其中，四旁居民蚁附。"（《方舆胜览》卷二八）

4. 其上皆列肆："辛巳，晨出大江，午至鄂渚。泊鹦鹉洲前南市堤下。南市在城外，沿江数万家，廛闬甚盛，列肆如栉。酒垆楼栏尤壮丽，外郡未见其比。盖川、广、荆、襄、淮、浙贸迁之会，货物之至者无不售，且不问多少，一日可尽，其盛壮如此。"（范成大《吴船录》卷下）

5.凭栏十里芰荷香：黄庭坚《鄂州南楼书事》中诗句。

【校记】

〔卷五〕汲古阁本《入蜀记》卷五在《渭南文集》卷四七，"入蜀记"三字下有双下小字："八月二十七日起，十月五日止。"

二十八日。同章冠之秀才甫[1]，登石镜亭[2]，访黄鹤楼[3]故址。石镜亭者，石城山一隅，正枕大江，其西与汉阳[4]相对，止隔一水，人物草木可数。唐沔州治汉阳县，故李太白《沔州泛城南郎官湖诗序》云："白迁于夜郎，遇故人尚书郎张谓出使夏口，沔州牧杜公、汉阳令王公觞于江城之南湖。"其后沔州废，汉阳以县隶鄂州。周世宗平淮南，得其地，复以为军。太白诗云："谁道此水广，狭如一匹练。江夏黄鹤楼，青山汉阳县。大语犹可闻，故人难可见。"[5]形容最妙。黄鲁直"宵征江夏县，睡起汉阳城"[6]，亦此意。老杜有《公安送李晋肃入蜀余下沔鄂》及《登舟将适汉阳》诗，而卒于耒水[7]，可恨也。汉阳负山带江，其南小山有僧寺者，大别山也。又有小别，谓之二别[8]云。黄鹤楼，旧传费祎[9]飞升于此，后忽乘黄鹤来归，故以名楼，号为天下绝景。崔颢[10]诗最传，而太白奇句，得于此者尤多。今楼已废，故址亦不复存。问老吏，云在石镜亭南楼之间，正对鹦鹉洲[11]，犹可想见其地。楼榜李监[12]篆，石刻独存。太白登此楼，《送孟浩然》诗云："孤帆远映碧山尽，惟见长江天际流。"盖帆樯映远山，尤可观，非江行久，不能知也。复与冠之出汉阳门游仙洞[13]，止是石壁数尺，皆直裂无洞穴之状。旧传有仙人隐其中，尝启洞出游，老兵遇之，得黄金数饼，后化为石。东坡先生有诗纪其事[14]。初不云所遇何人，且太白固已云："颇闻列仙人，于此学飞术。一朝向蓬海，千载空石室。"[15]今鄂人谓之吕公[16]洞，盖流俗附会也。有道人，澧州人，结庐洞侧，设吕公像其中。洞少南，即石镜山麓，粗顽石也，色黄赤皴驳，了不能鉴物，可谓浪得名者。由江滨堤上还船，民居市肆，数里不绝。其间复有巷陌，往来憧憧如织。盖四方商贾所集，而蜀人为多。

【注释】

　　1. 章冠之秀才甫：章甫，字冠之，鄱阳人，徙居真州，自号易足居士。能诗，从张孝祥游，南宋名家与之多有唱和。韩淲《涧泉日记》："章甫，字冠之，先公友也。号转庵居士。本鄱阳人，居仪真。善隶古。有《易足居士自鸣集》。先公尝为作《易作堂记》。"张端义《贵耳集》称其为人"豪放飘荡，不受拘束"。《剑南诗稿》卷二有《江夏与章冠之遇别后寄赠》："骑鹤仙人不可呼，一樽犹得与君俱。未应湖海无豪士,长恨乾坤有腐儒。壮岁光阴随手过,晚途衰病要人扶。凄凉江夏秋风里,况见新丰旧酒徒。"章甫有《别陆务观》:"江南江北虽一水,欲济无由若千里。那知奔走避边尘,邂逅西津见君子。一饭三间同野僧,花前把酒看张灯。醉吟落纸笔不停,留客夜阑双眼青。才气如公端有几,半刺江城聊复尔。新年华省用名郎,汇征公合联翩起。人生相知贵知心,道同何必问升沉。客袂此时成暂别,诗盟他日会重寻。"(《自鸣集》卷二)

2. 石镜亭:"石镜亭,在黄鹤楼西,临崖有石如镜,为西日所照,则炯然发光。"(《方舆胜览》卷二八)但此石在宋代已风化,故陆游在下方中称其"浪得名者"。

3. 黄鹤楼:"黄鹤楼,在子城西南隅黄鹤山上。此楼因山得名,盖自南朝已著矣。"(《方舆胜览》卷二八)

4. 汉阳:位于长江、汉水夹角地带,与武昌黄鹤楼隔江相望。汉阳府在唐初为沔州,在宋代为汉阳军。《宋史》卷八八"地理四":"汉阳军,同下州。熙宁四年,废为县,以汉川县为镇,属鄂州。元祐元年,复置。绍兴五年,又废为县;七年,复为军。"

5. "谁道此水广"句:李白《江夏寄汉阳辅录事》诗中句。

6. "宵征江夏县"句:黄庭坚《十二月十九日夜中发鄂渚,晓泊汉阳,亲旧携酒追送,聊为短句》诗中句。

7. 耒水:又名耒河,因主要流经耒阳而得名。杜甫死于此地的说法,见《旧唐书·杜甫传》:"永泰二年,啖牛肉白酒,一夕

《黄鹤远眺》

（选自〔清〕张宝《续泛槎图》）

而卒于耒阳，时年五十九。"

8. 二别："小别山，在县东南四十五里。《左传》定公四年，'吴子伐楚，令尹子常济汉而阵，自小别至于大别。'杜注：'汉水至大别南入江，然则此二别在江夏界。'山形如甑，土谚谓甑山。"（《太平寰宇记》卷一三二）

9. 费祎（？—253）：字文伟，江夏鄳县人。幼年时父母双亡，由族父伯仁抚养，后游学至益州，归依刘备，为太子舍人。刘禅继任后，升任黄门侍郎，为诸葛亮所赏识，继蒋琬之后执政，擢任军师，录尚书事，掌管军政大权。后因岁朝大会，被魏降人郭脩刺死。其登仙驾鹤的记载，最早见于唐永泰元年阎伯理所作《黄鹤楼记》，引《图经》云："昔费祎登仙，尝驾黄鹤还憩于此，遂以名楼。"

10. 崔颢（704—754）：唐汴州人。玄宗开元年间登进士第，开元后期出使河东军幕，天宝时历任太仆寺丞、司勋员外郎等职。曾漫游各地，足迹甚广。年少为诗，名陷轻薄，后历边塞，诗风变为雄浑。七律《黄鹤楼》名最著，李白有诗："眼前有景道不得，崔颢题诗在上头。"宋严羽《沧浪诗话》云："唐人七言律诗，当以崔颢《黄鹤楼》为第一。"

11. 鹦鹉洲："鹦鹉洲，在大江东，县西南二里。西过此洲，从北头七十步大江中流，与汉阳县分界。《后汉书》云：'黄祖为江夏太守时，黄祖长子射大会宾客，有献鹦鹉于此洲，故为名。'又《荆州记》云：'江夏郡城西临江，有黄鹤矶，又有鹦

244

鹉洲。侯景令宋子仙夜袭江夏，藏船于鹦鹉之洲。'"（《太平寰宇记》卷一一二）

12. 李监：李阳冰，生卒年不详，字少温，初为缙云令、当涂令，后官至国子监丞、集贤院学士。世称少监。他善词章，工书法，尤精小篆。为当涂令时，李白往依之，曾为白序其诗集。

13. 游仙洞："吕公洞，黄鹄矶上初无洞穴，但石迹隐然如门，叩之有声。……旧传有仙人隐其中，今鄂人谓之吕公洞。"（《湖广通志》卷七）

14. 东坡先生有诗纪其事：苏轼《东坡全集》卷三《李公择求黄鹤楼诗，因记旧所闻于冯当世者》云："黄鹤楼前月满川，抱关老卒饥不眠。夜闻三人笑语言，羽衣着屐响空山。非鬼非人意其仙，石扉三扣声清圆。洞中铿铉落门关，缥缈入石如飞烟。鸡鸣月落风驭还，迎拜稽首愿执鞭。汝非其人骨腥膻，黄金乞得重莫肩。持归包裹弊席毡，夜穿卯屋光射天。里间来观已变迁，似石非石铅非铅。或取而有众忿喧，讼归有司今几年。无功暴得喜欲颠，神人戏汝真可怜。愿君为考然不然，此语可信冯公传。"

15. "颇闻列仙人"句：李白《望黄鹤楼》中诗句。

16. 吕公：指吕洞宾（798—？）唐河中人，一说京兆人，名嵒，又作岩，字洞宾，以字显。号纯阳子，自称回道人。俗传为八仙之一。相传懿宗咸通中，登进士第。历仕德化令。后游京师，遇钟离权，授以丹诀。喜戴华阳巾，衣黄白襕衫，系大皂绦。后移居终南山修道，成为道教全真北五祖之一。

二十九日。早，有广汉僧世全、左绵僧了证来附从人舟[1]。日昳，移舟江口，回望堤上，楼阁重复，灯火歌呼，夜分乃已。招医赵随为灵照[2]视脉。

【注释】

　　1. 附从人舟：搭乘仆从的船。

　　2. 灵照：陆游女儿名。

三十日。黎明离鄂州，便风挂帆，沿鹦鹉洲南行。洲上有茂林神祠，远望如小山。洲盖祢正平被杀[1]处，故太白诗云："至今芳洲上，兰蕙不敢生。"[2]梁王僧辩击邵陵王纶军[3]至鹦鹉洲，即此地也。自此以南为汉水[4]，《禹贡》所谓"嶓冢导漾，东流为汉"者。水色澄澈可鉴，太白云"楚水清若空"[5]，盖言此也。过谢家矶、金鸡洑。矶不甚高，而石皆横裂，如累层甓[6]。得缩项鳊鱼[7]，重十斤。洑中有聚落[8]，如小县。出鲟鱼[9]，居民率以卖鲊[10]为业。晚泊通济口[11]，自此入沌。沌读如篆，《字书》云，水名，在江夏。过九月，则沌涸不可行，必由巴陵至荆渚。[12]

【注释】

　　1. 祢正平被杀：祢衡（173—198），字正平，平原般县人。

东汉末年名士，少有才辩，性刚傲慢，唯与孔融、杨修等人亲善。融数称述于曹操，操欲见之，衡称病不往。操召为鼓吏，大会宾客，欲辱衡，反为衡所辱。曹操怒，遣人送与刘表，表不能容，转送江夏太守黄祖之处。为黄祖所杀，终年二十六岁。有借物抒怀之《鹦鹉赋》传世。

2. "至今芳洲上"句：李白《望鹦鹉洲悲祢衡》中诗句。

3. 梁王僧辩击邵陵王纶军：王僧辩（？—555），字君才，南朝梁太原祁人。初为湘东王萧绎中兵参军，侯景之乱，萧绎用为大都督，领军讨伐。与陈霸先会师，大败侯景。后因迎立北齐扶植的梁贞阳侯萧渊明为帝，遭陈霸先反对，被其缢杀。邵陵王纶，纶字世调，生卒年不详，梁武帝第六子。天监十三年封邵陵王，为宁远将军，琅琊、彭城二郡太守等。大同中，为侍中、云麾将军。太清中，进中卫将军，拜司空。大宝中，假黄钺、都督中外诸军事。兵败，为西魏所杀。王僧辩击邵陵王纶军，事见《梁书·高祖三王传》："元帝闻其强盛，乃遣王僧辩帅舟师一万以逼纶，纶将刘龙武等降僧辩，纶军溃，遂与子踬等十余人轻舟走武昌。"

4. 汉水：又称汉江，古时曾叫沔水，全长一千五百多公里，为长江第一大支流。《太平寰宇记》卷一三二："汉水，在（汉川）县东南四十五里。《禹贡》：'嶓冢导漾，东流为汉。又东为沧浪之水，过三澨，至于大别，南入于江。'孔注：'泉始出山为漾水，至汉中东行乃为汉水。'"

5. 楚水清若空：李白《江夏别宋之悌》中诗句。

247

6. 层甓：层叠的砖。

7. 缩项鳊鱼："缩项鳊出襄阳，以禁捕，遂以槎断水，因谓之槎头缩项鳊。孟浩然云'鱼藏缩项鳊'，老杜云'谩钓槎头缩项鳊'，皆言缩项。而东坡乃谓'一钩归钓缩头鳊'，或疑坡为平侧所牵乃尔，殊不知长腰粳米、缩头鳊鱼，楚人语也。"（葛立芳《韵语阳秋》卷十六）

8. 聚落：即村落，人所聚居的地方。

9. 鲟鱼：又称鳇鱼，属于软骨硬鳞鱼类。

10. 鲊：一种用盐和红麹腌制的鱼。

11. 通济口：通济口在沌之东，自此始入沌。《剑南诗稿》卷十有《通济口》诗，是陆游淳熙五年六月东归时所作。"朝发嘉鱼县，晚泊通济口。睡起喜微凉，船窗一杯酒。长鱼吹浪声恐人，巨鼋露背浮瀹沦。今夕风生月复暗，寄语舟人更添缆。"

12. "沌洄不可行"句：范成大《吴船录》有"丁丑，发石首。百七十里，至鲁家洑。自此至鄂渚，有两途。一路遵大江，过岳阳及临湘、嘉鱼二县。岳阳通洞庭处，波浪连天，有风即不可行，故客舟多避之。一路自鲁家洑入沌。沌者，江傍支流，如海之岬，其广仅过运河，不畏风浪。两岸皆芦荻，时时有人家。但支港通诸小湖，故为盗区。客舟非结伴作气不可行。偶有鄂兵二百更戍，欲归过荆南，遂以舟载，使偕行"。巴陵指岳阳，荆渚指荆州。

九月一日。始入沌，实江中小夹也。过新潭，有龙祠[1]，甚华洁。

248

自是遂无复居人，两岸皆葭苇弥望，谓之百里荒²。又无挽船，舟人以小舟引百丈³，入夜才行四五十里，泊丛苇中。平时行舟，多于此遇盗，通济巡检⁴持兵来警逻，不寐达旦。

【注释】

1.龙祠：祭祀龙神的祠庙。《剑南诗稿》卷二《雨中泊赵屯有感》诗中也提到龙祠，"鱼市人烟横惨淡，龙祠箫鼓闹黄昏"。

2.百里荒："庚辰。行过所谓百里荒者。皆湖泺茭芦，不复人迹，巨盗之所出没。月色如昼，将士甚武。彻夜鸣舻，弓弩上弦，击鼓钲以行，至晓不止。"（范成大《吴船录》卷下）

3.百丈：牵船的缆绳。宋程大昌《演繁露》卷十五"百丈"条记载："杜诗舟行多用百丈，问之蜀人，云水峻，岸石又多廉棱，若用索牵，即遇石辄断，不耐，故劈竹为大瓣，以麻索连贯其际，以为牵具，是名百丈。百丈，以长言也。《南史·朱超石传》：宋武北伐，超石董舟师入河阳，人缘河南岸牵百丈，则知有百丈矣。"

4.通济巡检：巡检，官署名巡检司，官名巡检使，省称巡检。宋时于沿边、沿江、沿海置巡检司。掌训练甲兵，巡逻州邑之职。通济巡检，负责通济口航行安全的巡检使。

二日。东岸苇稍薄缺，时见大江森弥¹，盖巴陵²路也。晴时，次下郡，始有二十余家，皆业渔钓，芦藩茅屋，宛有幽致。鱼尤不论钱。自此始复有挽路，登舟背望竟陵³远山。泊白臼，有庄居数家，门外皆古柳侵云。

【注释】

1. 淼弥：烟波辽阔貌。

2. 巴陵：岳阳古称巴陵。

3. 背望竟陵：背望，北望。竟陵，今湖北天门，古称竟陵。《元和郡县志》卷二三："复州，《禹贡》荆州之域，春秋战国并属楚。《史记》白起拔郢，东至竟陵，即此是也。秦属南郡，在汉即江夏郡之竟陵县地也。晋惠帝分江夏立竟陵郡，周武帝改置复州，取州界复池湖为名也。贞观七年州理在沔阳县，宝应二年移理竟陵县。"

三日。自入沌，食无菜。是日，始得菘及芦菔[1]，然不肯斸[2]根，皆刈叶而已。过八叠洑口，皆有民居。晚泊归子保，亦有十余家，多桑柘榆柳。

【注释】

1. 菘及芦菔：菘，蔬菜名，又分为白菜、青菜、黄芽菜数种。芦菔，即萝卜。

2. 斸：砍、挖。

四日。平旦，始解舟。舟人云，自此陂泽[1]深阻，虎狼出没，未明而行，则挽卒多为所害。是日早，见舟人焚香祈神，云：告红头须、小使头、长年三老[2]，莫令错呼错唤。问何谓长年三老，云梢工是也。长，读如长幼之长。乃知老杜"长年三老长歌里，白昼摊钱高浪中"[3]之语，盖如此。因问何谓摊钱[4]，云：博也。按梁冀能意钱之戏，注云：即摊钱也。则摊钱之为博，亦信矣。过纲步[5]，有二十余家，在夕阳高柳中，短篱晒罾，小艇往来，正如画图所见，沌中之最佳处也。泊毕家池[6]，地势爽垲[7]，居民颇众。有一二家，虽茆荻结庐[8]，而窗户整洁，藩篱坚壮，舍傍有果园甚盛，盖亦一聚之雄也。与诸子及二僧步登岸，游广福永固寺，阒然[9]无一人。东偏白云轩前，橙方结实，虽小而极香，相与烹茶破橙。抵暮，乃还舟中。毕家池，盖属复州玉沙县沧浪乡云。

【注释】

1.陂泽：湖泽。

2.长年三老：三老，柁工。《九家集注杜诗》卷二六《拨闷》诗"长年三老遥怜汝"句注："长年三老，川中呼舟师之名。梦弼曰：'峡中以蒿师为长年拖工，三老今俗谓之翁洗。'"

3."长年三老长歌里"句：杜甫《夔州歌》（其七）中诗句。

4.摊钱：赌博的一种。唐李匡乂《资暇集》："钱戏，有每以四文为一列者，即史传所云意钱也，俗谓之摊钱，亦曰摊铺其钱。不使叠映欺惑也。"又宋赵与时《宾退录》："因问何谓摊钱，云博也。按：梁冀能意钱之戏。注云：即摊钱也。则掷钱之为博亦信矣。"梁冀（？—159），字伯卓，东汉时期外戚，大将军梁商之子，两妹分别为顺帝、桓帝皇后。

5.纲步：在今湖北监利县东北。

6.毕家池：在今湖北监利县东北。

7.爽垲：高爽干燥。《左传·昭公三年》："子之宅近市，湫隘嚣尘，不可以居，请更诸爽垲者。"杜预注："爽，明；垲，燥。"

8.茆荻结庐：指茅竹建成的房子。

9.阒然：寂静无声貌。

五日，泊紫湄。

六日。过东场。并水皆茂竹高林，堤净如扫，鸡犬闲暇，凫鸭浮没。人往来林樾[1]间，亦有临渡唤船者，使人恍然如造异境。舟人云，皆村豪园庐也。泊鸡鸣。

【注释】

1.林樾：林木、林间隙地。唐皮日休《桃花坞》诗："夤缘度南岭，尽日寄林樾。"

七日。泊湛江。

八日。早，次江陵之建宁镇，盖沌口[1]也。晋王澄弃荆州，别驾郭舒不肯从澄东下[2]，乃留屯沌口；陈侯安都讨王琳[3]至沌口；皆此地也。阻风，大鱼浮水中无数。凡行沌中七日，自是

泛江，入石首县⁴界。夜观隔江烧芦场，烟焰亘天如火城，光
照舟中皆赤。

【注释】

1. 沌口：沌水入长江之口。《水经注》卷三五："沌水，上承
新阳县之太白湖，东南流为沌水，迳沌阳县南注于江，谓之
沌口。"

2. "晋王澄弃荆州"句：王澄（269—312），西晋琅琊临沂人，
字子平，时称阿平。王衍弟，少历显位。惠帝末，任荆州刺史，日
夜纵酒，投壶博戏，不理政务。又残杀巴蜀流民，八千余人沉江而
死，激起巴蜀流民起义。后逃归，征为军谘祭酒。过豫章，诣王敦，
敦使力士扼杀之。郭舒，生卒年不详，字稚行，东晋南阳顺阳人。
始为领军校尉，刘弘牧荆中引为治中。王澄闻其名，引为别驾。澄
终日酣饮，不理政务，舒常切谏之。及天下大乱，又劝澄修德养威，
保完州境。王澄败奔，欲舒东下，不从，乃留屯沌口。

3. 陈侯安都讨王琳：侯安都（520—563），陈朝名将，字成
师，始兴曲江人。封桂阳郡公，除征南大将军、江州刺史。工隶
书，能鼓琴，涉猎书传，为五言诗，兼善骑射。卒年四十四。王
琳（526—573），字子珩，会稽山阴人。仕梁为将帅。梁亡，立
永嘉王庄于荆州，挺身归齐，欲存梁绪。累封巴陵郡王，终特进
侍中。陈将吴明彻来寇，军败被杀。侯安都讨王琳，事见《陈书》
卷八列传第二："王琳拥据上流，诏命侯安都为西道都督，文
育为南道都督，同会武昌。与王琳战于沌口，为琳所执，后得

逃归，语在安都传。"

4. 石首县：位于湖北省中南部。《湖广通志》卷九："石首山，县西北二里，大江中有石孤立，在北山之首，县以此名。"据《读史方舆纪要》载："自竟陵南至大江，并无岗陵之阻，渡江至石首，始有浅山，石首者，石自此而首也。"

九日。早，谒后土祠[1]。道旁民屋，苫茅皆厚尺余，整洁无一枝乱。挂帆抛江行三十里，泊塔子矶[2]，江滨大山也。自离鄂州，至是始见山。买羊置酒，盖村步以重九故[3]，屠一羊，诸舟买之，俄顷而尽。求菊花于江上人家，得数枝，芳馥可爱，为之颓然径醉。夜雨极寒，始覆絮衾[4]。

【注释】

1. 后土祠：祭祀土地神的祠庙。

2. 塔子矶：《剑南诗稿》卷二有《塔子矶》诗"塔子矶前艇子横，一窗秋月为谁明？青山不减年年恨，白发无端日日生。七泽苍茫非故国，《九歌》哀怨有遗声。古来拨乱非无策，夜半潮平意未平"。

3. 村步以重九故：村步，村边泊船处。步，通埠。唐司马扎《晓过伊水寄龙门僧》诗："几家烟火依村步，何处渔歌似故乡。"重九，即重阳节。《易经》中把"六"定为阴数，把"九"定为阳数，九月九日，日月并阳，两九相重，故而叫重阳，也叫重九，古人以此为吉日，加以庆贺。陆游在此地过节，《剑南诗稿》卷二有《重阳》诗一首："照江丹叶一林霜，折得黄花更断肠。商略此时须痛饮，细腰宫畔过重阳。"

4. 絮衾：棉被。

十日。阻风雨。遣小舟横绝江面，至对岸买肉食，得大鱼之半，又得一乌牡鸡[1]，不忍杀，畜于舟中。俄有村翁持茭萌[2]一束来饷，不肯受直。遣人先之甊。晚晴，开船窗观月。

【注释】

1. 乌牡鸡：黑色公鸡。

2. 茭萌：新鲜的茭白。

十一日。舟行，望西南一角，水与天接。舟人云，是为潜军港，古尝潜军伺敌于此。遥见港中有两点正黑，疑其远树，则下不属地，久之，渐近可辨，盖二千五百斛大舟也。又有水禽双浮江中，色白，类鹅而大，楚人谓之天鹅[1]，飞骞[2]绝高，有弋得者，味甚美，或曰即鹄也。泊三江口，水浅，舟行甚艰。自此遂不复有山。太白诗："山随平野尽，江入大荒流。"[3]盖荆渚所作也。

【注释】

1. 天鹅：即鹄，形状像鹅而体形较大，全身白色，上嘴分黄色和黑色两部分，脚和尾都短，脚黑色，有蹼。生活在海滨或湖边，善飞，吃植物、昆虫等。

2. 飞骞：飞行。白居易《游悟真寺一百三十韵》："衣服似羽翮，开张欲飞骞。"

3. "山随平野尽"句：李白《渡荆门送别》诗句。

十二日。过石首县，不入。石首自唐始为县，在龙盖山[1]之麓，下临汉水，亦形胜之地。杜子美有《送石首薛明府》诗，即此邑也。泊藕池[2]。

【注释】

1. 龙盖山：位于湖北省石首市城内，又名南岳山，西与马鞍山、笔架山连绵挺立。据传此处每当雾霭笼罩则必下雨，故名龙盖山。唐代将军李靖曾在此屯兵，《湖广通志》卷二五："李卫公祠在龙盖山上，李靖取江陵破萧铣，后人祀之。"

2. 藕池：位于湖北石首西北长江上荆江南岸，以"池多盛产莲藕"而得名。

十三日。泊柳子。夜过全、证二僧舟中，听诵梵语《般若心经》[1]。此经惟蜀僧能诵。

【注释】

1. 梵语《般若心经》：梵语是古印度标准书面语，相对于一般民间俗语，又称为雅语。我国及日本依此语为梵天（印度教的主神之一）所造的传说，而称其为梵语。《般若心经》，又称《般若波罗蜜多心经》，或简称《心经》，全经只有一卷，二百六十字，属于《大品般若经》六百卷中的一节，被认为是般若经类的提要，由浅入深地概括了《大品般若》的义理精要。"般若"，本意为智慧，但这智慧是指佛教的"妙智妙慧"。"波罗蜜多"，意为度，即"度生死苦海，到涅槃彼岸"。"心经"的"心"，意为核心，即集合了般若大经的精要而成。

十四日。次公安[1]，古所谓油口也。汉昭烈驻军，始更今名。规模气象甚壮。兵火之后，民居多茅竹，然茅屋尤精致可爱。井邑亦颇繁富，米斗六七十钱。知县右儒林郎周谦孙[2]来，湖州人。游二圣报恩光孝禅寺[3]。二圣谓青叶髻如来、娄至德如来也，皆示鬼神力士之形，高二丈余，阴威凛然可畏。正殿中为释迦；右为青叶髻，号大圣；左为娄至德，号二圣；三像皆南面。予按藏经驹字函[4]，娑罗浮殊童子成道，为青叶髻如来，青叶髻如来再出世，为楼至如来，则二如来本一身耳。有碑言邑人一夕同梦二神人，言我青叶髻、娄至德如来也，有二巨木，在江干，我所运者，俟鄀行者[5]来，令刻为我像。已而果有人自称鄀行者，又善肖像，邑人欣然请之。像成，人皆谓酷类所梦。然碑无年月，不知何代也。长老祖珠，南平军人。寺后有废城，

《湖北地图》

清代青绿彩绘（法国国家图书馆藏）

天平山
大浪山
松盖嶺
龍井山
隨州
德安營存城外春把總一員兵丁十四名
大光山
小光山
三鍾山
應山縣
吉山
三山
小光山
新添舖
雲夢
白岩山
神山
雲夢縣
德安營存城外春把總一員兵丁三十二名
孝感縣
安陸縣
德安府
應城縣
德安營存城外春千總一員兵丁十四名防汛兵丁十六名
京山縣
興隆寺
象石岡
天門縣
漢川縣
紫雲湖
百文湖
石洋湖
汪泉湖
五雲湖
清水湖
洪湖
横湖
湖山寺
五華山
龍山
陽台山
小別山
一百二十里

仿佛尚存，图经谓之吕蒙城[6]。然老杜乃曰："地旷吕蒙营，江
深刘备城。"[7]盖玄德、子明皆屯于此也。老杜《晓发公安》诗
注云："数月憩息此县。"按公《移居公安》诗云："水烟通径草，
秋露接园葵。"而《留别公安太易沙门》诗云："沙村白雪仍含冻，
江县红梅已放春。"则是以秋至此县，暮冬始去。其曰数月憩息，
盖为此也。泊弭节亭。驯鸥低飞往来，竟日不去。

【注释】

1.公安："公安县，即后汉作唐县地，在西偏又为孱
陵县地。俱属吴之南郡。《荆州记》云：'先主败于襄阳，奔荆州。吴大帝
推先主为左将军、荆州牧，镇油口，即居此城。时号先主为左公，
故名其城为公安也。'"(《太平寰宇记》卷一四六)《剑南诗稿》
卷二《公安》："地旷江天接，沙赪市井移。避风留半日，买米待
多时。蝶冷停菰叶，鸥驯傍舻枝。昔人勋业地，搔首叹吾衰。(自
注：县有吕子明旧城。)"

2.周谦孙：其人不详。

3.二圣报恩光孝禅寺："二圣寺，旧县东北二里，东晋道安、
慧远二法师建。"(《湖广通志》卷七八)范成大《吴船录》卷下：
"至公安县，登二圣寺。二圣之名，江湖间竞尚之，即在处佛寺
门两金刚神也。此则迁之殿上。传记载发迹灵异，大略出于梦
应。云是千佛数中最后者，一名娄至德，一名青叶髻。江岸善
隤，或时巨足迹印其处则隤止。"

4. 藏经驹字函：藏经，也叫《大藏经》，一般由经、律、论三部分组成。"经"是指释迦牟尼佛亲口所说，由其弟子所集成的法本，"律"是指佛陀为其弟子所制定的戒条，"论"是佛陀的弟子们在学习佛经后所得的心得。我国第一部佛教大藏经是始刻于北宋开宝四年的《开宝大藏经》，略称《开宝藏》，是历代汉文雕版《大藏经》之祖。驹字函，我国首创了《大藏经》以"千字文"为顺序的目录体系，驹字函指部首以"驹"字为内容的木函。

5. 鄯行者：鄯指鄯善，即楼兰，古代西域国名，在中国新疆维吾尔自治区境内。行者，指行脚乞食的苦行僧人。

6. 吕蒙城：吕蒙（178—219），字子明，三国吴汝南富陂人。少依孙策部将邓当，当死，代领其众，拜别部司马，从孙权征丹阳。汉献帝十三年，征黄祖有功，擢横野中郎将。又与周瑜等败曹操于赤壁，拜偏将军。鲁肃卒，蒙领其众，袭公安，下南郡，破关羽，据有荆州，拜南郡太守，封孱陵侯。吕蒙城，宋王象之《舆地纪胜》："吕蒙城，在公安县北五十步。"

7. "地旷吕蒙营"句：杜甫《公安县怀古》中诗句。

【校记】

〔其日数月憩息，盖为此也〕知不足斋本"为"作"谓"。

十五日。周令说县本在近，北枕汉水，沙虚岸摧，渐徙而南，今江流，乃昔市邑也。又云，县有五乡，然共不及二千户，地旷民寡如此。民耕尤苦，堤防数坏，岁岁增筑不止。晚携家再游二圣寺。众寮有维摩刻木像[1]，甚佳，云沙市工人所为也。方丈西有竹轩，颇佳。珠老说五祖法演禅师，初住四面山[2]，子然独处，凡二年，始有一道士来问道，乃请作知事[3]。又三年，僧宝良来与道士朝夕参叩，皆得法。于是演公之道，寖为人知，而四方学者，始稍有至者。虽其后门人之盛称天下，然终身不过数十众。珠闻此于其师卍庵颜禅师[4]。荆州绝无禅林，惟二圣而已。然蜀僧出关，必走江浙，回者又已自谓有得，不复参叩。故语云："下江者疾走如烟，上江者鼻孔撩天[5]。徒劳他二佛打供，了不见一僧坐禅。"

【注释】

1. 众寮有维摩刻木像：寮指小屋。维摩是维摩诘的简称，和释迦牟尼同时，是毗耶离城中的一位大乘居士。尝以称病为由，向释迦遣来问讯的舍利弗和文殊师利等宣扬教义。

2. "五祖法演禅师"句：五祖法演禅师（？—1104），北宋临济宗杨岐派僧。绵州巴西人。初习百法、唯识诸论，后投白云守端禅师，精勤参究，遂廓然彻悟。初住四面山，后还迁白云山，晚年曾住太平山，更迁蕲州五祖山东祥寺，世称"五祖法演"。四面山，在今湖北宜昌市西。

3. 知事：僧职之一，主事之别名，专管僧院事务。

4. 卍庵颜禅师：即道颜禅师，卍庵为其号。《渭南文集》卷二六有《跋卍庵语》："乾道庚寅十月入蜀，舟过公安二圣，见祖珠长老，得此书。珠自言南平军人，得法于卍庵云。"

5. 鼻孔撩天：仰起头来鼻孔朝天，形容高傲自大。

十六日。过白湖，森然无津，抛江至升子铺。有天鹅数百，翔泳水际。日入，泊沙市[1]。自公安至此六十里，自此至荆南陆行十里，舟不复进矣。老杜诗云："买薪犹白帝，鸣橹已沙头。"[2] 刘梦得云："沙头樯干上，始见春江阔。"[3] 皆谓此也。

【注释】

1. 沙市："江陵府：沙头市，去城十五里。四方之商贾辐辏，舟车骈集，为之沙头市。"（宋王象之《舆地纪胜》）《剑南诗稿》卷二有《沙头》诗："游子行愈远，沙头逢暮秋。孙刘鼎足地，荆益犬牙州。鼓角风云惨，江湖日夜浮。此生应衮衮，高枕看东流。"

2. "买薪犹白帝"句：杜甫《送王十六判官》诗句。

3. "沙头樯干上"句：刘禹锡《荆州歌二首》中诗句。

十七日。日入后，迁行李过嘉州赵青船，盖入峡船也[1]。沙市堤上居者，大抵皆蜀人。不然，则与蜀人为婚姻者也。

【注释】

263

1."过嘉州赵青船"句:嘉州,今四川乐山;赵青,船主的名字。过三峡必须换乘专门的"入峡船"。陆游在其后二十日日记中还详细记载了此船的特征。

十八日。见知府资政殿学士刘恭父珙[1]、通判右奉议郎权嗣衍[2]、左宣教郎陈孺[3]。荆南[4],图经以为楚之郢都,梁元帝[5]亦尝都焉。唐为江陵府荆南节度,今因之。然牧守署衔,但云知荆南军府,与永兴、河阳正同,初无意义,但沿旧而已。

【注释】

1. 资政殿学士刘恭父珙:刘珙(1122—1178),字共父,崇安人。高宗绍兴十二年进士,监潭州南岳庙。二十一年,为诸王宫大小学教授。二十四年,权秘书省校勘、中书舍人。次年,以忤秦桧罢。历中书舍人、翰林学士、知制诰兼侍读,同知枢密院事,兼参知政事。出知隆兴府兼江南西路安抚使,知荆南府兼荆湖北路安抚使,再知潭州,知建康府兼江南东路安抚使兼行宫留守。《宋史》卷三八六有传。资政殿学士,职名,职能为优待参知政事等执政官之离任者,正三品。

2. 权嗣衍:其人不详。

3. 陈孺:生卒年不详,字汉卿,一字石老,临川人。绍兴十八年进士。历和州助教,除秘书省正字。淳熙九年以显谟、郎中守江陵。

4. 荆南：又称南平、北楚，高季兴所建，为五代十国时期十国之一。都荆州，辖荆、归、峡三州。

5. 梁元帝：萧绎（508—554），字世诚，小字七符。萧衍第七子，南朝梁皇帝。在位三年，后被其子萧方智追尊为元帝。

十九日。郡集于新桥马监[1]，监在西门外四十里。自出城，即黄茅弥望，每十余里，有村疃[2]数家而已。道遇数十骑纵猎，获狐兔，皆系鞍上，割鲜藉草[3]而饮，云襄阳军人也。是日极寒如穷冬，土人云，此月初已尝有雪。[4]

【注释】

1. 马监：牧马监，蓄养、放牧国马之所。

2. 村疃：即村庄。唐彦谦《夏日访友》诗："孤舟唤野渡，村疃入幽邃。"

3. 割鲜藉草：割鲜，割杀畜兽。张衡《西京赋》："割鲜野飨，犒勤赏功。"《文选》张铣注："谓披破牲体以布赐士卒，割新杀之兽劳赏勤功。"藉草，坐卧在草地上。李白《江夏送张丞》："藉草依流水，攀花赠远人。"

4. "是日极寒"句：《剑南诗稿》卷二有《大寒出江陵西门》诗"平明羸马出西门，淡日寒云久吐吞。醉面冲风惊易醒，重装藏手取微温。纷纷狐兔投深莽，点点牛羊散远村。不为山川多感慨，岁穷游子自消魂"。

二十日。倒樯竿，立橹床[1]。盖上峡惟用橹及百丈，不复张帆矣。百丈以巨竹四破为之，大如人臂。予所乘千六百斛舟，凡用橹六枝，百丈两车。

【注释】

1. 倒樯竿，立橹床：樯竿，船桅杆。刘禹锡《淮阴行》："好日起樯竿，乌飞惊五两。"橹床，安在船上或船旁比桨要长要大的工具，需用底座固定，这种底座称为橹床。《剑南诗稿》卷二有《将离江陵》："昨日倒樯竿，今日联百丈。买薪备雨雪，储米满瓶盎。"

二十一日。刘帅丁内艰[1]，分迓兵[2]之半负肩舆[3]，自山路先归夔州。是日，重雾四塞。

【注释】

1. 丁内艰：丧制名。凡子遭母丧，称丁内艰。
2. 迓兵：唐宋时官衙的卫兵。迓，通"衙"。
3. 肩舆：亦作"肩舁"，指轿子。白居易《东归》诗："翩翩平肩舁，中有醉老夫。"

二十二日。五鼓，赴能仁院，建会庆节道场[1]。中夜后，舟人祀峡神，屠一豨。

【注释】

1. 建会庆节道场：会庆节，南宋孝宗赵眘的诞日节庆，时在十月二十二日。建道场，指举办喜庆活动的地方。

二十三日。奠刘帅母安定郡太夫人卓氏。刘帅受吊礼[1]，与吴人同。

【注释】

1. 吊礼：吊丧的礼制。

二十四日。见左朝奉郎湖北安抚司主管机宜文字牛达可[1]、右奉议郎安抚司干办公事汤衡[2]、右朝奉郎安抚司干办公事赵蕴[3]。

【注释】

1. 安抚司主管机宜文字牛达可：牛达可，其人未详。安抚司主管机宜文字，属官名，安抚使幕僚官，掌本司文书草拟、收发等公事。多由宗室、外戚、地方豪门子弟之贤者差充。

2. 安抚司干办公事汤衡：汤衡，陈郡人，曾从张孝祥游，为张词集《张紫微雅词》作序。安抚司干办公事，属官名，承办本司公事。编制四员、五员或止一员，无常制。

3. 赵蕴：其人未详。

二十五日。右文林郎知归州兴山县高祁[1]来。

【注释】

1.知归州兴山县高祁：高祁，其人未详。兴山县，在湖北宜昌。《太平寰宇记》卷一四八："兴山县，本汉秭归县地，三国时其地属吴。至景帝永安三年分秭归县之北界立为兴山县，属建宁郡。隋废之。唐武德三年又置。"

二十六日。修船始毕，骨肉入新船[1]。祭江渎庙，用壶酒、特豕。[2]庙在沙市之东三四里，神曰昭灵孚应威惠广源王[3]，盖四渎之一，最为典祀之正者。然两庑淫祠[4]尤多，盖荆楚旧俗也。司法参军右迪功郎王师点[5]，录其叔祖君仪待制《讼》卦讲义[6]来。君仪，严州人，师事先大父[7]，精于《易》，然遗书不传，讲义止存一篇而已，然亦其少作也。

【注释】

1.骨肉入新船：骨肉，比喻至亲，亲人。此指同行的家人。《剑南诗稿》卷二有《移船》："沙际舟衔尾，相依作四邻。暮年多感慨，分路亦酸辛。折竹占行日，吹箫赛水神。无劳问亭驿，久客自知津。"

2."祭江渎庙"句：古有祭祀四渎水神的民俗传统。江渎庙乃祭江之所，分布于长江沿岸。特豕，一头猪。不兼用二牲而专用一种牲畜者，称特牲。

3. 昭灵孚应威惠广源王：沙市的长江神，被宋廷封为昭灵孚应威惠广源王。

4. 淫祠：不合礼仪而设置的祠庙，邪祠。

5. 司法参军右迪功郎王师点：王师点，其人不详。司法参军，全称为"司法参军事"，幕职官名，掌刑法、断刑。上州司法参军从八品，中、下州从九品。

6. 君仪待制《讼》卦讲义：王昇（1052—1132），字君仪，宋严州人。布衣蔬食，广阅诸书。为湖、婺二州学官。罢归，居乌龙山中，每以《易》言祸福，有《易说》。待制，本为侍从、献纳之臣，实无职守，但为文臣差遣帖职，从四品。《讼》卦讲义，阐述《讼》卦义理的著作。《讼》卦为《易经》六十四卦之第六卦，论述国与国争讼之卦。

7. 师事先大父：先大夫，陆游祖父陆佃。《宋史》列传卷一〇二云："陆佃，字农师，越州山阴人。居贫苦学，夜无灯，映月光读书。蹑屩从师，不远千里。过金陵，受经于王安石。……每有所议，神宗辄曰：'自王、郑以来，言礼未有如佃者。'……以修撰《神宗实录》徙礼部。数与史官范祖禹、黄庭坚争辩，大要多是安石，为之晦隐。庭坚曰：'如公言，盖佞史也。'佃曰：'尽用君意，岂非谤书乎？'"君仪，严州人，师事先大父，方勺《泊宅编》卷一对其事迹有记载："壬子正月，（君仪）微感疾，谓贰车黄策曰：'陆农师待我为属官，不久当往，但《太元书》未毕，且不及见上元甲子太平之会，此为恨尔。'"

二十七日。解舟，击鼓鸣橹，舟人皆大噪，拥堤观者如堵墙。泊新河口，距沙市三四里，盖蜀人修船处。

二十八日。泊方城。有嘉州人王百一者，初应募为船之招头[1]。招头，盖三老之长，顾直差厚，每祭神，得胙肉[2]倍众人。既而船户赵青，改用所善程小八为招头。百一失职怏怏，又不决去，遂发狂赴水[3]。予急遣人拯之，流一里余，三没三踊，仅得出。一招头得丧，能使人至死，况大于此者乎！

【注释】

1. 招头：船上首领，船老大。
2. 胙肉：祭祀用的肉。
3. 赴水：投水自尽。

二十九日。阻风。

十月一日。过瓜洲坝、仓头、百里洲，泊沱灘。皆聚落，竹树郁然，民居相望。亦有村夫子聚徒教授，群童见船过，皆挟书出观，亦有诵书不辍者。沱[1]，江别名。《诗》"江有沱"、《禹贡》"岷山导江，东别为沱"是也。灘[2]，则《尔雅》所谓春秋夏有水，冬无水曰灘也。

【注释】

1. 沱：沱江，长江的支流，在四川中部。

2. 灉：《尔雅注疏》疏："灉，反入。"释曰："反，复也：谓河水决出而复入河者名灉。"陆游误。

【校记】

〔所谓春秋夏有水〕知不足斋本"秋夏"作"夏秋"。

二日。泊桂林湾。全、证二僧陆行来云，沿路民居，大抵多四方人，土著才十一也。舟人杀猪十余口祭神，谓之开头[1]。

【注释】

1. 开头：指撑头篙。

三日。舟人分胙，行差晚。与儿辈登堤观蜀江[1]，乃知李太白《荆门[2]望蜀江》诗"江色绿且明"为善状物也。自离塔子矶，至是始望见巴山[3]，山在松滋县。泊灌子口，盖松滋[4]、枝江[5]两邑之间。松滋，晋县，自此入蜀江。枝江，唐县，古罗国也，江陵九十九洲在焉。晋柳约之、罗述、甄季之闻桓玄死[6]，自白帝至枝江，即此地也。欧阳文忠公有《枝江山行》五言二十四韵。盖文忠赴夷陵时，自此陆行至峡州，故其《望州坡》诗云："崎岖几日山行倦，却喜坡头见峡州。"灌子口，一名松滋渡。刘宾客有诗云："巴人泪应猿声落，蜀客船从鸟道回。"[7]

【注释】

1. 蜀江："蜀江，发源岷山，经嘉、叙、泸、重庆，至（涪州）城下。自成都登舟十三程，至此会合黔江，过忠、万、云安、夔、归、峡，至荆南一千七百七十里。"（《方舆胜览》卷六一）

2. 荆门："荆门，在峡州宜都县，其地有荆门山，故后人因以广称其境，皆曰荆门耳。"（胡三省《通鉴注》）

3. 巴山："巴山，在松滋县。《左传》：巴人伐楚。按《荆南志》云：'巴人后逋而归，有巴复村，故名。'"（《方舆胜览》卷二七）

4. 松滋："江陵府：松滋县，次畿，在府西一百二十里。"（《太平寰宇记》）《剑南诗稿》卷二有《松滋小酌》《晚泊松滋渡口》等诗。其中《松滋小酌》尤多感慨："西游六千里，此地最凄凉。骚客久埋骨，巴歌犹断肠。风声撼云梦，雪意接潇湘。万古茫茫恨，悠然付一觞。"

5. 枝江："枝江县，在（荆州）府城西一百八十里，故罗国地。汉始置枝江县，属南郡，以蜀江至此分枝为诸洲，故名。"（《明一统志》卷六二）

6. 晋柳约之、罗述、甄季之闻桓玄死：事见司马光《资治通鉴》卷一一三《晋纪》三五"柳约之、罗述、甄季之闻桓玄死，自白帝进军，至枝江，闻何无忌等败于灵溪，亦引兵退，俄而述、季之皆病，约之诣桓振伪降，欲谋袭振，事泄，振杀之。约之司马时延祖、涪陵太守文处茂收其余众，保涪陵"。

7."巴人泪应猿声落"句：唐刘禹锡《松滋渡望峡中》诗句。

四日。过杨木寨[1]。盖松滋有四寨，曰杨木、车羊、高平、税家云。泊龙湾。

【注释】

1. 杨木寨：范成大《吴船录》卷下提到此地，"至杨木寨宿，……自出夷陵至是，回首西望，则杳然不复一点，惟苍烟落日，云平无际，有登高怀远之叹而已"。

五日。过白羊市，盖峡州宜都[1]县境上。宜都，唐县也。谒张文忠公天觉[2]墓，残伐墓木横道，几不可行。天觉之子直龙图阁茂已卒；二孙，一有官，病狂易；一白丁也。初作墓江滨，已而不果葬，改葬山间，今墓是也。而旧墓亦不复毁。启隧道出入，中可容数十人坐。有道人结屋其旁守之。道人出一石刻草书云："莫将外物寻奇宝，须问真师决汞铅。寄八琼张子高。钟离权[3]始自王屋游都下，弟子浮玉山人来乞此字。今又将西还，丹元子[4]再请书卷之末。绍圣元年仲冬望日。"权，即世所谓钟离先生。子高即天觉，丹元子即东坡先生与之酬唱者。后有魏泰道辅[5]跋云："天觉修黄箓醮法[6]成，浮玉山人谓之曰：上天录公之功，为须弥山八琼洞主，宜刻印谢帝而佩之。天觉不以为信，故浮玉又出钟离公书为证，后丹元子又为天觉求书卷末。"又有徐注[7]者跋云："天觉舟过真州，方出谒，有布衣幅巾者，径入舟中，索笔大书'闲人吕洞宾来谒张天觉'十字，掷笔即去。而天觉适归，墨犹未干。"注，真州人，云亲见之。坟前碑楼壁间，有诗一篇云："秋风十驿望台星，想见冰壶照坐清。霖雨已回公旦驾，挽须聊听野王筝。三朝元老心方壮，四海苍生耳已倾。白发故人来一别，却归林下看升平。"[8]盖魏道辅赠天觉诗，后人所题者。唐立夫[9]舍人亦有一诗，末句云："无碑堪堕泪，著句与招魂。"宜都知县右文林郎吕大辨[10]来。泊赤崖。

【注释】

1. 宜都：位于长江中游南岸。《舆地广记》卷二七："宜都县，二汉夷道县，地属南郡，刘备置宜都郡，晋宋齐梁皆因之。又析夷道，置宜昌县。隋开皇七年郡废，宜昌属江陵府，大业初夷道属夷陵郡，唐武德二年改宜昌为宜都。"

2. 张文忠公天觉：张商英（1043—1121），字天觉，号无尽居士，四川新津人。任南川知县时，章惇延聘为座上客，荐于王安石，擢为监察御史。哲宗初年任河南开封府推官，反对更改新法，出为地方官。哲宗亲政，应召为右正言、左司谏，上疏攻击司马光、吕公著等元祐旧臣，后因卷入章惇、安焘之争遭哲宗贬斥。徽宗崇宁初年任吏部、刑部侍郎，翰林学士。蔡京拜相时，任尚书右丞、左丞。与蔡京议政不合，出任亳州、鄂州等地知州。大观四年拜尚书右仆射。为政时劝徽宗节华侈，息土木，宽民力；又行钞法，通商旅。未几，为何执中弹劾，贬至衡州。蔡京再度为相，复还原官职，卒谥文忠。著有《无尽居士集》。

3. 钟离权：唐咸阳人，生卒年不详，号云房先生、和谷子、真阳子。相传遇老人授仙诀，又遇华阳真人上仙王玄甫传道。与吕洞宾同时。为后世所传八仙之一。

4. 丹元子："姚安世，自号丹元先生，吴郡人，居饮马桥，扁其宅为宁极斋。"（《吴中人物志》卷九）《姑苏志》亦记曰："宁极斋在饮马桥，郡人方士姚安世所居。安世能诗文，亦辩博，自号丹元子。"苏轼有《丹元子示诗，飘飘然有谪仙风气，吴传正继作，复次其韵》《次丹元姚先生韵二首》等诗。

5. 魏泰道辅：魏泰，生卒年不详，字道辅，号汉上丈人，襄阳人，曾布妻弟。为人无行，数举进士不第，尝于试院中忿争，殴主考官几死，坐是不许取应。遂隐居，自号临汉隐居。博极群书，与吕惠卿、王安石、黄庭坚等有交。徽宗崇宁、大观间章惇为相，欲官之，不就。有《襄阳题咏》二卷，已佚。今存《临汉隐居诗话》一卷，《东轩笔录》十五卷等。

6. 黄箓醮法：道家洁斋法之一。《资治通鉴》卷二五六"唐纪七二僖宗光启三年"："与郑杞、董瑾谋因中元夜，邀高骈至其第建黄箓斋，乘其入静，缢杀之，声言上升。"胡三省注："黄箓大斋者，普召天神、地祇、人鬼而设醮焉，追忏罪根，冀升仙界，以为功德不可思议，皆诞说也。"

7. 徐注：生卒年不详，江苏仪征人，宣和六年进士。

8. "秋风十驿望台星"诗：魏泰《荆门别张天觉》诗。

9. 唐立夫：唐文若（1106—1165），字立夫，眉州丹棱人。唐庚之子。高宗绍兴五年进士。分教潼川府，通判洋州、遂宁府。二十六年，以光禄丞召，改秘书郎，迁起居郎。二十七年，被劾狂诞，出知邵州。改饶州，移温州。三十一年，召为宗正少卿，迁中书舍人。孝宗即位，出知汉州，入张浚都督府参赞军事。符离失利，降两官，改充江淮宣抚使司参赞军事。除知鼎州，改江州。乾道元年卒，年六十。有《遯庵文集》，已佚。《宋史》卷三八八有传。喻良能有《挽唐立夫舍人》："才名振西蜀，老气益中州。草制追盘诰，筹边动冕旒。已令荣压角，复遣饮遨头。千古九江恨，长随逝水流。"

10. 吕大辨：其人不详。宋晁公武《郡斋读书志》卷十三："《稗官志》一卷，皇朝吕大辨撰。杂记其所闻前言往行。"

卷

六

六日。过荆门十二碚[1]，皆高崖绝壁，崭岩突兀，则峡中之险可知矣。过碚，望五龙[2]及鸡笼山，嵯峨正如夏云之奇峰。荆门者，当以险固得名。碚上有石穴，正方，高可通人，俗谓之荆门，则妄也。晚至峡州[3]，泊至喜亭[4]下。峡州在唐为硖州，后改峡，而印文则为陕州。元丰中，郎官何洵直[5]建言，"陕"与"陕"相乱，请改铸印文从"山"。事下少府监[6]，而监丞欧阳发[7]言，湖北之陕州，从阜从夾，夾从两人，陕西之陕州，从阜从夹，夹从两入，偏旁不同，本不相乱，恐四方谓少府监官皆不识字。当时朝士之议皆是发，而卒从洵直言改铸云。《至喜亭记》，欧阳公撰，黄鲁直书。[8]

【注释】

1. 荆门十二碚：即荆门山，位于长江三峡的东口。《太平寰宇记》卷一四七："荆门山在县西北五十里，袁山松《宜都山川记》云：'南崖有山名荆门，北崖有山名虎牙。'"北魏郦道元《水经注》卷三四云："江水又东，历荆门虎牙之间。荆门在南，上合下开，暗彻南山，有门象；虎牙在北，石壁色红，间有白文，类牙形，并以物象受名。此二山，楚之西塞也。"古代舟行至此，先避虎牙而南，复避荆门而北，横流湍急，悬若千丈，非乘风奋楫，舟莫能进。晋郭璞《江赋》云："虎牙磔竖以屹崒，荆门阙竦而磐礴。"荆门山共有十二峰，故称十二碚。

2. 五龙："五龙山，《郡国志》云：'山有五峰，若龙状，国以名之。'"（《太平寰宇记》卷一四七）

3. 峡州：见第 87 页注 2。

4. 至喜亭：亭建于宋朝，由峡州太守朱庆基修建在大江边，以便船夫和商旅休憩。景祐四年欧阳修任夷陵县令时，为此亭撰写了《至喜亭记》。

5. 何洵直：生卒年不详，道州人。嗣全孙，友直兄。治平四年中进士第二名，授初等职官。历大理评事、司勋郎中。

6. 少府监：官署名，也是官名。元丰改制，依唐制，置监、少监，领文思、绫绵、染、裁造、文绣五院。

7. 欧阳发（1040—1085）：字伯和，宋古州庐陵人，欧阳修长子。少好学，师事胡瑗，不治科举文词，探研古代制度文物，旁及天文地理、古乐钟律。以父恩补将作监主簿、赐进士出身，累迁大理丞、殿中丞。苏轼极称其学。

8. "《至喜亭记》"句：欧阳修撰《至喜亭记》云"岷江之来，合蜀众水，出三峡为荆江。倾折回直，捍怒斗激，束之为湍，触之为旋，顺流之舟顷刻数百里，不及顾视，一失毫厘与崖石遇，则糜溃漂没，不见踪迹。故凡蜀之可以充内府、供京师而移用乎诸州者，皆陆出。而其羡余不急之物，乃下于江，若弃之然。其为险且不测如此。夷陵为州，当峡口，江出峡，始漫为平流。故舟人至此者，必沥酒再拜相贺，以为更生。尚书虞部郎中朱公再治是州之三月，作至喜亭于江津，以为舟者之停留也；且志夫天下之大险，至此而始平夷，以为行人之喜幸"。清王士禛《蜀道驿程记》："闻《至喜堂记》山谷书，尚存断碑数十字，在东门民家作砌石，语州守以他石易之。"

【校记】

〔卷六〕汲古阁本《入蜀记》卷六在《渭南文集》卷四八，"入蜀记"
三字下有双下小字："十月六日起，二十七日止。"。

七日。见知州右朝奉大夫叶安行字履道[1]。以小舟游西山甘泉
寺[2]，竹桥石磴，甚有幽趣，有静练、洗心二亭，下临江，山颇疏豁。
法堂之右，小径数十步，至一泉，曰孝妇泉，谓姜诗妻庞氏[3]也。
泉上亦有庞氏祠，然欧阳文忠公不以为信，故其诗曰："丛祠已
废姜祠在，事迹难寻楚语讹。"[4]又此篇首章云："江上孤峰蔽绿萝。"
初读之，但谓孤峰蒙藤萝耳，及至此，乃知山下为绿萝溪也。又
至汉景帝庙及东山寺[5]，景帝不知何以有庙于此。欧阳公为令时，
有祈雨文，在集中。东山寺，亦见欧阳公诗，距望京门五里。寺
外一亭，临小池，有山如屏环之，颇佳。亭前冬青及柏，皆百余
年物。遂至夷陵县[6]，见县令左从政郎胡振[7]。厅事东至喜堂，郡
守朱虞部为欧阳公所筑者[8]，已焚坏。柱础尚存，规模颇雄深。又东，
则祠堂，亦简陋，肖像殊不类，可叹。厅事前一井，相传为欧阳
公所浚，水极甘寒，为一郡之冠。井旁一梅[9]，合抱，亦传为公
手植。晚，郡集于楚塞楼[10]，遍历尔雅台[11]、锦嶂亭。亭前海棠
二本，亦百年物。尔雅台者，图经以为郭景纯[12]注《尔雅》于此。
又有绛雪亭[13]，取欧阳公《千叶红梨》诗，而红梨已不存矣。

1. 叶安行字履道：叶安行，生卒年不详，字履道，陆游旧友。《剑南诗稿》卷二有《过夷陵适值祈雪，与叶使君清饮，谈括苍旧游。既行，舟中雪作，戏成长句奉寄》诗："巴楚夷陵酒最醇，使君风味更清真。少年恨不从豪饮，薄宦那知托近邻。本拟笙歌娱病客，却催雨雪恼行人。朝来冻手题诗寄，莫笑敧斜字不匀。"括苍旧游，在绍兴三十一年正月，陆游自福州北返途中。

2. 甘泉寺：欧阳修有《和丁宝臣游甘泉寺》（自注云："寺在临江一山上，与县廨相对。"）"江上孤峰蔽绿萝，县楼终日对嵯峨。丛林已废姜祠在，事迹难寻楚语讹。……城头暮鼓休催客，更待横江弄月归"。苏轼有《留题峡州甘泉寺》（公自注：姜诗故居）："轻舟横江来，吊古悲纯孝。逶迤寻远迹，婉娈见遗貌。清泉不可挹，涸尽空石窖。古人飘何之，惟有风竹闹。行行玩村落，户户悬网罩。民风坦和平，开户夜无钞。丛林富笋茹，平野绝虎豹。嗟哉此乐乡，毋乃姜子教。"《剑南诗稿》卷十有《峡州甘泉寺》诗："江上甘泉寺，登临擅一州。山亭喜无恙，老子得重游。滩急常疑雨，林深欲接秋。归途更清绝，倚杖唤渔舟。"

3. 姜诗妻庞氏：东汉广汉人，庞盛之女，诗母好饮江水，妻溯流六七里而汲。值风，不能及时还，为诗所遣。寄止邻舍，昼夜纺织，市珍羞，使邻母以意自遗其姑。久之，姑感惭呼还，恩养愈谨。见《后汉书·列女传》。

4. "丛祠已废姜祠在"句：欧阳修《和丁宝臣游甘泉寺》诗。

句下自注云：“寺有清泉一泓，俗传为姜诗泉，亦有姜诗祠。案，诗，广汉人，疑泉不当在此。”

5. 汉景帝庙及东山寺：汉景帝庙，《湖广通志》卷二五载“汉景帝庙，在南门外。昭烈征吴，奉帝神主，驻跸于此”。东山寺，欧阳修《文忠集》卷十一有《冬后三日陪丁元珍游东山寺》《初晴独游东山寺五言六韵》两诗。

6. 夷陵县：在今湖北宜昌。《太平寰宇记》卷一四七：“夷陵县，本汉旧县，属南郡尉。吴谓之西陵，即此。按《郡国志》‘郡置在石鼻山上，县即白起所焚之地’。”

7. 胡振：其人不详。

8. “厅事东至喜堂”句：宋仁宗景祐二年，朱正基以虞部郎中调任峡州知州，对夷陵县进行了一系列的民俗改革和街道、城栅的修缮。景祐三年，朱正基在夷陵西塞门外的江津处建了一亭，取名“至喜”，并请这年五月被贬至夷陵任县令的欧阳修，为该亭撰写了一篇《峡州至喜亭记》，后由黄庭坚书写碑刻，亭以文显。厅事，指官署视事问案的厅堂。

9. 枏：同“楠”，楠木。常绿乔木，开绿色小花。木材纹理细密，质地坚硬，富有香味，是建筑和制作器具的好材料。

10. 楚塞楼：“州宅有楚塞楼，山谷所名。”（范成大《吴船录》卷下）

11. 尔雅台：宋王存《元丰九域志》称“尔雅台，郭璞注《尔雅》于此，故郡有郭雅台焉”。王十朋游峡州作《尔雅台》诗云：“隐迹江山郭景纯，学兼儒伎术通神。虫鱼草木归笺注，何害其为磊落人。"范成大《吴船录》卷下："郡圃又有尔雅台，相传郭景纯注《尔雅》于此，台对一尖峰，曰郭道山，景纯所居也。"

12. 郭景纯：郭璞（276—324），字景纯，河东闻喜人，西晋建平太守郭瑗之子。东晋著名学者，博学，好古文奇字，精天文、历算、卜筮，擅长诗赋。曾研究、注解《尔雅》十八年，解释古代名物，并为注音、作图。西晋末年战乱将起，郭璞躲避江南，历任宣城、丹阳参军。晋元帝时期，升至著作佐郎，迁尚书郎，又任将军王敦的记室参军。公元三二四年，力阻驻守荆州的王敦谋逆，被杀，时年四十九岁。事后被追赐为"弘农太守"。

13. 绛雪亭：取欧阳修《千叶红梨花》"风轻绛雪樽前舞，日暖繁香露下闻"诗意。该诗序云："峡州署中旧有此花，前无赏者，知郡朱郎中始加栏槛，命坐客赋之。"

八日。五鼓尽，解船，过下牢关[1]。夹江千峰万嶂，有竞起者，有独拔者，有崩欲压者，有危欲坠者，有横裂者，有直坼者，有凸者，有窪者，有罅者，奇怪不可尽状。初冬草木皆青苍不凋，西望重山如阙[2]，江出其间，则所谓下牢溪也。欧阳文忠公有《下牢津》诗云："入峡水渐曲，转滩山更多。"即此也。系船与诸子及证师登三游洞[3]，蹑石磴二里，其险处不可着脚。洞大如三间屋，有一穴通人过，然阴黑峻险尤可畏。缭山腹，偃偻[4]自岩下，至洞前，差可行。然下临溪潭，石壁十余丈，水声恐人。又一穴，后有壁，可居。钟乳岁久，垂地若柱，正当穴门。上有刻云："黄大临[5]、弟庭坚，同辛纮子大方[6]，绍圣二年三月辛亥来游。"旁石壁上刻云："景祐四年七月十日，夷陵欧阳永叔。"下缺一字。又云"判官丁"，下又缺数字。丁者，宝臣也，字元珍。[7]今丁字下二字，亦仿佛可见，殊不类元珍字。又永叔但曰夷陵，不称令。洞外溪上又有一崩石偃仆，刻云："黄庭坚、弟叔向、子相、姪槃同道人唐履[8]来游，观辛亥旧题，如梦中事也。建中靖国元年三月庚寅。"按鲁直初谪黔南[9]，以绍圣二年过此，岁在乙亥，今云辛亥者误也。泊石牌峡[10]。石穴中，有石如老翁持鱼竿状，略无少异。

【注释】

1. 下牢关：即下牢镇。"下牢镇，《元和郡县志》云：'在夷陵县二十八里。隋于此置峡州，贞观九年移于步阐垒，其旧城因置镇。'"（《舆地纪胜》卷七三）唐代元稹出川，白居易入川，在此相会。《剑南诗稿》卷十有《舟出下牢关》，为其淳熙五年五月东归道中作于夷陵："大舸凌惊涛，飞渡青玉峡。虚壁云蒙蒙，阴洞风飒飒。拂天松盖偃，入水山脚插。炎曦忽摧破，亭午手忘箑。悬知今夜喜，月白宿沙夹。旷哉七泽游，盟鸥不须歃。"

2. 阙：皇宫前的望楼，两两相对。

3. 三游洞："三游洞，白居易与弟知退及元微之会于夷陵，寻幽践胜。知退曰：'斯景胜绝，天地间有几乎？'"（《方舆胜览》卷二九）他们各赋诗一首，并由白居易作《三游洞序》："……以吾三人始游，故目为三游洞，洞在峡州上二十里，北峰下两崖相凑间。"三游洞即由此而得名，这是"前三游"。到了宋代，苏洵、苏轼、苏辙父子三人，也来游洞中，各题诗一首于洞壁之上，人们称之为"后三游"。《剑南诗稿》卷二有《系舟下牢溪，游三游洞二十八韵》："……久闻三游洞，疾走忘病婴。窦穴初漆黑，伛偻扪壁行。方虞触蛰蛇，附见一点明。扶接困僮奴，恍然出瓶罂。穹穹厦屋宽，滴乳成微泓。题名欧与黄，云蒸苍藓平。穿林走惊麕，拂面逢飞鼪。息倦盘石上，拾樵置茶铛。长啸答谷响，清吟和松声。辞卑不堪刻，犹足寄友生。"

4. 伛偻：腰背弯曲。

5. 黄大临（1041—1105）：字元明，号寅庵，洪州分宁人，黄庭坚之兄。历任龙泉令、梁县尉，授越州司理、萍乡令等。不用威猛之政，以仁慈称。

6. 辛纮子大方：黄氏兄弟的同游，生平不详。

7. "丁者"句：丁宝臣（1010—1067），字元珍，宋常州晋陵人。宋仁宗景祐元年同兄丁宗臣同登甲科进士，曾为峡州军事判官，与峡州夷陵县令欧阳修交好，政事之余，常相陪出外游赏，寄情山水，互有诗作唱和赠答。生平见《欧阳文忠公集》卷二五《丁君墓表》、《临川集》卷九一《丁君墓志铭》。著有《文集》（四十卷）已佚。

8. 弟叔向、子相、姪槃同道人唐履：黄庭坚的弟弟、儿子、侄子之名。道人唐履，其人不详。

9. 鲁直初谪黔南：黔南指黔州，今重庆彭水。绍圣二年，黄庭坚被贬为涪州别驾、黔州安置。

10. 石牌峡：在湖北宜昌西北。

【校记】

〔入峡水渐曲〕底本"水"作"山"，此从《说郛》本。

九日。微雪，过扇子峡[1]。重山相掩，政如屏风扇，疑以此得名。登虾蟆碚[2]，《水品》所载第四泉是也。虾蟆在山麓，临江，头、鼻、吻、颔绝类，而背崎疱[3]处尤逼真。造物之巧，有如此者。自背上深入，得一洞穴，石色绿润，泉泠泠有声，自洞出，垂虾蟆口鼻间，成水帘入江。是日极寒，岩岭有积雪，而洞中温然如春。碚洞相对稍西，有一峰，孤起侵云，名天柱峰[4]。自此山势稍平，然江岸皆大石堆积，弥望正如浚渠[5]积土状。晚次黄牛庙[6]，山复高峻。村人来卖茶菜者甚众，其中有妇人，皆以青斑布帕首[7]，然颇白晰，语音亦颇正。茶则皆如柴枝草叶，苦不可入口。庙曰灵感，神封嘉应保安侯，皆绍兴以来制书[8]也。其下即无义滩，乱石塞中流，望之可畏。然舟过乃不甚觉，盖操舟之妙也。传云，神佐夏禹[9]治水有功，故食于此。门左右各一石马，颇卑小，以小屋覆之。其右马无左耳，盖欧阳公所见也。庙后丛木，似冬青而非，莫能名者。落叶有黑文，类符篆[10]，叶叶不同，儿辈亦求得数叶。欧诗刻石庙中。又有张文忠一赞[11]，其词曰："壮哉黄牛，有大神力。

萃聚[12]巨石，百千万亿。剑戟齿牙，磈硊[13]江侧。壅激波涛，险不可测。威胁舟人，骇怖失色。刲羊釃酒[14]，千载庙食[15]。"张公之意，似谓神聚石壅流以胁人求祭飨。使神之用心果如此，岂能巍然庙食千载乎？盖过论[16]也。夜，舟人来告，请无击更鼓，云庙后山中多虎，闻鼓则出。

【注释】

1. 扇子峡："明月峡，在夷陵县，高七百余仞，倚江干。崖面白如月，又如扇，亦曰扇子峡。"（《舆地纪胜》卷七三）范成大有《扇子峡》诗："兹行看山真饱谙，今晨出峡仍穷探。南矶北矶白铁壁，千峰万峰碧玉簪。"《剑南诗稿》卷二有《扇子峡山腹有草阁小亭，极幽邃，意其非俗人居也》："绝境慰人心，谁家住玉岑？乱云生翠窦，密雪洒青林。高阁临空豁，孤亭陷邃深。定知非俗士，舻急不容寻。"

2. 虾蟆碚："虾蟆碚，在夷陵县。凡出蜀者，必酌水以瀹茗。"（《舆地纪胜》卷七三）唐陆羽《茶经》："峡州扇子山有石突然，泄水独清冷，状如龟形，俗云蛤蟆口水第四。"范成大《吴船录》："虾蟆碚在南壁半山，有石挺出，如大蟆，呿吻向江。泉出蟆背山窦中，漫流背上散下。蟆吻垂颐颔间如水帘以下于江，时水方涨，蟆去江面才丈余，闻水落时，下更有小矶承之。张又新《水品》亦录此泉。蜀士赴廷对，或挹取以为砚水，过此，则峡中滩尽矣。"《剑南诗稿》卷二有《虾蟆碚》诗："不肯爬沙桂树边，朵颐千古向岩前。

《虾蟆石》

（选自〔清〕汪国璋《峡江图考》）

巴东峡里最初峡，天下泉中第四泉。啮雪饮冰疑换骨，掬珠弄玉可忘年。清游自笑何曾足，叠鼓冬冬又解船。"

3. 疱：皮肤上长的像水泡的小疙瘩。

4. 天柱峰："在州西三十五里，三峰耸立如柱，故名。"（《读史方舆纪要》）

5. 浚渠：疏通水渠。

6. 黄牛庙：在黄牛峡上。《水经注》卷三四："江水又东，迳黄牛山下，有滩名曰黄牛滩。南岸重岭叠起，最外高崖间有石，色如人负刀牵牛，人黑牛黄，成就分明。既人迹所绝，莫得究焉。此岩既高，加以江湍纡回，虽途迳信宿，犹望见此物。故行者谣曰：'朝发黄牛，暮宿黄牛，三朝三暮，黄牛如故。'言水路纡深，回望如一矣。"范成大《吴船录》："至黄牛峡，上有洺川庙，黄牛之神也。亦云助禹疏川者。庙背大峰，峻壁之上，有黄迹如牛，一黑迹如人牵之，云此其神也。庙门两石马，一马缺一耳，东坡所书欧阳公梦记及诗甚详。至今人以此马为有灵，甚严惮之。"《剑南诗稿》卷二有《黄牛峡庙》诗："三峡束江流，崖谷互吐纳。黄牛不负重，云表恣蹴踏。吴船与蜀舸，有请神必答。谁怜马遭刵，百岁创未合。舵师浪奔走，烹炰陈酒榼。纷然馂神余，羹炙争噉嗑。空庭多落叶，日暮声飒飒。奇文粲可辨，高古篆籀杂。村女卖秋茶，簪花髻鬟匝，襁儿著背上，帖妥若在榻。山寒雪欲下，虎出门早阖。我行忽至此，临风久呜唈。"

7. 青斑布帕首：青色的底子带有白花的布。帕首，裹头。

8. 制书：古代皇帝为确定某人某事所应享有等级、规格所颁布的文书。

9. 夏禹：史前华夏诸族的共同领袖，富有神话色彩的传奇人物，因率众降洪有功，受舜帝禅让。

10. 落叶有黑文，类符篆：黑文，黑色纹理。符篆，道士在纸上画上各种图形和线条，迷信的人认为它具有很大的魔力，可以驱邪招福。因其图形和线条，笔画曲折，很像篆字，故称符篆。

11. 张文忠一赞：张文忠即张商英，见第274页注2。赞，古代文体的一种，一般用于歌颂。

12. 辇聚：聚集。

13. 磥砢：重叠高耸。

14. 刲羊醨酒：刲，宰。醨酒，滤酒，使酒变纯净。

15. 庙食：建立庙堂，接受祭祀。

16. 过论：过分之论。

【校记】

〔微雪〕中华本"雪"作"云"。

十日。早，以特豕、壶酒，祭灵感庙，遂行。过鹿角、虎头、史君诸滩[1]，水缩已三之二，然湍险犹可畏。泊城下，归州秭归县[2]界也。与儿曹步沙上，回望，正见黄牛峡。庙后山如屏风叠，嵯峨插天，第四叠上，有若牛状，其色赤黄。前有一人，如着帽立者。昨日及今早，云冒山顶，至是始见之。因至白沙市慈济院，见主僧志坚，问地名城下之由。云院后有楚故城，今尚在，因相与访之。城在一冈阜上，甚小。南北有门，前临江水，对黄牛峡。城西北一山，蜿蜒回抱，山上有伍子胥[3]庙。大抵自荆以西，子胥庙至多。城下多巧石，如灵璧、湖口之类。[4]

【注释】

1. 鹿角、虎头、史君诸滩："流头滩，在东湖县西一百里，一名虎头滩，或名狼头滩，有南北二滩。"又："鹿角滩，在东湖县西，一名支水，喷吐如雪。滩下乱石如困廪，无复寸土。"(《大清一统志》卷二七三)《剑南诗稿》卷二有《泊虎头滩下》："大舟已泊灯火明，小舟犹行闻橹声。虎头崔嵬鹿角横，人生实难君勿轻。"

2. 秭归县："秭归县，汉旧县，属南郡。有归乡，故归子国也。魏为临江郡。吴为建平郡。晋不改。隋属巴东郡。唐武德二年置归州，来属。"(《太平寰宇记》卷一四八)范成大《吴船录》卷下："秭归之名，俗传以屈平被放，其姊女嬃先归，故以名，殆若戏论。"

3. 伍子胥：伍员（前526—前484），字子胥。春秋时楚国人。少时好文习武，勇而多谋。父、兄为楚平王所杀，被迫出逃吴国。入吴后，知公子光有大志，乃助其刺杀吴王僚，夺取王位，得进用为"行人"，与谋国政。佐阖闾攻楚，五战五胜，掘平王墓，鞭尸三百。以功封于申，故又称申胥。吴王夫差时，赐剑令自尽。

4. "城下多巧石"句：灵璧、湖口均出奇石。灵璧，今属安徽。

所产灵璧石被誉为"天下第一石"。明计成《园冶》卷三："宿州灵璧县，地名'磬山'，石产土中，岁久，穴深数丈。其质为赤泥渍满，土人多以铁刃遍刮，凡三次，既露石色，即以铁丝帚或竹帚兼磁末刷治清润，扣之铿然有声，石底多有渍土不能尽者。石在土中，随其大小具体而生，或成物状，或成峰峦，巉岩透空，其眼少有宛转之势；须藉斧凿，修治磨礲，以全其美。或一两面，或三面，若四面全者，即是从土中生起，凡数百之中无一二。有得四面者，择其奇巧处镌治，取其底平，可以顿置几案，亦可以掇小景。有一种扁朴或成云气者，悬之室中为磬，《书》所谓'泗滨浮磬'是也。"湖口，在今江西九江。所产江川石，又名湖口石。明计成《园冶》卷三："江州湖口，石有数种，或产水中，或产水际。一种色青，浑然成峰、峦、岩、壑，或类诸物。一种扁薄嵌空，穿眼通透，几若木版，以利刃剜刻之状，石理如刷丝，色亦微润，扣之有声。东坡称赏，目之为'壶中九华'，有'百金归买小玲珑'之语。"

十一日。过达洞滩[1]。滩恶，与骨肉皆乘轿陆行过滩。滩际多奇石，五色粲然可爱，亦或有文成物象及符书者。犹见黄牛峡庙后山。太白诗云："三朝上黄牛，三暮行太迟。三朝又三暮，不觉鬓成丝。"[2]欧阳公云："朝朝暮暮见黄牛，徒使行人过此愁。山高更远望犹见，不是黄牛滞客舟。"[3]盖谚谓："朝见黄牛，暮见黄牛。一朝一暮，黄牛如故。"[4]故二公皆及之。欧阳公自荆渚赴夷陵，而有下牢、三游及虾蟆碚、黄牛庙诗者，盖在官时来游也。

故《忆夷陵山》诗云："忆尝祇吏役,钜细悉经觏。"⁵其后又云:"荒烟下牢戍,百仞塞溪漱。虾蟆喷水帘,甘液胜饮酎。"⁶亦尝到黄牛泊舟听猨狄⁷也。晚泊马肝峡⁸口。两山对立,修耸摩天,略如庐山。江岸多石,百丈萦绊⁹,极难过。夜小雨。

【注释】

1.达洞滩：在湖北秭归县东南,与空舲峡相近。

2."三朝上黄牛"句：李白流放夜郎,沿长江西上,入黄牛峡时作有《上三峡》诗,此为后四句。

3."朝朝暮暮见黄牛"句：欧阳修《黄牛峡祠》诗。

4."朝见黄牛"句：见《水经注》卷三四。

5."忆尝祇吏役"句：祇,恭敬,此指执行。吏役指官差。经觏,经办料理。

6."荒烟下牢戍"句：漱,水势激荡。酎,醇酒。

7.狄：长尾黑猴。

8.马肝峡："马肝山,在秭归。有石如马肝,在江之北。"(《舆地纪胜》卷七四)

9.百丈萦绊：百丈,见第249页注3。萦绊,纠缠妨碍行走。

【校记】

〔一朝一暮〕知不足斋本作"三朝三暮"。《水经注》所引也为"三朝三暮"。

十二日。早，过东瀼滩[1]，入马肝峡。石壁高绝处，有石下垂如肝，故以名峡。其傍又有狮子岩，岩中有一小石，蹲踞张颐，碧草被之，正如一青狮子。微泉泠泠，自岩中出，舟行急，不能取尝，当亦佳泉也。溪上又有一峰孤起，秀丽略如小孤山。晚抵新滩[2]，登岸宿新安驿[3]。夜雪。

【注释】

1. 东瀼滩：《剑南诗稿》卷二《过东瀼滩入马肝峡》"书生就食等奔逃，道路崎岖信所遭。船上急滩如退鹢，人缘绝壁似飞猱。口夸远岭青千叠，心忆平波绿一篙。犹胜溪丁绝轻死，无时来往驾舸艒（自注：峡中小船谓之舸艒）"。

2. 新滩："江水历峡东，迳新崩滩，此山汉和帝永元十二年崩，晋太元二年又崩。当崩之日，水逆流百余里，涌起数十丈。今滩上有石或圆如箪，或方似笥，若此者甚众，皆崩崖所陨，致怒湍流，故谓之新崩滩。"（《水经注》卷三四）范成大《吴船录》卷下："三十里，至新滩。此滩恶名豪三峡，汉、晋时，山再崩，塞江，所以后名新滩。石乱水洶，瞬息覆溺，上下欲脱免者，必盘博陆行，以虚舟过之。两岸多居民，号滩子，专以盘滩为业。余犯涨潦时来，水漫羡不复见滩，击楫飞度，人翻以为快。"

3. 新安驿：北宋时在新滩设新安驿。《剑南诗稿》卷二有《新安驿》诗："孤驿荒山与虎邻，更堪风雪暗南津！羁游如此真无策，独立凄然默怆神。木盎汲江人起早，银钗簇髻女妆新。蛮风弊恶蛟龙横，未敢全夸见在身。"

十三日。舟上新滩，由南岸上。及十七八[1]，船底为石所损，急遣人往拯之，仅不至沉。然锐石穿船底，牢不可动，盖舟人载陶器多所致。新滩两岸，南曰官漕平声，北曰龙门。龙门水尤湍急，多暗石。官漕差可行，然亦多锐石，故为峡中最险处，非轻舟无一物，不可上下。舟人冒利，以至此，可为戒云。游江渎北庙[2]，庙正临龙门。其下石罅中，有温泉，浅而不涸，一村赖之。妇人汲水，皆背负一全木盎[3]，长二尺，下有三足，至泉旁，以杓挹水，及八分，即倒坐旁石，束盎背上而去。大抵峡中负物率着背，又多妇人，不独水也。有妇人负酒卖，亦如负水状，呼买之，长跪以献。未嫁者，率为同心髻，高二尺，插银钗至六隻，后插大象牙梳，如手大。

【注释】

1. 十七八：十分之七八。

2. 江渎北庙："江渎庙，在归州东南新滩，亦称双庙，宋建。"（《大清一统志》卷二七三）

3. 盎：小口大肚的容器。

十四日。留驿中。晚，以小舟渡江南，登山，至江渎南庙。新修未毕，有一碑，前进士曾华旦[1]撰。言：因山崩石壅，成此滩，害舟不可计，于是著令，自十月至二月禁行舟。知归州尚书都官员外郎赵诚[2]闻于朝，疏凿之，用工八十日，而滩害始去，皇祐三年也。盖江绝于天圣中，至是而复通。然滩害至今未能悉去，若乘十二月、正月水落石尽出时，亦可并力尽镵[3]去锐石。然滩上居民，皆利于败舟，贱卖板木，及滞留买卖，必摇沮此役[4]。不则赂石工，以为石不可去。须断以必行，乃可成。又舟之所以败，皆失于重载。当以大字刻石置驿前，则过者必自惩创[5]。二者皆不可不讲，当以告当路者[6]。

【注释】

1.曾华旦：生卒年不详，福建漳州人，北宋仁宗皇祐元年进士。

2.尚书都官员外郎赵诚：赵诚，生卒年不详，字希平，泉州晋江人。天圣五年进士。通判抚州，审定疑狱，获免者众。改知归州，毁淫祠，投像于江。又奏请疏凿州东滩河，以免民溺舟之苦，并亲自筑庐督视，役成，人称"赵江"。历三司户部判官，出知明州，卒于官。《舆地纪胜》卷七四《归州·官吏》记赵诚开新滩事迹："天圣丙戌，州东二十里赞唐山崩，蜀江断流，沿溯易舟以行。皇祐间，郡守赵诚首以此留意，躬亲督责，附薪石根，火纵石裂，不半载而功成，江开舟济，名曰赵江，有摩崖铭。今新滩有双庙，在秭归县东二十里，祠江渎、黄牛二神。象之窃谓赞山壅江流，沿溯皆易舟，故上祀江渎，下祀黄牛。自赵诚凿开新滩之后，沿溯无易舟之苦，皆赵史君诚之功，而祀典不及，第祀二神，失其旨矣。"

尚书都官员外郎，全称为尚书省刑部都官司员外郎，职事官名，佐郎中掌本司事，正七品。

3.镵：针、锥等锐利的铁器。作动词意为刺、戳。

4.必摇沮此役：意谓必定会尽力阻止组织人工疏凿新滩滩石的行为。

5.惩创：惩戒，警戒。

6.当路者：掌握权力的人。

十五日。舟人尽出所载，始能挽舟过滩。然须修治，遂易舟。离新滩，过白狗峡[1]，泊舟兴山口。肩舆游玉虚洞[2]。去江岸五里许，隔一溪，所谓香溪[3]也。源出昭君村，水味美，录于《水品》，色碧如黛。呼小舟以渡，过溪，又里余，洞门小才袤丈[4]。既入，则极大可容数百人，宏敞壮丽，如入大宫殿中。有石成幢盖、旛旗、芝草、竹笋、仙人、龙、虎、鸟兽之属，千状万态，莫不逼真。其绝异者，东石正圆如日，西石半规如月，予平生所见岩窦，无能及者。有熙宁中谢师厚[5]、岑岩起[6]题名，又有陈尧咨[7]所作记，叙此洞本末，云唐天宝中，猎者始得之。比归，已夜，风急不可秉烛炬，然月明如昼，儿曹与全师皆杖策相从，殊不觉崖谷之险也。

【注释】

1.白狗峡："白狗峡在秭归县东三十里，据《道经》，系

298

七十二福地之数。又名鸡笼山。《荆州记》《水经注》皆云：'秭归白狗峡，蜀江水中两面如削，绝壁之际，隐出白石，如狗形其足，故名。天欲雨，则狗形青，居人以此卜阴晴也。'《元和郡县志》云：'石形隐起如狗，因名之。此石大水则没，行人无不投饭饲之。'"（《舆地纪胜》卷七四）

2."肩舆游玉虚洞"句：肩舆，轿子，此所谓坐轿子。玉虚洞，"玉虚洞，在县南五十里。唐天宝五载，其洞忽开，可容千人。"（《太平寰宇记》卷一四八）《归州志》："在州城东北。唐天宝中有人遇白鹿于此，薄而窥之，有洞，可容千人。石壁异文成龙虎花木之状，有石乳结成物象，皆温润如玉，故名。"

3.香溪："香溪，在邑界。即王昭君所游处。"（《太平寰宇记》卷一四八）

4.袤丈：袤，长。袤丈指高一丈。

5.谢师厚：谢景初（1020—1084），字师厚，杭州富阳人，谢绛之子，庆历六年甲科及第，以大理评事知余姚县，禁民私煮盐，以增课税；又筑海塘以御潮。历通判秀、汾、唐、海诸州，迁湖北转运判官，益州路提点刑狱，以屯田郎致仕，博学能文，尤长于诗。婿黄庭坚自谓从谢公得句法。

6.岑岩起：岑象求，生卒年不详，字岩起，梓州人。举进士，学有本原，持心近厚。熙宁中累官梓州提举常平。元祐二年知郑州，改提点刑狱。入为考功郎中，迁侍御史，户部郎中，出知郓州。官终宝文阁待制。入元祐党籍。

7. 陈尧咨（970—103）：字嘉谟，阆州阆中人。宋真宗咸平三年状元。历官右正言，知制诰，知荆南，右谏议大夫，集贤院学士，龙图阁学士，知永兴军，疏龙首渠注长安城。性刚戾，数被挫。知河南府，为陕西缘边安抚使，权知开封府，入为翰林学士。换武阶，拜武信军节度使，知河阳，徙天雄军。仁宗景祐元年卒，年六十五。赠太尉，谥康肃。

【校记】

〔风急不可秉烛炬〕中华本“烛”作“独”。

十六日。到归州[1]，见知州右奉议郎贾选子公[2]、通判左朝奉郎陈端彦民瞻[3]。馆于报恩光孝寺[4]，距城一里许，萧然无僧。归之为州，才三四百家，负卧牛山，临江。州前即人鲊瓮[5]。城中无尺寸平土[6]，滩声常如暴风雨至。隔江有楚王城[7]，亦山谷间，然地比归州差平。或云，楚始封于此。《山海经》：夏启封孟涂[8]于丹阳城，郭璞注云在秭归县南，疑即此也。然《史记》“成王封熊绎于丹阳”[9]，裴骃[10]乃云在枝江。未详孰是。

【注释】

1. 归州：今湖北秭归县。《宋史》卷八八“地理四”：“归州，下，巴东郡，军事。建炎四年，隶夔路；绍兴五年，复。三十一年，又隶夔；淳熙十四年，复。明年，又隶夔。端平三年，徙郡治于南浦。"

2. 贾选子公：贾选，生卒年不详，字子公，状元贾安宅之子，乌程人。淳熙十三年以中奉大夫知福州，在任三年。

3. 陈端彦民瞻：陈端彦，生卒年不详，字民瞻，浙江苍南龙江下涝人。南宋绍兴十五年乙丑科进士，官建宁县令、归州判。

4. 报恩光孝寺：《剑南诗稿》卷二有《憩归州光孝寺，寺后有楚冢，近岁或发之，得宝玉剑佩之类》，"秭归城畔蹋斜阳，古寺无僧昼闭房。残佩断钗陵谷变，苦荬架竹井闾荒。虎行欲与人争路，猿啸能令客断肠。寂寞倚楼搔短发，剩题新恨付巴娘"。

5. 人鲊瓮："未至州数里，曰吒滩，……连接城下大滩，曰人鲊瓮。很石横卧，据江十七八。……壬戌，泊归州，水骤退十许丈，沿岸滩石森然，人鲊瓮石亦尽出。"（范成大《吴船录》卷下）

6. 城中无尺寸平土：《剑南诗稿》卷二有《饮罢寺门独立有感》，"一邑无平土，邦人例得穷。凄凉远嫁妇，憔悴独醒翁。今古栏干外，悲欢酒盏中。三巴不摇落，搔首对丹枫（自注：州有屈大夫及明妃祠）"。范成大《吴船录》卷下："峡路州郡固皆荒凉，未有若之甚者。满目皆茅茨，惟州宅虽有盖瓦，缘江负山，偪仄无平地。"

7. 楚王城：位于云梦县城东郊。春秋时期吴楚征战，楚平王令子昭王筑此城。《水经注》云："城据山跨阜，周八里，二百八十步，东北两面，悉临绝涧，西带亭下溪，南枕大江，险峭壁立，信天固也。楚子熊绎始封丹阳之所都也。"

8. 夏启封孟涂：夏启，夏代国君，姒姓，禹之子。相传禹以伯益为继任者，益推让避居。禹卒，诸侯奉其即位，从此确立君位传子之制。孟除，又作孟涂，为夏启之臣，派遣于巴主狱讼。

9. 成王封熊绎于丹阳：周成王封熊绎于楚，居丹阳，为楚国始封之祖。

10. 裴骃：生卒年不详，字龙驹，裴松之之子。南北朝时宋河东闻喜人。官至南中郎参军。博学多才，尝采经传百家之说，注司马迁《史记》，合为《集解》，与唐司马贞之《索隐》、张守节之《正义》，合称《史记》三家注。

十七日。郡集于望洋堂玩芳亭，亦皆沙石荦确[1]之地。贾守[2]云：州仓岁收秋夏二料，麦、粟、秔米，共五千余石，仅比吴中一下户[3]耳。

【注释】

1. 荦确：怪石嶙峋貌。

2. 贾守：知州贾选。

3. 下户：贫民，贫苦之家。王安石《与孟逸秘校手书》之七："惟下户所得亦不多，又诚可哀。"

十八日。初得艑船[1]，差小[2]，然底阔而轻，于上滩为便。

【注释】

1. 艒船：平底木船。

2. 差小：略小。

十九日。郡集于归乡堂。欲以是晚行，不果。访宋玉宅[1]，在秭归县之东，今为酒家。旧有石刻"宋玉宅"三字，近以郡人避太守家讳[2]，去之。或遂由此失传，可惜也。

【注释】

1. 宋玉宅：在荆州城北三里。宋玉，楚国鄢人。或谓屈原弟子，做过楚顷襄王的大夫，以赋见称。作《九辩》，述屈原志以悲之。《文选》收其《高唐赋》《神女赋》《风赋》《登徒子好色赋》等。宋玉宅，在古代文人中有很大吸引力，如杜甫诗："曾闻宋玉宅，每欲到荆州。"

2. 避太守家讳：太守贾选，其父为状元贾安宅。此乃避"宅"字。

二十日。早，离归州，出巫峰门，过天庆观[1]，少留。观唐天宝元年碑，载明皇梦老子事[2]，巴东太守刘瑶[3]所立。字画颇清逸，碑侧题当时郡官吏胥姓名，字亦佳。又有周显德中荆南判官孙光宪[4]为知归州高从让[5]所立碑。从让，盖南平王家子弟。光宪亦知名，国史有事迹。盖五代时归、峡皆隶荆渚也。殿前有柏，数百年物。观下即吒滩[6]，乱石无数。饭于灵泉寺[7]。遂登舟过业滩[8]，亦名滩也。水落舟轻，俄顷遂过。

【注释】

1. 天庆观：在湖北秭归县西二里，唐贞观间建道观，供奉三清帝君。

2. 明皇梦老子事："庚子，上还宫。上梦玄元皇帝告云：'吾有像在京城西南百余里，汝遣人求之，吾当与汝兴庆宫相见。'上遣使求得之于盩厔楼观山间。夏，闰四月，迎置兴庆宫。五月，命画玄元真容，分置诸州开元观。"（《资治通鉴》卷二一四）

3. 刘瑫：其人未详。

4. 孙光宪（901—968）：字孟文，自号葆光子，陵州贵平人。本为农家子。好读书。性嗜藏书，常手自抄写，凡藏数千卷。后唐时，为陵州判官。后避地荆州。天成初高季兴平定荆土，招致人才，梁震荐为书记。劝季兴与民休息，勿与他国交恶。累官荆南节度副使、朝仪郎、检校秘书少监，兼御史中丞。宋遣兵平湖南，假道于荆，又劝高继冲献三州地。太祖嘉其功，以为黄州刺史。将用为学士，未及而卒。著有《北梦琐言》二十卷等。

5. 高从让：五代时荆南国创建者高季兴之子。荆南又称南平，故称其为南平王家子弟。

6. 吒滩：又名吒溪。《舆地纪胜》卷七四："吒溪，在秭归县。旧经云'水石相激，如喷吒之声'。"范成大《吴船录》卷下："未至州数里，曰吒滩，其险又过东奔。土人云黄魔神所为也。"

7. 灵泉寺："灵泉寺，在州西三里西，临水，状若瀑布。张无尽于此院著《华合论》。"（《方舆胜览》卷五八）

8. 业滩："泄滩在州西二十里，一名业滩。水势汹涌，有泄床石，长三十余丈，行者无不惊怖。土人云：有新无泄，有泄无新。盖新泄之滩，水涨则泄险，水涸则新险耳。"（《宜昌府志》）

二十一日。舟中望石门关[1]，仅通一人行，天下至险也。晚泊巴东县[2]。江山雄丽，大胜秭归。但井邑极于萧条，邑中才百余户，白令廨而下，皆茅茨，了无片瓦。权县事秭归尉右迪功郎王康年、尉兼主簿右迪功郎杜德先[3]来，皆蜀人也。谒寇莱公祠堂[4]，登秋风亭[5]，下临江山。是日重阴微雪，飔飘[6]。复观亭名，使人怅然，始有流落天涯之叹。遂登双柏堂、白云亭[7]。堂下旧有莱公所植柏[8]，今已槁死。然南山重复，秀丽可爱。白云亭则天下幽奇绝境，群山环拥，层出间见，古木森然，往往二三百年物。栏外双瀑泻石涧中，跳珠溅玉，冷入人骨。其下是为慈溪，奔流与江会。予自吴入楚，行五千余里，过十五州，亭榭之胜，无如白云者，而止[9]在县廨听事[10]之后。巴东了无一事，为令者可以寝饭于亭中，其乐无涯。而阙令，动辄二三年无肯补者，何哉？

【注释】

1. 石门关："江水又东迳石门滩。滩北岸有山，山上合下开，

305

洞达东西,缘江步路所由。刘备为陆逊所破,走迳此门,追进甚急,备乃烧铠断道,孙桓为逊前驱,奋不顾命,斩上夔道,截其要径,备逾山越险,仅及得免,忿恚而叹曰:'吾昔至京,桓尚小儿,而今迫孤,乃至于此。'遂发愤而薨矣。"(《水经注》卷三四)《太平寰宇记》卷一四八:"石门山,在县东北三十五里。山有石迳,深若重门。先主为陆逊所破,退经此门,追之既急,先主乃烧铠断道,然后得免也。"

2. 巴东县:今属湖北恩施。《太平寰宇记》卷一四八:"巴东县,本汉巫县地,三国时属吴。后周天和三年于巴陵故城置乐乡县。隋开皇十八年改乐乡为巴东县,在巴之东,因以为名。"《剑南诗稿》卷二有《泛溪船至巴东》诗:"溪船莫嫌迮,船迮始相宜。两桨行何驶,重滩过不知。荒村寇相县,破屋屈平祠。不耐新愁得,啼猿挂冷枝。"

3. 王康年、杜德先:均不详。

4. 寇莱公祠堂:"寇莱公祠,在龙兴观之西,中为仰止堂。又巴东亦有祠,祠有莱公柏二株,在县庭,民以比甘棠。"(《舆地纪胜》卷七四)此当为县庭之祠堂。寇准(962—1023),字平仲,华州下邽人。太平兴国五年进士。曾知巴东县。太宗淳化五年为参知政事。真宗时曾任同中书门下平章事。景德元年,辽军大举侵宋,寇准力主抵抗,并促使真宗渡河亲征,与辽立澶渊之盟,稳定局势。不久,被大臣王钦若排挤罢相。晚年再度被起用。封莱国公。后又因大臣丁谓等陷害遭贬,远徙道州、雷州。宋仁宗天圣元年病死于雷州。谥号忠愍。

5. 秋风亭：又称为寇公亭，位于巴东县城东郊。《舆地纪胜》卷七四："秋风亭，在巴东县，寇莱公所建也。"《剑南诗稿》卷二有《秋风亭拜寇莱公遗像二首》，其一："江上秋风宋玉悲，长官手自葺茅茨。人生穷达谁能料，蜡泪成堆又一时。"其二："豪杰何心后世名，才高遇事即峥嵘。巴东诗句澶州策，信手拈来尽可惊。"《渭南文集》卷二八有《跋巴东集》："予自乾道庚寅入蜀，至淳熙戊戌东归。九年间，两过巴东，登秋风、白云二亭，观莱公手植桧，未尝不怅然流涕，恨古人之不可作也。"

6. 飚飘：高风回旋，风势迅猛不定。

7. 白云亭：在寇莱公祠堂附近。《舆地纪胜》卷七四："白云亭，在巴东县，寇莱公所建也。"《剑南诗稿》卷二有《巴东令廨白云亭》诗："寇公壮岁落巴蛮，得意孤亭缥缈间。常倚曲阑贪看水，不安四壁怕遮山。遗民虽尽犹能说，老令初来亦爱闲。正使官清贫至骨，未妨留客听潺潺。"

8. 堂下旧有莱公所植柏："过归州巴东县，有寇忠愍公祠。县亭二柏，传为公手植。"（范成大《吴船录》）

9. 止：止同址。

10. 听事：大厅。

二十二日。发巴东，山益奇怪，有夫子洞[1]者，一窦在峭壁绝高处，人迹所不可至，然仿佛若有栏楯[2]，不知所谓夫子者何也。

307

过三分泉[3]，自山窦中出，止两派。俗云，三派有年，两派中熟，一派或绝流饥馑[4]。泊疲石。夜雨。

【注释】

  1. 夫子洞："夫子洞，在巴东县界。"（《大清一统志》卷二七三）

  2. 栏楯：栏杆。

  3. 三分泉："三分水，县东北五十里大江边，自山根出水，分为三派。其水俗传以派之多寡，验年之丰歉。上派验滇南，中派验木身，下派验荆楚。水盛则丰，水枯则歉。"（《巫山县志》）

  4. "三派有年"句：有年，丰收，年成好。中熟，中等的年成。饥馑，灾荒，荒年。

  二十三日。过巫山凝真观[1]，谒妙用真人[2]祠。真人，即世所谓巫山神女[3]也。祠正对巫山，峰峦上入霄汉，山脚直插江中。议者谓太、华、衡、庐[4]，皆无此奇。然十二峰[5]者，不可悉见。所见八、九峰，惟神女峰[6]最为纤丽奇峭，宜为仙真[7]所托。祝史[8]云，每八月十五夜月明时，有丝竹之音，往来峰顶，山猿皆鸣，达旦方渐止。庙后山半，有石坛平旷。传云夏禹见神女，授符书于此[9]。坛上观十二峰，宛如屏障。是日，天宇晴霁，四顾无纤翳[10]，惟神女峰上有白云数片，如鸾鹤翔舞徘徊，久之不散，亦可异也。祠旧有乌数百，送迎客舟，自唐夔州刺史李贻[11]诗已云"群乌幸胙馀"¹²矣。近乾道元年，忽不至。今绝无一乌，不知其故。泊清水洞。洞极深，后门自山后出，但黢暗¹³，水流其中，鲜能入者。岁旱祈雨颇应。权知巫山县左文林郎冉徽之¹⁴、尉右迪功郎文庶几¹⁵来。

【注释】

1. 巫山凝真观：巫山，在今重庆市巫山县东，长江穿流其中，成为巫峡。《太平寰宇记》卷一四八载："巫山，盛弘之《荆州记》云：'沿江峡三十里有新奔滩，至巫峡，因山名也，首尾一百六十里。旧云自三峡取蜀数千里，恒是一山，此盖好大之言也。唯三峡七百里，两岸连山，略无阙处，重岩垒嶂，隐天蔽日，自非亭午夜分，不见日月，所谓高山寻云，怒湍流水，绝非人境。'"凝真观，即神女祠，在巫山飞凤峰下。据《元一统志》云："唐仪凤初置神女祠，宋宣和改曰凝真观。"范成大《吴船录》卷下："神女庙乃在诸峰对岸小冈之上，所谓阳云台、高唐观，人云在来鹤峰上，亦未必是。"《剑南诗稿》卷二有《谒巫山庙，两庑碑版甚众，皆言神佐禹开峡之功，而诋宋玉高唐赋之妄，予亦赋诗一首》："真人翳凤驾蛟龙，一念何曾与世同。不为行云求弭谤，那因治水欲论功。翱翔想见虚无里，毁誉谁知溷浊中。读尽旧碑成绝倒，书生惟惯谄王公。"

2. 妙用真人：后世为巫山神女所加的封号。范成大《吴船录》卷下："今庙中石刻引《墉城记》载，瑶姬，西王母之女，称云华夫人，助禹驱鬼神，斩石疏波，有功见纪，今封妙用真人。庙额曰凝真观，从祀有白马将军，俗传所驱之神也。"

3. 巫山神女："赤帝女曰瑶姬，未行而卒，葬于巫山之阳，故曰巫山之女。楚怀王游于高唐，昼寝，梦见与神遇，自称是巫山之女，王因幸之，遂为置观于巫山之南，号为朝云。至襄王时，复游高唐。"（晋习凿齿《襄阳耆旧传》卷三）范成大《吴船录》卷下："神女之事，据宋玉赋云以讽襄王，其词亦止乎礼义，如'玉色頩以赪颜''羌不可兮犯干'之语，可以概见。后世不察，一切以儿女子亵之。余尝作《巫山高》以辩。"

4. 太、华、衡、庐：泰山、华山、衡山、庐山。

5. 十二峰：即巫山十二峰。《方舆胜览》卷五七："十二峰在巫山，曰望霞、翠屏、朝云、松峦、集仙、聚鹤、净坛、上升、起云、飞凤、登龙、圣泉。其下即巫山神女庙。"范成大《吴船录》卷下："十二峰俱在北岸，前后蔽亏，不能足其数。最东一峰尤奇绝，其顶分两歧，如双玉篸插半霄，最西一峰似之而差小。余峰皆郁律非常，但不如两峰之诡特。相传一峰之上，有文曰'巫'，不暇访寻。……十二峰皆有名，不甚切，事不足录。"

6. 神女峰：即望霞峰，巫山十二峰之一，纤丽奇峭，纤巧修长，形如少女。

7. 仙真：又称仙人、真人、神仙，泛指长生不老、修炼得道的道士。

8. 祝史：道观主事。

9. 夏禹见神女，授符书于此：此为巫山神女的另一传说。据《禹穴纪异》《墉城集仙录》所记，神女从东海游玩回来，路过巫山。当时夏禹正为治水而驻扎在巫山下，于是神女命令侍女把"玉篆之书"（即本文所说的"符书"）送给夏禹，并派她的一些部下帮助夏禹。

10. 纤翳：一丝一毫的云彩。翳，遮盖，这里指云。

11. 夔州刺史李贻：李贻为李贻孙之误。李贻孙，生卒年不详。大和初为福建团练副使，会昌五年为夔州刺史，大中三年以左谏议大夫充弘文馆学士判馆事，大中五年为福建观察使。

12. 群乌幸胙馀：胙，祭祀用的肉。该句意为群乌以啄食祭祀剩余的食品为幸。范成大《吴船录》卷下："庙有驯鸦，客舟将来，则迓于数里之外，或直至县。下过船，亦送数里。人以饼饵掷空，鸦仰喙承取不失一。土人谓之神鸦，亦谓之迎船鸦。"

13. 黯暗：深黑不明。

14. 冉徽之：生卒年不详，字子美，小名祖郎，梁山军梁山县人。年二十八中绍兴十八年三甲第十七名进士。

15. 文庶几：其人不详。

二十四日。早，抵巫山。县在峡中，亦壮县也。市井胜归、峡二郡。隔江南陵山[1]极高大，有路如线，盘屈至绝顶，谓之一百八盘[2]，盖施州正路。黄鲁直诗云："一百八盘携手上，至今归梦饶羊肠。"[3]即谓此也。县廨有故铁盆，底锐似半瓮状，极坚厚，铭在其中，盖汉永平中物也。缺处铁色光黑如佳漆，字画淳质可爱玩。有石刻鲁直作《盆记》[4]，大略言："建中靖国元年，予弟叔向嗣直，自涪陵尉摄县事。予起戎州[5]，来寓县廨。此盆旧以种莲，余洗涤乃见字"云。游楚故离宫，俗谓之细腰宫[6]。有一池，亦当时宫中燕游之地，今湮没略尽矣。三面皆荒山，南望江山奇丽。又有将军墓[7]，东晋人也。一碑在墓后，趺[8]陷入地，碑倾前欲压，字才半存。

【注释】

1. 南陵山："南陵山，在巫山具南隔江一里，旧南陵县以此名。"（《大清一统志》卷三〇三）

2. 一百八盘：形容山路弯曲险阻。范成大有《一百八盘》诗。

3. "一百八盘携手上"句：黄庭坚《新喻道中寄元明》诗。

4. 鲁直作《盆记》：山谷题巫山县盐铁盆记石刻。《四川通志》卷二六："汉《盐铁盆记》，旧志在巫山。黄太史石刻云：'余弟嗣直来摄邑事，堂下有大盐盆，有款识，盖汉时物也，其末曰永平二年。'"

5. 戎州：今四川宜宾，宋代称叙州。《宋史》卷八九"地理五"："叙州，上，南溪郡，军事。乾德中，废开边、归顺二县。本戎州，政和四年改。"

6. 细腰宫："楚王宫，在夔州府巫山县东北一里，楚襄王所游地。黄庭坚谓即细腰宫。前有一池，今湮没略尽。一云在女观

山西畔小山顶，三面皆荒山，南望江山，奇丽毕揽。"（《四川通志》卷二九）

7. 将军墓："按，岂即周益州墓也？"（明曹学佺《蜀中广记》卷二二）

8. 趺：碑下的石座。

二十五日。晴后，至大溪口[1]泊舟。出美梨，大如升。

【注释】

1. 大溪口：在今重庆巫山县西。范成大《吴船录》卷下有："至大溪口，水稍阔，山亦差远，夔峡之险纾矣。"

二十六日。发大溪口，入瞿唐峡[1]。两壁对耸，上入霄汉，其平如削成。仰视天，如匹练然。水已落，峡中平如油盎。过圣姥泉[2]，盖石上一罅，人大呼于旁，则泉出，屡呼则屡出，可怪也。晚至瞿唐关[3]，唐故夔州，与白帝城[4]相连。杜诗云："白帝夔州各异城。"[5]盖言难辨也。关西门正对滟滪堆[6]。堆，碎石积成，出水数十丈。土人云："方夏秋水涨时，水又高于堆数十丈。"肩舆入关，谒白帝庙[7]，气象甚古，松柏皆数百年物。有数碑，皆孟蜀[8]时所立。庭中石笋，有黄鲁直建中靖国元年题字。又有越公堂[9]，隋杨素[10]所创，少陵为赋诗者[11]，已毁。今堂近岁所筑，亦甚宏壮。自关而东，即东屯[12]，少陵故居也。

313

【注释】

1. 瞿唐峡：为长江三峡之首，也称夔峡。西起重庆市奉节县白帝城，东至巫山大溪。两岸悬崖壁立，江流湍急，山势险峻，峡口有夔门和滟滪堆。《太平寰宇记》卷一四八："瞿唐峡，在州东一里，古西陵峡也。连崖千丈，奔流电激，舟人为之恐惧。"范成大《吴船录》卷下："丙辰，泊夔州。早遣人视瞿唐，水齐，仅能没滟滪之顶，盘涡散出其上，谓之滟滪撒发。人云如马尚不可下，况撒发耶！是夜，水忽骤涨，淹及排亭诸篙舍，亟遣人毁拆，终夜有声，及明走视，滟滪则已在五丈水下。"《剑南诗稿》卷二有《瞿唐行》："四月欲尽五月来，峡中水涨何雄哉！浪花高飞暑路雪，滩石怒转晴天雷。千艘万舸不敢过，篙工舵师心胆破。人人阴拱待势衰，谁敢轻行犯奇祸。一朝时去不自由，山腹空有沙痕留。君不见陆子岁暮来夔州，瞿唐峡水平如油。"

2. 圣姥泉：在奉节县东瞿塘峡白帝山下江边，秋冬水退始见。王巩《闻见近录》："夔峡将至滟滪堆，峡左岩上有题'圣泉'二字，泉上有大石，谓之洞石，而初无泉也。至者击石大呼，则水自石下出。予尝往焚香，俾舟人击之，舟人呼曰：'山神、土地，人渴矣。'久之，不报。一卒无室家，复大呼曰：'龙王、龙王，万姓渴矣。'随声，水大注，时正月雪寒，其水如汤，或曰夏则如冰。凡呼者，必以'万岁'，必以'龙王'而呼之，水于是出矣。"

3. 瞿唐关："瞿唐关，在府城东八里关，城下旧有锁水二铁柱。"（《明一统志》卷七十）

4. 白帝城："白帝城，盛弘之《荆州记》云：'巴东郡峡上北岸，有一山孤峙甚峭，巴东郡据以为城。'《水经注》云：'白帝山，北缘马岭，按赤甲山，其间平处，南北相去八十五丈，东西七十丈，东旁东瀼溪，即以为隍。西南临大江，瞰之眩目。惟马岭小差委迤，犹斩山为路，羊肠数转，然后得上。'故记云：'寒山九坂，最为险峻。'按后汉初，公孙述据蜀，自以承汉土运，故号曰白帝城。"（《太平寰宇记》卷一四八）

5. 白帝夔州各异城：见杜甫《夔州歌十绝句》（其二）"白帝夔州各异城，蜀江楚峡混殊名。英雄割据非天意，霸主并吞在物情"。

6. 滟滪堆："滟滪堆，周围二十丈，在州西南二百步，蜀江中心，瞿唐峡口。冬水浅，屹然露百余尺，夏水涨，没数十丈，其状如马，舟人不敢进。又曰犹与，言舟子取途，不决水脉，故曰犹与。谚曰：'滟滪大如朴，瞿唐不可触；滟滪大如马，瞿唐不可下；滟滪大如鳖，瞿唐行舟绝；滟滪大如龟，瞿唐不可窥。'"（《太平寰宇记》卷一四八）为便利船运，1958年滟滪堆已被炸除。

7. 白帝庙："白帝庙，在奉节县东八里旧州城内，有三石笋犹存。公孙述据蜀，自称白帝。"（《方舆胜览》卷五七）《剑南诗稿》卷二有《入瞿唐登白帝庙》："晓入大溪口，是为瞿唐门。长江从蜀来，日夜东南奔。两山对崔嵬，势如塞乾坤，峭壁空仰视，欲上不可扪。禹功何巍巍，尚睹镌凿痕。天不生斯人，人皆化鱼鼋。于时仲冬月，水各归其源。滟滪屹中流，百尺呈孤根。参差层颠屋，

《八阵图·滟滪堆》
（选自〔清〕汪国璋《峡江图考》）

邦人祀公孙。力战死社稷,宜享庙貌尊;丈夫贵不挠,成败何足论。我欲伐巨石,作碑累千言。上陈跃马壮,下斥乘骡昏,虽惭豪伟词,尚慰雄杰魂。君王昔玉食,何至歃鸡豚,愿言采芳兰,舞歌荐清尊。"

9. 孟蜀:孟知祥于后唐应顺元年据四川称帝,凡二世一主,共三十一年,后为宋所灭,史称后蜀。

10. 越公堂:"越公堂,在瞿唐关城内。隋杨公素所为也。"(《方舆胜览》卷五七)

11. 杨素(544—606):字处道,弘农华阴人,隋朝名臣。出身北朝士族。北周时任车骑将军,曾参加平定北齐之役。与杨坚(隋文帝)为北周丞相,深相结纳。杨坚为帝,任杨素为御史大夫,后以行军元帅率水军东下攻陈。灭陈后,进爵为越国公,任内史令。杨广即位,拜司徒,改封楚国公。卒谥景武。

12. 少陵为赋诗者:杜甫诗为《陪诸公上白帝城头宴越公堂之作》,"此堂存古制,城上俯江郊。落构垂云雨,荒阶蔓草茅。柱穿蜂溜蜜,栈缺燕添巢。坐接春杯气,心伤艳蕊梢。英灵如过隙,宴衍愿投胶。莫问东流水,生涯未即抛"。

13. 东屯:在重庆奉节县。汉公孙述所开垦,田近万亩,宋时认为这里所产稻米为四川第一。杜甫于公元七六六年,全家移居夔州,曾住在东屯。宋王象之《舆地纪胜》:"城东有东瀼水,公孙述于水滨垦稻田,因号东屯。东屯之田,可得百许顷,稻米为蜀第一。"《渭南文集》有《东屯高斋记》云:"少陵先生晚游夔州,爱其山川,不忍去,三徙居皆名高斋。质之于诗:曰'次水门'者,

《夔州府》

（选自〔清〕汪国璋《峡江图考》）

白帝城之高斋也；曰'依药饵'者，瀼西之高斋也；曰'见一川'者，东屯之高斋也。"

二十七日。早，至夔州[1]。州在山麓沙上，所谓鱼复永安宫[2]也。宫今为州仓，而州治在宫西北，甘夫人墓[3]西南，景德中转运使丁谓[4]、薛颜[5]所徙。比白帝颇平旷，然失关险，无复形势。[6]在瀼之西，故一曰瀼西。[7]土人谓山间之流通江者曰"瀼"云。州东南有八阵碛[8]，孔明之遗迹，碎石行列如引绳。每岁江涨，碛上水数十丈，比退，阵石如故。

【注释】

1. 夔州：见第29页注2。

2. 鱼复永安宫："永安宫，汉末公孙述所筑。蜀先主崩于此城中，故号永安宫。古鱼复县在县西一十五里，蜀先主改为永安县，今无城壁也。"（《太平寰宇记》卷一四八）

3. 甘夫人墓：甘夫人墓位于夔州。据《三国志·蜀书》卷四载："甘皇后原葬南郡，追谥皇思夫人，迁葬于蜀，未至而先主殂陨。丞相亮上言……昭烈皇后宜与大行皇帝合葬，臣请太尉告宗庙，布露天下，具礼仪别奏。"

4. 丁谓：见第107页注7。

5. 薛颜（953—1025）：字彦同，河中府万泉人，以干练贤能称。早年应贡举，以"三礼"科及第，被任命为嘉州司户参军。

又以秘书省著作郎巡察夔州路和峡州路。还京后，改太子左赞善大夫、出知云安军、渝州和阆州。以丁谓荐任夔州路转运使。在任，体谅民情，回迁州治于旧城，吏民称便。

6. "白帝颇平旷"句："唐夔州在白帝城，地势险固。本朝太平兴国中，丁晋公为转运使，始迁于瀼西。瀼西地平不可守，又置瞿唐关使，于白帝屯兵，下临瀼西。"（《老学庵笔记》卷六）

7. "在瀼之西"句：瀼，水名。分西瀼、东瀼，西瀼又称大瀼。都在今奉节县境。杜甫《夔州歌十绝句》（其五）："瀼东瀼西一万家，江北江南春冬花。"

8. 八阵碛："八阵图，在县西南七里。《荆州图记》云：'永安宫南一里，诸下平碛上，周围四百十八丈，中有诸葛孔明八阵图。聚细石为之，各高五尺，广十围，历然棋布，纵横相当，中间相去九尺，正中开南北巷，广悉五尺，凡六十四聚。或为人散乱，及为夏水所没，冬水退，复依然如故。八阵图下东西三里有一碛，东西一百步，南北广四十步。碛上有盐泉井五口，以木为桶，昔常取盐，即时沙壅，冬出夏没。'盛弘之《荆州记》云：'垒西聚石为八行，行八聚，聚间相去二丈许，谓之八阵图。因曰八阵既成，自今行师更不复败。八阵及垒，皆图兵势行藏之权变，自后深识者所不能了。桓温伐蜀经之，以为常山蛇势，此盖臆言也。'"（《太平寰宇记》卷一四八）苏轼、苏辙分别作有《八阵碛》诗。

附录一

宋史·陆游传（卷三九五）

陆游，字务观，越州山阴人。年十二，能诗文，荫补登仕郎。锁厅荐送第一，秦桧孙埙适居其次，桧怒，至罪主司。明年，试礼部，主司复置游前列，桧显黜之，由是为所嫉。桧死，始赴福州宁德簿，以荐者除敕令所删定官。

时杨存中久掌禁旅，游力陈非便，上嘉其言，遂罢存中。中贵人有市北方珍玩以进者，游奏："陛下以'损'名斋，自经籍翰墨外，屏而不御。小臣不体圣意，辄私买珍玩，亏损圣德，乞严行禁绝。"

应诏言："非宗室外家，虽实有勋劳，毋得辄加王爵。顷者有以师傅而领殿前都指挥使，复有以太尉而领阁门事，渎乱名器，乞加订正。"迁大理寺司直兼宗正簿。

孝宗即位，迁枢密院编修官兼编类圣政所检讨官。史浩、黄祖舜荐游善词章，谙典故，召见，上曰："游力学有闻，言论剀切。"遂赐进士出身。入对，言："陛下初即位，乃信诏令以示人之时，而官吏将帅一切玩习，宜取其尤沮格者，与众弃之。"

和议将成，游又以书白二府曰："江左自吴以来，未有舍建康他都者。驻跸临安，出于权宜，形势不固，馈饷不便，海道逼近，凛然意外之忧。一和之后，盟誓已立，动有拘碍。今当与之约，建康、临安皆系驻跸之地，北使朝聘，或就建康，或就临安，如此则我得以暇时建都立国，彼不我疑。"

时龙大渊、曾觌用事，游为枢臣张焘言："觌、大渊招权植党，荧惑圣听，公及今不言，异日将不可去。"焘遽以闻，上诘语所自来，焘以游对。上怒，出通判建康府，寻易隆兴府。言者论游交结台谏，鼓唱是非，力说张浚用兵，免归。久之，通判夔州。

王炎宣抚川、陕，辟为干办公事。游为炎陈进取之策，以为经略中原必自长安始，取长安必自陇右始。当积粟练兵，有衅则攻，无则守。吴璘子挺代掌兵，颇骄恣，倾财结士，屡以过误杀人，炎莫谁何。游请以玠子拱代挺。炎曰："拱怯而寡谋，遇敌必败。"游曰："使挺遇敌，安保其不败。就令有功，愈不可驾驭。"及挺子曦僭叛，游言始验。

范成大帅蜀，游为参议官，以文字交，不拘礼法，人讥其颓放，因自号放翁。后累迁江西常平提举。江西水灾，奏："拨义仓赈济，檄诸郡发粟以予民。"召还，给事中赵汝愚驳之，遂与祠。起知严州，过阙，陛辞，上谕曰："严陵山水胜处，职事之暇，可以赋咏自适。"再召入见，上曰："卿笔力回斡甚善，非他人可及。"除军器少监。

绍熙元年，迁礼部郎中兼实录院检讨官。嘉泰二年，以孝宗、光宗两朝实录及三朝史未就，诏游权同修国史、实录院同修撰免奉朝请，寻兼秘书监。三年，书成，遂升宝章阁待制，致仕。

　　游才气超逸，尤长于诗。晚年再出，为韩侂胄撰《南园》《阅古泉记》，见讥清议。朱熹尝言："其能太高，迹太近，恐为有力者所牵挽，不得全其晚节。"盖有先见之明焉。嘉定二年卒，年八十五。

附录二

▍各家评论

（宋末元初）戴表元《刘仲宽诗序》：余少时喜学诗，每见山林江湖中有能者，则以问之，其法人人不同。有一老生云："子欲学诗乎？则先学游；游成，诗当自异。"十时方在父兄旁，游何可得？但时时取陆放翁《入蜀记》、范至能《吴船录》之类，张诸坐间，想象上下，计其往来，何止日行数千万里之为快。（李修生主编：《全元文》第12册，凤凰出版社，1998年，第130页）

（明）何宇度《益部谈资》卷上：宋陆务观、范石湖皆作记妙手。一有《入蜀记》，一有《吴船录》，载三峡风物，不异丹青图画，读之跃然。（湛之：《杨万里范成大资料汇编》，中华书局，1964年，第171页）

（明末清初）钱谦益《题南溪杂记》：袁小修尝云："文人之文，高文典则，庄重矜严，不若琐言长语，取次点墨，无意为文，而神情兴会，多所标举。若欧公之《归田录》，东坡之《志林》，放翁之《入蜀记》，皆天下之真文也。"老懒废学，畏读冗长文字。

近游白门，见寒铁道人《南溪杂记》，益思小修之言为有味也。（钱谦益著，钱仲联标点：《牧斋有学集》，上海古籍出版社，2020 年，第 1610 页）

（明末清初）萧士玮《南归日录小序》：余读欧公《于役志》、陆放翁《入蜀记》，随笔所到，如空中之雨，大小萧散，出于自然。（萧士玮：《春浮园集》，文集卷上，光绪刻本）

（明末清初）黄宗羲：余唯山川文章相藉而成，然非至性人固未易领略。尝读陆务观《入蜀记》，揽结窈冥，卷石枯枝，谈之俱若嗜欲，故剑南之诗遂为南渡之巨子。（黄宗羲著，吴光主编：《黄宗羲全集》第 10 册，浙江古籍出版社，2012 年，第 22 页）

（明末清初）方以智《浮山此藏轩别集》：陆放翁《入蜀记》，有酷好者。夫无意为文，文之至也。状物适状其物而止，叙事适叙其事而止。不增不减，自尔错落，然是通神明、类万物，古今称谓，信笔淋漓，乃能物如物、事如事，而成至文耳。（方以智：《浮山此藏轩别集》，黄山书社，2019 年，第 108 页）

（明末清初）宋琬《峡中山水歌》：我读陆游《入蜀记》，拟到峡中当续笔。自从下牢至空舲，瑰伟离奇写不出。此事无过柳柳州，钴铒潭古愚溪幽。惨澹经营小丘壑，假令见此须神愁。开辟以来具图画，北苑营丘兼马夏。日光动摇翠作波，微雨乍收墨初泻。万里江流何滚滚，元气苍茫势将尽。乃知匠者非偶然，玉柱银房借粉本。虎攫龙蹲露牙爪，倏尔婵娟弄妖娆。化工狡狯无不为，肯使丹青留剩巧。安得结庐长卧此，山则真山水真水。（宋琬：《安雅堂未刻稿》，见《清代诗文集汇编》第45册，上海古籍出版社，2009年，第186页）

（明末清初）黄宗会《缩斋后记》：余少而不羁，长而畸僻，每有洗钵名山之愿，顾拘于累，窘于力，则时时取范石湖《吴船录》、陆放翁《入蜀记》等书，呻吟讽咏，以仿佛古之赋《远游》、歌《招隐》者，慨然怀其人，形诸梦寐。而先生亦云，少时取是二编，张诸坐间，想象上下往来，何止日行千万里之为快，是其旨趣有不谋而同者。（黄宗会：《缩斋文集》，见《清代诗文集汇编》第62册，上海古籍出版社，2009年，第623页）

（清）钱曾《读书敏求记》卷二：陆游《入蜀记》六卷：凡途中山川险易，风俗淳漓，及古今名胜、战争之地，无不排日记录。一行役而留心世道如此，后时家祭无忘，盖有素焉。（钱曾：《读书敏求记》，商务印书馆，1936年，第62页）

（清）王士禛《登高唐观神女庙记》：《入蜀记》云："神女祠旧有乌数百，送迎客舟。乾道元年忽不至。至今绝无一乌。"盖放翁未之见也。过此即十二峰，舟人指似得其六七，缥缈秀拔令人有骖鸾驾鹤之想。中有三峰连缀，其一修纤如人扬袂而立，俗曰美人峰，即放翁所谓神女峰，最为纤丽，宜为仙真所托者也。会风急滩迅，所谓十二峰者不及尽瞩，然陆务观、范至能经此所见亦仅八九峰耳。（王士禛：《带经堂集》卷七六，见《清代诗文集汇编》第 134 册，上海古籍出版社，2009 年，第 748 页）

（清）王士禛《蜀道驿程记》：巴东山水顽劣，自夔、巫东下，惊心动魄，应接不暇，至此剩水残山，不堪着眼。而放翁谓白云亭为天下幽奇绝境，且云："自吴入楚，行五千余里，过十五州，亭榭之胜，无如白云者。"岂山水亦因时而显晦耶？（王士禛：《王士禛全集》，齐鲁书社，2007 年，第 2581 页）

（清）纪昀等《四库全书总目》卷五八：游以乾道五年授夔州通判，以次年闰六月十八日自山阴启行，十月二十七日抵夔州，因述其道路所经，以为是记。游本工文，故于山川风土叙述颇为雅洁，而于考订古迹，尤所留意。如丹阳皇业寺即史所谓皇基寺，避唐元宗讳而改；李白诗所谓"新丰酒"者，地在丹阳、镇江之间，非长安之新丰；甘露寺狠石、多景楼，皆非故迹；真州迎銮镇乃徐温改名，非周世宗时所改；梅尧臣题瓜步祠诗，误以魏太武帝为曹操；广慧寺《祭悟空禅师文》石刻，保大九年乃南唐元宗，非后主；庾亮楼当在武昌，不应在江州，白居易诗及张舜臣《南迁志》并相沿而误；欧阳修诗"江上孤峰蔽绿萝"句，绿萝乃溪名，非泛指藤萝；宋玉宅在秭归县东，旧有石刻，因避太守家讳毁之：皆足备舆图之考证。他如解杜甫诗"长年三老"字及"摊钱"字；解苏轼诗"玉塔卧微栏"句；解南方以七月六日作七夕之由；辨李白集中《姑孰十咏》《归来乎》《笑矣乎》《僧伽歌》《怀素书歌》诸篇，皆宋敏求所窜入，亦足广见闻。其他搜寻金石、引据诗文以参证地理者，尤不可殚数，非他家行记徒流连风景、记载琐屑者比也。（纪昀等：《四库全书总目》卷五八，中华书局，1983年，第529—530页）

（清）程瑶田《通艺录·读书求解》：间尝披陆务观《入蜀记》，其过黄州也，纪苏公之东坡，纪雪堂，纪居士亭，若小桥、暗井之属，一一取苏诗证之。其至赤壁矶也，则以图经公瑾、孟德事为不可考，引太白之歌，苏公之赋及其乐府，以为一字不轻下，而因论韩子苍诗，直以图经之言为真者，为考之不审也。其所记者，非徒纪其日行之程而已也。（程瑶田：《通艺录》，黄山书社，2008年，第197页）

（清）吴骞《入蜀记跋》：及余观《入蜀记》，则又不能不为之嘅然者，盖行役人之所有，不过述其山川、详其风土已耳。独放翁于一路关津要隘，以及古今防守治忽之迹，靡不留意。至于溯巫峡、上瞿塘、拜昭烈之遗庙、观武侯之故垒，若低徊留之而不能去者，盖深惜当日国之无人，而付恢复之事于不可问，正不必临殁《示儿》一绝，而后觇此老毕生之心事也。然则世有读是编而犹屑屑以寻常纪行之书目之者，非特不知放翁，并不识吾以文所以表章之雅意矣。（海宁市史志办公室编：《吴骞集》第3册，浙江古籍出版社，2016年，第285页）

（清）周中孚《郑堂读书记》：放翁于乾道己丑十二月六日得报差通判夔州，方久病未堪远役。至明年闰五月十八日，自山阴启行，迄十月二十七日至夔州。因逐日记其道路所经，缕述风土，考订古迹，俱极详赡，而引据亦多精确。相其体制，似尤在石湖诸记之上。（周中孚：《郑堂读书记》，商务印书馆，1958年，第501页）

（清）李荣陛《巴东胜迹纪游》：始予被檄运铜，即于行箧检读《入蜀记》，极称巴东之美。予之至此，适因帮船理柁，停一日探之。其江山虽雄而顽犷未化，无层复杳深之趣，不知何由奖借于剑南，至举为吴楚五千里间第一胜处。昔人谓"论诗如女色，妍痴随人意"，然哉！（李荣陛：《厚冈文集》卷十六，清嘉庆刻本）

（清）李慈铭《越缦堂读书记》：终日穷愁寥落，不聊读经史，因检知不足斋书中说部数种，借以拨闷。阅得黄山谷《宜州家乘》、范石湖《吴船录》、陆放翁《入蜀记》、元人郭天锡（畀）《客杭日记》

共四种，皆前贤日记也。计看此俱已三过，故历历翻去，殊不费目力。范、陆二公所作，皆极经意。山水之外，多征古迹；朝夕之事，兼及朝章。脍炙艺林，良非无故。……放翁记有云：至平江过盘门，望武邱楼塔，正如吾乡宝林，为之慨然。又过舒州长风沙有云：西望群山靡迤，岩嶂深秀，宛如吾庐。南望镜中诸山，为之累欷。……呜呼，渭南越产，而西川之行，全家上官，万里如砥，然尚触目生感，不胜故国之思，况如仆者，家陷虎狼之室，身居沟壑之滨乎？（李慈铭：《越缦堂读书记》，中华书局，2006 年，第 1267—1268 页）

[日本]大槻东阳《入蜀记注释·叙》：宋陆务观之通判夔州也。入其境，悉记其山川秀丽，民俗敦朴，都邑修缮，以及稻鱼茶笋酒浆之类，靡不笔之可书。将以考其险要，志其繁庶，详其生产，证诸古，核诸今，足以备轺轩之采焉。且令后人览是记者，蜀州之山川民物，了然如睹也。是岂无所为而为之乎？亦岂常人之所能为乎。（东京松山堂藏版，1893 年）

朱东润《陆游研究》：《入蜀记》六卷，是一部极好的日记。这里记的乾道六年闰五月十八日自山阴启行，至十月二十七日抵夔州为止。数年以后，范成大自四川东还，有《吴船志》，与《入蜀记》齐名，但是范成大的作品是远不及陆游的。《入蜀记》的好处，在于写得自然，没有做作，有议论，有见解，有时还很安详地流

露了作者的感情。（朱东润：《陆游研究》，中华书局，1961年，第181页）

　　孙望、常国武主编《宋代文学史》（下）：《入蜀记》是一部独立成书的游记散文集，六卷，《四库全书总目》著录。乾道五年十二月六日，陆游得报出任夔州通判，当时因病未行。第二年闰五月十八日，才带着家眷从山阴启程。从这天起开始写日记，至十月二十七日抵达夔州。这部颇有特色的旅行日记就是在近一百六十天的行程中完成的。日记真实记录了入蜀途中的所见所闻，间有议论见解，笔调新鲜活泼，富有文采。作者不仅善于描写长江两岸的山川景物，而且注意对古迹的考订。……所写大都有文字简练、形象逼真的特点，堪称《水经注》之流亚。书中考证古迹，援引前人诗文参证地理，纠谬补漏，亦足广见闻，增长学识。……由于这部文笔优美的游记散文既是自传的一部分，又具有一定的学术价值，因而颇为后人所珍视。（孙望、常国武主编：《宋代文学史》下，人民文学出版社，1996年，第116—117页）

附录三

▌参考书目

陆游.入蜀记：六卷 [M]// 陆游.渭南文集.宋嘉定本.中华再造善本丛书本.

陆游.入蜀记：六卷 [M]// 陆游.渭南文集.明汲古阁本.

陆游.入蜀记：六卷 [M]// 陆游.陆游集：点校本第五册.北京：中华书局，1976.

陆游.入蜀记：六卷 [M]// 鲍廷博.知不足斋丛书：第三集.北京：中华书局，2007.

陆游.入蜀记：六卷 [M]// 纪昀，等.文渊阁四库全书本.

陆游.入蜀记：一卷 [M]// 陶宗仪.说郛三种：第六册.上海：上海古籍出版社，1990.

钱仲联，马亚中.陆游全集校注 [M].杭州：浙江教育出版社，2011.

钱仲联，马亚中.陆游全集校注 [M].杭州：浙江古籍出版社，2016.

陆游.入蜀记注释 [M].大槻东阳，注释.东京松山堂支店，1893（明治二十六年）.

陆游.入蜀记校注 [M].蒋方，校注.武汉：湖北人民出版社，2004.

陆游 . 入蜀记老学庵笔记 [M]. 柴舟，校注 . 上海：上海远东出版社，1996.

陆游 . 渭南文集笺校 [M]. 朱迎平，笺校 . 上海：上海古籍出版社，2022.

欧小牧 . 陆游年谱 [M]. 北京：人民文学出版社，1981.

于北山 . 陆游年谱 [M]. 上海：上海古籍出版社，2006.

孔凡礼，齐治平 . 陆游资料汇编 [M]. 北京：中华书局，1962.

朱东润 . 陆游研究 [M]. 北京：中华书局，1961.

欧明俊 . 陆游研究 [M]. 上海：上海三联书店，2007.

邹志方 . 陆游研究 [M]. 北京：人民出版社，2008.

陈寿 . 三国志 [M]. 点校本 . 北京：中华书局，1959.

房玄龄，等 . 晋书 [M]. 点校本 . 北京：中华书局，1974.

沈约 . 宋书 [M]. 点校本 . 北京：中华书局，1974.

萧子显 . 南齐史 [M]. 点校本 . 北京：中华书局，1972.

姚思廉 . 梁书 [M]. 点校本 . 北京：中华书局，1973.

姚思廉 . 陈书 [M]. 点校本 . 北京：中华书局，1973.

魏征，等 . 隋书 [M]. 点校本 . 北京：中华书局，2020.

欧阳修 . 新唐书 [M]. 点校本 . 北京：中华书局，1975.

欧阳修 . 新五代史 [M]. 点校本 . 北京：中华书局，1974.

脱脱，等 . 宋史 [M]. 点校本 . 北京：中华书局，1977.

陆心源 . 宋史翼 [M]. 点校本 . 北京：中华书局，1991.

陈骙 . 南宋馆阁录 [M]. 点校本 . 北京：中华书局，1998.

司马光.资治通鉴 [M].点校本.北京：中华书局，2012.

李焘.续资治通鉴长编 [M].点校本.北京：中华书局，1979.

李吉甫.元和郡县志 [M].中国古代地理总志丛刊.北京：中华书局，1983.

乐史.太平寰宇记 [M].中国古代地理总志丛刊.北京：中华书局，2007.

王象之.舆地纪胜 [M].中国古代地理总志丛刊.北京：中华书局，1992.

祝穆.方舆胜览 [M].中国古代地理总志丛刊.北京：中华书局，2003.

顾祖禹.读史方舆纪要 [M].中国古代地理总志丛刊.北京：中华书局，2005.

沈作宾，施宿，等.嘉泰会稽志 [M].宋元方志丛刊.北京：中华书局，1990.

张淏.宝庆会稽续志 [M].宋元方志丛刊.北京：中华书局，1990.

施谔.淳祐临安志 [M].宋元方志丛刊.北京：中华书局，1990.

潜说友.咸淳临安志 [M].宋元方志丛刊.北京：中华书局，1990.

单庆修，徐硕.至元嘉禾志 [M].宋元方志丛刊.北京：中华书局，1990.

范成大.吴郡志 [M].宋元方志丛刊.北京：中华书局，1990.

史能之.咸淳毗陵志 [M].宋元方志丛刊.北京：中华书局，1990.

史弥坚，卢宪.嘉定镇江志 [M].宋元方志丛刊.北京：中华书局，1990.

马光祖，周应合．景定建康志 [M].宋元方志丛刊．北京：中华书局，1990.

李贤，彭时，等．明一统志 [M].四库全书本．上海：上海古籍出版社，2003.

穆彰阿，潘锡恩，等．大清一统志 [M].上海：上海古籍出版社，2008.

赵宏恩，等．江南通志 [M].南京：凤凰出版社，2012.

赞宁．宋高僧传 [M].北京：中华书局，1987.

陈舜俞．庐山记 [M].四库全书本．上海：上海古籍出版社，2003.

范成大．范成大笔记六种 [M].北京：中华书局，2002.

张㧑之，沈起炜．中国历代人名大辞典 [M].上海：上海古籍出版社，1999.

龚延明．宋代官制辞典 [M].北京：中华书局，1997.

李之亮．宋代路分长官通考 [M].成都：巴蜀书社，2003.

逯钦立．先秦汉魏晋南北朝诗 [M].北京：中华书局，1983.

彭定求，等．全唐诗 [M].北京：中华书局，1979.

北京大学古文献研究所．全宋诗 [M].北京：北京大学出版社，1998.

李白．瞿蜕园，朱金城，校注．李白集校注 [M].中国古典文学丛书．上海：上海古籍出版社，2018.

杜甫．谢思炜，校注．杜甫集校注 [M].中国古典文学丛书．上海：上海古籍出版社，2016.

白居易．朱金城，笺校．白居易集笺校 [M].中国古典文学丛书．上海：

上海古籍出版社，1988.

欧阳修．洪本健，校笺．欧阳修诗文集校笺 [M]．中国古典文学丛书．上海：上海古籍出版社，2009.

王安石．李壁，笺注．王荆文公诗笺注 [M]．中国古典文学丛书．上海：上海古籍出版社，2010.

苏轼．苏轼诗集 [M]．王文诰，辑注．孔凡礼，点校．中国古典文学基本丛书．北京：中华书局，1982.

苏轼．苏轼文集 [M]．孔凡礼，点校．中国古典文学基本丛书．北京：中华书局，1986.

黄庭坚．山谷诗集注 [M]．任渊，等注．中国古典文学丛书．上海：上海古籍出版社，2003.

图书代号　WX24N1987

图书在版编目（CIP）数据

入蜀记 /（宋）陆游著 ; 钱锡生笺注. -- 西安 : 陕西师范大学
出版总社有限公司，2024. 10（2025. 5重印）. -- ISBN 978-7-
5695-4606-4

Ⅰ. Ⅰ264.42

中国国家版本馆CIP数据核字第20247SA336号

入蜀记
RU SHU JI

[宋]陆游　著　　钱锡生　笺注

出 版 人　刘东风
选题策划　何崇吉
责任编辑　焦　凌
责任校对　张　佩
特约编辑　李秋实
出版发行　陕西师范大学出版总社
　　　　　（西安市长安南路199号　邮编 710062）
网　　址　http://www.snupg.com
印　　刷　北京中科印刷有限公司
开　　本　880 mm×1230 mm　1/32
印　　张　10.75
字　　数　310千
版　　次　2024年10月第1版
印　　次　2025年5月第2次印刷
书　　号　ISBN 978-7-5695-4606-4
定　　价　69.80元